Hassan M.M. Tabib

Die Macht des Gewissens

AF216394

Das Gewissen ist die Stimme der Seele.
(Jean-Jacques Rousseau, 1712-1778)

Für Maryam

Die schwere Last der Abschlusskorrektur der Manuskripte hat
Frau Isolde Callies mit besonderer Akribie bewältigt.
Dafür möchte ich mich herzlich bedanken.

Hassan M.M. Tabib

Die Macht des Gewissens

www.hassanmmtabib.de

Bemerkung:

Alle Namen, Handlung Orte und erkennbaren Attributen wurden geändert. Jegliche Ähnlichkeit mit real existierenden Personen oder Situationen sind rein zufällig.

1. Auflage November 2019.

Illustration: Singapur, Marina Bay – Fotograph: Michael Heber, Bielefeld

Herstellung und Verlag: BoD – Books on Demand, Norderstedt

ISBN: 9783750410176

Prolog

𝔐anche Experten behaupten, das Gedächtnis von Frauen sei leistungsfähiger als das von Männern. Möglicherweise sind Frauen neugieriger, und Ereignisse, die sie emotional beeindrucken, prägen sich in ihrem Gedächtnis tiefer ein.

Dieses Phänomen beobachtete ich des Öftern auch bei meiner Frau.

Tatsächlich funktioniert ihr außergewöhnliches Gedächtnis wie eine computergesteuerte Gesichtserkennungskamera. So hatte sie in Singapur auch auf den ersten Blick unseren Reiseführer erkannt.

Im September 2005 waren wir auf einer vierwöchigen Asienreise; zuerst in Malaysia und seit ein paar Tage später in Singapur. Sie flüsterte mir leise ins Ohr, dass der Herr mit dem Mikrofon in der Hand Herr Wartenberg sei.

Ich war zuerst verwirrt und wusste nicht, wer Herr Wartenberg sein sollte. Aber als der Reiseführer seine Gäste zu begrüßen begann, dämmerte mir langsam, dass sie recht haben könnte; ja, so unglaublich es mir erschien, er konnte tatsächlich Herr Wartenberg sein. Diese Entdeckung war für mich deshalb verwunderlich, weil ich Herrn Wartenberg als einen gut situierten

Beamten kannte, der mich einmal bei einem Steuerstreit mit meinem lokalen Finanzamt unterstützt hatte. Vor circa zehn Jahren, als ich zum ersten Mal meine Bücher in den USA publizierte, hatte ich gemäß amerikanischem Steuergesetz zwanzig Prozent von meinen Margen an das amerikanische Finanzamt abgeben müssen. Diese Ausgabe wollte aber der deutsche Fiskus nicht anerkennen.

Auf Empfehlung meines Steuerberaters suchte ich gemeinsam mit meiner Frau Herrn Wartenberg im Finanzministerium auf, und als er die amerikanischen Unterlagen sah, widersprach er seinem Kollegen, gab mir recht und legte fest, wie in Zukunft zu verfahren sei. Ich wunderte mich jetzt: Wieso arbeitete ein hoher deutscher Finanzbeamter in Singapur als Reiseführer? Er hatte sich erheblich verändert; seine üppig blonden Haare waren kurz, schütter und hellgrau geworden und seine blauen, strahlenden Augen schienen jetzt müde, ja geradezu melancholisch. Außerdem sah er blass und sichtlich ungesund aus. Wartenberg war eins neunzig groß, schlank und hatte, wie ich mich noch erinnern konnte, eine auffallend kräftige Bassstimme. Als der Reisebus den Hotelparkplatz verließ, sprach er mit seiner festen, aber auch verbindlichen Stimme:

»Meine Damen und Herren, ich begrüße Sie ganz herzlich. Mein Name ist Harold und ich bin Ihr Reiseführer. Heute, innerhalb von circa sechs Stunden, werde ich Ihnen die meisten Sehenswürdigkeiten dieses wunderbaren Stadtstaates, den man zu Recht als Schweiz von Asien bezeichnet, vorstellen.

Auf dieser Tour finden Sie Gelegenheit, einen Hauch von Asien in einem einzigen Land zu erleben. Denn die Bewohner dieser ehemaligen britischen Kolonie sind eine bunte Mischung aus Malaien, Indern, Chinesen sowie zahlreichen Gastarbeitern und Auswanderern aus allen Ländern der Welt.«

»Vielleicht ist er der Zwillingsbruder von Herrn Wartenberg«, wisperte ich in das Ohr meiner Frau, da ich doch Zweifel hatte. Sie schüttelte ihren Kopf und erwiderte leise: »Ich habe auch einen Moment daran gedacht. Aber er sagte gerade, dass sein Name Harold ist. Dein Retter im Finanzministerium hieß Harold Wartenberg. Zwei Brüder können nicht den gleichen Vornamen haben.« Herr Wartenberg sprach mit seinem norddeutschen Akzent weiter:

»Wir fahren zuerst zur Orchard Road, Singapurs weltbekannter Shoppingmeile.

Nach einer Stunde Bummeln setzen wir unsere Fahrt nach Little India, dem bekannten indischen Zentrum

6

Singapurs, fort. Dann besuchen wir Chinatown, den Distrikt der chinesischen Einwanderer, und schließlich fahren wir nach Riverside, wo Sie mehrere Museen, Denkmäler, Theater, Bars und Restaurants finden. Gegen dreizehn Uhr machen wir in dem sogenannten Hawker Center eine Stunde Mittagspause. Dort haben Sie die Möglichkeit, die einheimische Küche dieses multikulturellen Landes zu probieren.

Bevor ich Sie dann in Ihr Hotel zurückbringe, besuchen wir Bugis und Kampong Glam, die früheren Zentren des muslimischen Singapurs. Dort leben immer noch viele Muslime, die traditionelle Waren verkaufen.«

Allmählich verblassten meine Zweifel und ich stimmte meiner Frau zu, dass der Reiseführer doch Harold Wartenberg war. Ich erinnerte mich daran, dass er unter seinem rechten Ohr ein braunes Muttermal in Form eines Halbmondes hatte. Dieses Erkennungszeichen war jetzt bei seinen dünnen, grauen Haaren und dem blassen Gesicht deutlich zu sehen.

Im Gegensatz zu damals, als er einen dunklen Nadelstreifen-Anzug getragen hatte, war er jetzt wie die meisten seiner Kunden in T-Shirt und Bermudahose gekleidet. Ich muss allerdings sagen, dass es sehr warm war. Es herrschten etwa vierunddreißig Grad und die Luftfeuchtigkeit lag bei achtzig Prozent.

Trotzt seiner – im Vergleich zu meiner ersten Begegnung mit ihm – legeren Erscheinung kam er mir ziemlich trübsinnig und gelegentlich geistig abwesend vor.

Den Ausflug in Singapur hatte meine Frau vor unserer Asienreise im Internet gebucht. Sie meinte, sie hätte mehrere positive Berichte darüber gelesen. Dies solle das beste Reiseunternehmern in Singapur sein. Ich konnte diese Meinung durchaus bestätigen. Der Ausflug war hervorragend organisiert.

Harold Wartenberg erklärte jede Sehenswürdigkeit ausführlich und verständlich. Sein klimatisierter Minibus war sehr komfortabel und die ganze Strecke über versorgte er seine Gäste mit Getränken und Süßigkeiten.

Planmäßig gegen dreizehn Uhr machten wir eine Stunde Mittagspause im Hawker Center, wo zahlreiche Straßenhändler verschiedene asiatische Gerichte verkauften.

Meine Frau war, wie alle anderen Touristen, von der Atmosphäre dieses Stadtviertels und vor allem dem Duft der unterschiedlichen Speisen begeistert.

Ich erinnere mich, dass sie verschiedene Gerichte probierte. Einige davon waren sehr scharf, und kaum kehrten wir in den Bus zurück, fühlte sie sich schlecht. Sie klagte über Magenschmerzen. Sie hatte schon vorher gewusst, dass sie scharf gewürzte Speisen nicht gut vertrug, dennoch ließ sie sich von der hinreißenden Stimmung beeinflussen und probierte fast alles, was man ihr anbot.

Ich glaube, wenn meine Frau wegen des Verzehrens verschiedener asiatischer Speisen nicht krank geworden wäre, hätte ich nie die Gelegenheit bekommen, von der unfassbaren Lebensgeschichte des Harold Wartenberg zu erfahren.

In Bugis und Kampong Glam, den Zentren des muslimischen Singapurs, blieb sie im Bus und verzichtete auf die Besichtigung und den Kauf von traditionellen Waren.

Meine Frau versuchte, sich im Bus einigermaßen normal zu benehmen und die gute Stimmung nicht zu verderben, aber ihr blasses Gesicht und ihre unruhige Körperhaltung verrieten, dass sie medizinische Hilfe brauchte. Aus diesem Grund fuhr Wartenberg eine Stunde früher zum Hotel zurück.

Alle Passagiere hatten Verständnis dafür und waren der Meinung, dass sie ins Bett gehörte.

Als wir das Hotel gerade betreten wollten, konnte sie sich nicht mehr zurückhalten. Sie lief schnell in den Garten, um sich zu übergeben. Harold Wartenberg und ich waren beide sehr erschrocken und wir machten uns Sorgen um sie; auch er war der Meinung, dass sie sofort einen Arzt brauchte.

»Wo kann ich jetzt einen Arzt finden?«, fragte ich ihn beängstigt.

»Bleiben Sie in Ihrem Zimmer, ich bringe gleich einen guten Arzt mit.«

Er stieg schnell in seinen Bus und fuhr weg. Eine Stunde später kam er mit einem chinesischen Arzt, Dr. Chung, zurück. Ich erfuhr später, dass der Arzt seine private Praxis im gleichen Gebäude hatte, in dem Wartenberg wohnte.

Nach einer gründlichen Untersuchung meinte Dr. Chung, dass es keinen Grund zur Beunruhigung gäbe. Es sei nur eine Magenverstimmung.

Er gab ihr eine Packung Tabletten und sagte, sie solle sofort zwei davon nehmen, um dann ungestört schlafen können. Er wollte uns am nächsten Tag wieder besuchen, um das Ergebnis seiner Behandlung zu überprüfen.

Ich ließ meine Frau allein, damit sie schlafen konnte, und begleitete die beiden Herren in die Lobby.

Ich schlug vor, zusammen zur Hotelbar zu gehen und etwas zu trinken. Dr. Chung musste allerdings in seine Praxis zurück.

»Was ist mit Ihnen? Wollen Sie mir Gesellschaft leisten?«, fragte ich Harold Wartenberg.

»Gerne. Nach diesem langen Tag möchte ich mir ein kühles Bier gönnen. Außerdem, da Sie Ihre Frau ein paar Stunden lang nicht stören dürfen, lasse ich Sie nicht allein.«

Wir betraten die Hotelbar und bestellten zwei Bier. Die Bar war fast leer und außer leiser Musik konnte man kaum etwas hören.

Trotz meiner brennenden Neugier wollte ich zuerst kein Wort über seine Vergangenheit verlieren und sprach mit ihm über Singapur: die Anzahl der Einwohner, das Wetter - banale Themen. Aber zu meiner großen Überraschung sagte Wartenberg das, was ich gern hören wollte. Offenkundig folgte er meinem Leitgedanken und sagte mit ausdrucksloser Stimme:

»Ich glaube, Sie und Ihre Frau kennen mich von früheren Zeiten. Nicht wahr?«

Ich sah ihn verblüfft an und er fügte hinzu: »Heute Morgen, als ich in den Bus eingestiegen bin, habe ich sofort bemerkt, dass Sie und Ihre Frau mich so angeschaut haben, als ob Sie ein bekanntes Gesicht gesehen hätten. Das überraschte Blitzen in den Augen Ihrer Frau war nicht zu übersehen. Woher kennen Sie mich?«

Ich sah ihn eine Weile verlegen an und hatte Hemmungen, seine imposante Position beim Finanzministerium zu erwähnen, da das seine aktuelle Tätigkeit herabstufen könnte. Ich antwortete stockend:

»Ja, eigentlich ... wie soll ich sagen, ich glaube, ja, stimmt. Meine Frau und ich kennen Sie von früher. Sie haben mir einmal wegen eines Steuerkonflikts mit meinem Finanzamt geholfen.« Er starrte mich verwundert an und ich erklärte weiter: »Wissen Sie, ich bin ein Buchautor und publiziere meine Bücher auch in den USA. Einer Ihrer Kollegen wollte meine Ausgabe, genauer gesagt, meine Steuerzahlung an den US-Fiskus nicht anerkennen. Ich habe Sie im Ministerium besucht und Sie waren mir eine große Hilfe. Sie haben sogar ein praktikables Verfahren festgelegt, von dem ich noch profitiere.«

»Aha! Wann war das? Ich kann mich nicht daran erinnern.«

»Das ist lange her. Bestimmt zehn Jahre.«

»Zehn Jahre? Sie meinen, ich sehe wie damals aus?«

»Na ja, leider bleibt man nicht immer jungenhaft und munter. Um ehrlich zu sein, habe ich Sie zuerst nicht erkannt, sondern meine Frau. Sie war damals bei unserem Meeting dabei und von Ihrer schnellen und unbürokratischen Unterstützung sehr begeistert.

Ich glaube, wenn wir Sie heute irgendwo in Deutschland getroffen hätten, wären wir bestimmt nicht sonderlich erstaunt. Aber hier, in Singapur? Das kam uns etwas rätselhaft vor. Wir haben uns gewundert, was ein so hoher deutscher Finanz-beamter in Singapur macht, und zwar als Reiseführer. Ja, ich muss ehrlich zugeben, diese Frage hat uns heute die ganze Zeit beschäftigt.«

»Verstehe. Ja, ich kann Ihre Verwunderung wohl verstehen. Es ist in der Tat ein wenig kurios.« Er trank einen Schluck von seinem Bier und fragte dann lächelnd: »Sie wollen dieses Rätsel gerne auflösen, nicht wahr?«

»Wenn ich sagen würde, dass es mir egal ist, wäre das eine glatte Lüge. Ich brenne darauf, zu erfahren, was der Anlass für Ihre radikale Lebensveränderung war. Ich kann mir nicht vorstellen, dass Sie in Singapur arbeiten, um mehr Geld zu verdienen.« Dann überfiel mich wieder das peinliche Gefühl, ihm zu nahe zu treten, und so fügte ich hinzu:

»Aber ich bitte Sie, sprechen Sie nur darüber, wenn Sie sich nicht unwohl dabei fühlen.«

Er blieb eine lange Weile nachdenklich. Plötzlich überflog ein lächelnder Glanz seine Augen und diesen behielten sie mehrere Minuten lang. Er trank nachdenklich sein Bier bis auf den letzten Tropfen aus und sagte: »Sie haben nebenbei erwähnt, dass Sie ein Buchautor sind. Sie haben auch gesagt, dass Sie darauf brennen, zu erfahren, was der Anlass für meine radikale Lebensveränderung war. Das gefällt mir gut. Wir haben ein gemeinsames Interesse. Ob Sie es glauben oder nicht, ich habe auf jemanden wie Sie gewartet.

Wissen Sie, seit ein paar Jahren wünsche ich mir glühend, meine Lebensgeschichte aufzuschreiben und einige wichtige Ereignisse in meinem Leben zu dokumentieren. Aber ich habe immer wieder enttäuscht festgestellt, dass ich es nicht bewerkstelligen kann. Vielleicht liegt es daran, dass ich nicht ganz gesund bin. Oder ja, einfach unfähig, meine entflammenden Emotionen unter Kontrolle zu halten und die Ereignisse so sachlich und verständlich auf Papier zu bringen, ohne den roten Faden zu verlieren.«

Er blieb wieder schweigsam und nachdenklich. Als er bemerkte, dass ich ihn verwundert ansah, klopfte er mir auf die Schulter und sagte begeistert weiter: »Ist das nicht ein glücklicher Zufall? Ein erfahrener Buchautor sitzt mir gegenüber und ich kann endlich meine Lebensgeschichte ausführlich erzählen. Ich bin sicher, Sie werden sie sehr interessant finden, und möglicherweise schreiben Sie einen Roman darüber. Ich meine nicht eine Biografie, sondern einen spannenden Roman. Was halten Sie davon?«

»Ich kenne Ihre Lebensgeschichte nicht, aber warum nicht? Allein Ihre radikale Lebensumstellung ist ein interessantes Sujet.«

Er blieb wieder ernst und grüblerisch. Mir schien, er war nicht ganz sicher, was er erwidern oder tun wollte. Aber dann sah er mich herausfordernd an und sagte mit ernstem Gesicht: »Sie müssen mir aber versprechen, alle Namen, Orte und wichtige Attribute so zu verändern, dass man die Hauptprotagonisten nicht erkennen kann. Ich möchte in diesem Roman einerseits die Ereignisse wahrheitsgemäß darlegen, anderseits keine bestimmten Personen in Misskredit oder Schwierigkeiten bringen.« Ich nickte bestätigend und er fuhr in ernstem Ton fort: »Darüber hinaus, wenn Sie meine Lebensgeschichte in Form eines Romans schreiben und es veröffentlichen, müssen Sie eine Kopie davon an eine bestimmte Adresse zustellen, die ich Ihnen am Ende meiner Erzählung zur Verfügung stellen werde.« Wieder zeigte ich ihm eine positive Geste und er setzte noch einen drauf:

»Es gibt noch eine dritte Bedingung.« Er schüttelte seinen Kopf enttäuscht und fügte hinzu: »Ich vermute allerdings, Sie werden es nicht akzeptieren.«

»Ich kann mir gut vorstellen, was die nächste Bedingung ist. Ich soll Ihnen eine Million Euro dafür zahlen. Habe ich recht?«, sagte ich und lachte laut.

»Oh nein, um Gottes willen, nein. Ich will kein Geld. Ich möchte, dass Sie das Buch, wenn Sie es fertig geschrieben haben, nicht vor August 2015 veröffent- lichen.« Ich sah ihn verwirrt an und er sagte: »Ja, ich meine es ernst. Sind Sie an meinem Angebot interessiert?«

»Was ist da? Wie soll ich das verstehen? Ich soll das Buch in diesem Jahr schreiben und dann zehn Jahre abwarten, bis es veröffentlicht wird?«

»Ja, das ist meine Hauptbedingung. Das Buch darf nicht vor August 2015 veröffentlicht werden.«

»Na ja, das lässt sich sicher machen«, erwiderte ich, ohne ernsthaft nachzudenken.

»Ich sehe, Sie sind sich nicht ganz sicher. Werden Sie mir Ihr Ehrenwort geben, dass Sie alle meine Bedingungen erfüllen?

Die Einhaltung Ihres Versprechens ist für mich äußerst wichtig.«

»Ich denke, ich kann fast alle Ihre Konzessionen akzeptieren. Ich kann selbstverständlich im Rahmen meiner schriftstellerischen Freiheit alle erforderlichen Veränderungen so bearbeiten, dass die betroffenen Personen nicht erkannt werden. Dennoch schließe ich nicht aus, wenn irgendwann einer der betroffenen Protagonisten das Buch liest, wird er oder sie sich aufgrund eigener Erlebnisse wiedererkennen. Ist das für Sie ein Problem?«

Er blieb wieder nachdenklich und sagte dann entschieden:

»Nein, wenn Sie meine dritte Bedingung konsequent durchführen, das heißt, das Buch auf keinen Fall vor August 2015 publizieren, habe ich kein Problem damit.« Er sah mich verzweifelt an und fragte: »Können Sie wirklich mit der Veröffentlichung so lange warten?«

»Ungern. Aber wenn ich es Ihnen verspreche, werde ich mich selbstverständlich daran halten. Was mich allerdings stutzig macht: Warum, warum wollen Sie seine Veröffentlichung so lange verschieben?«

»Warten Sie ab, bis Sie von meiner Lebensgeschichte erfahren haben. Sie werden mir bestimmt zustimmen, dass eine frühere Veröffentlichung, trotz Veränderung von Namen, Orten und erkennbaren Attributen, moralisch gesehen unanständig und, juristisch gesehen problematisch, sogar sehr problematisch ist.

»Okay, fangen wir an. Sie haben mich mit Ihren merkwürdigen Bedingungen restlos neugierig gemacht. Oder gibt es noch weitere Restriktionen?«

»Nur eine, ein kleiner Wunsch: Ich möchte Sie bitten, mir geduldig und aufmerksam zuzuhören, aber während meiner Erzählung keine Fragen zu stellen.

Ich sagte schon, ich bin nicht ganz gesund, wie unschwer zu erkennen ist.

Ich muss mich konzentrieren, und meine Geschichte in einer geordneten Reihenfolge erzählen, sonst werden Sie ihre Zusammenhänge nicht verstehen.«

»Einverstanden. Ich bleibe ruhig, geduldig und aufmerksam. Wir haben Zeit und einen gemütlichen und ruhigen Raum. Ich brauche aber mein Diktiergerät und mehrere Kassetten. Ich gehe schnell zu meinem Zimmer, um sie zu holen, aber auch, um mich zu vergewissern, ob meine Frau ruhig schläft. Sie sollten inzwischen beim Barkeeper kaltes Bier bestellen.«

1

Als ich zurückkam, standen zwei Flaschen Bier auf dem Tisch, und kaum schaltete ich den Rekorder ein, begann Harold Wartenberg, seine spannende und außergewöhnliche Geschichte zu erzählen.

»Ich bin in eine wohlhabende und liebevolle Familie hineingeboren worden. Meine Kindheit war geprägt von einem glücklichen und sorgenfreien Leben. Als Einzelkind genoss ich eine behagliche Kindheit, eine erfüllte Jugendzeit, und nach dem Abitur war es mir möglich, ohne finanzielle Einschränkung zu studieren. Ein Jahr nach dem Abschluss meines Studiums bekam ich eine anspruchsvolle Position beim Finanzministerium in Niedersachsen.

1970 heiratete ich meine große Liebe Sabrina. Ich hatte sie in der Uni kennengelernt. Sie studierte Medizin und wurde Tierärztin.

1974 wurde das Leben für meine Frau und mich mit der Geburt unseres Sohnes Martin noch verheißungsvoller, noch glücklicher, ja, absolut perfekt.

Mehr als zwanzig Jahre lief das Leben für uns drei erfreulich, erfolgreich und ohne nennenswerte Probleme.

1994 hatte ich die Position eines Direktors inne, meine Frau war Leiterin der medizinischen Abteilung eines großen Zoos und mein Junge studierte an der Kunstakademie Hannover.

Verwöhnt durch dieses fantastische Leben, war ich zuversichtlich, dass unser sorgenfreier Zustand bis zum Ende meiner Tage bestehen bleiben würde.

Denn alles lief bestens; wir waren gesund, erfolgreich und glücklich. Man kann sagen, wir waren eine beneidenswerte Familie.

Meine Frau und ich waren sehr stolz auf unseren Sohn.

Er war ein liebenswürdiger, aufrichtiger und extrem talentierter junger Mann und mit knapp einundzwanzig Jahren bereits ein bekannter Kunstmaler.

Wir lebten zusammen in einem großen und modernen Haus in der niedersächsischen Stadt Springe, ohne zu ahnen, dass eines Tages dieses traumhafte Leben durch eine Kette von Desastern grundlegend zerstört werden würde.

Der Niedergang unseres Lebens begann an einem Sonntag, ja, ich erinnere mich ganz genau, es war Sonntag, der 23. Juli 1995. Am Samstagabend, am 22. Juli, war die ganze Welt für uns drei noch in bester Ordnung.

Wir hatten Besuch von Mr. Anthony Leonhard, einem Kunden meines Sohnes, und verbrachten zusammen den ganzen Abend lustig und gesellig im Garten.

Mr. Leonhard war ein gut gelaunter und redseliger Mann. Er war ein amerikanischer Hotelmanager und erzählte uns pausenlos lustige Geschichten von seiner Tätigkeit.

Zwei Monate davor hatte er bei meinem Sohn ein ziemlich großes Porträt von seinem Chef bestellt, und als er das Bild abholen wollte und vereinbarungsgemäß zweitausend DM dafür zahlte, hatte Martin ihn zum Abendessen eingeladen. Er erzählte mir, dass er in einer Kunstzeitschrift einen imponierenden Artikel über die außergewöhnliche Kunst und den Stil meines Sohnes gelesen und aus Anlass des sechzigsten Geburtstags seines Chefs dieses Bild in Auftrag gegeben hatte. Ich komme gleich wieder zum Stil meines Sohnes zurück.

Mr. Leonhard war vom Ergebnis seines Auftrags so begeistert, dass er an diesem Abend meinem Sohn einen neuen Auftrag erteilte. Dieses Mal sollte er ein Porträt seiner Frau malen.

Martin war in der Tat ein Genie, ein Ausnahmetalent mit einzigartigem Stil. Er malte seine Motive leidenschaftlich, ja mit ganzer Seele. Eigentlich war er kein typischer Porträtmaler. Seine Motive waren eher die Natur; Meere, Berge, Wälder, Sonnenaufgänge etc., die er in jeder Szene ungemein authentisch und eindrucksvoll darstellte.

Er mischte seine Farben nach eigenem Rezept. Dazu kaufte er bei einem Goldschmied grobe Pulver von Silber, Kupfer, Messing und mischte diese mit einem besonderen Farbbindemittel. Diese einzigartige Farbmischung bewirkte, dass seine Bilder in einem finsteren Raum glänzten.

Eine weitere seiner Spezialitäten war die meisterhafte Schattierung. Eine ungewöhnliche optische Täuschung, sodass der Betrachter oft verwirrt eine bestimmte Stelle des Bildes ins Auge fasste, denn er oder sie bekam den Eindruck, dass das gezeichnete Objekt ein echter Gegenstand sei.

Schon als er in der Grundschule war, entdeckten wir sein außergewöhnliches Talent und sorgten dafür, dass er sich in seiner Welt frei entwickeln konnte. Unser Haus verfügte über einen massiv gebauten Keller mit fast hundertfünfzig Quadratmetern. Ich habe einen großen Teil davon für ihn als Atelier eingerichtet. Obwohl er im Obergeschoss des Hauses ein großes Zimmer hatte, schlief er oft in seinem Arbeitsbereich. Dort gab es eine gut funktionierende Klimaanlage, ein Bett, eine kleine Kochnische und ein Badezimmer.

Schon kurz vor Abschluss seines Studiums an der Kunstakademie Hannover verkaufte er regelmäßig Bilder an renommierte Galerien und wurde oft von der Presse hoch gelobt. In der Tat, der Junge war ein Naturtalent, ja, er war unser ganzer Stolz.

Martin besaß eine weitere Eigenschaft, die für einen jungen Mann in seinem Alter nicht üblich war. Er war ein leidenschaftlicher, aktiver Afrika-Samariter. Er organisierte verschiedene Veranstaltungen, lud viele wohlhabende Prominente, Firmenbosse etc. ein, um für arme und kranke Menschen in Afrika Geld zu sammeln.

Wie oft erlebten wir ihn wütend, weil er bei einer seiner Charité-Veranstaltungen nicht genug Geld gesammelt hatte. Um ihn bei Laune zu halten, beglichen meine Frau und ich dann den fehlenden Betrag.

Ja, Martin war ein passionierter Behüter. Sein großer Traum war es, einmal mit mehreren Millionen DM diese benachteiligten Menschen zu unterstützen.

Doch zurück zu diesem schwarzen Sonntag.

Am Samstagabend, nachdem unser Gast sich verabschiedet hatte, gingen wir alle sehr spät ins Bett und trafen uns am nächsten Morgen gegen elf Uhr wieder am Frühstückstisch.

Sonntag, der 23. Juli, war ein ziemlich warmer, angenehm sonniger Tag. Einer von diesen herrlichen Tagen, an denen man sich grundlos in bester Stimmung befindet.

Martin strahlte eine berauschende Heiterkeit aus. Zuerst dachte ich, dass er sich vielleicht über sein lukratives Geschäft mit Mr. Leonhard freute. Aber während er sein Brot mit Butter beschmierte, verriet er den Grund seiner guten Laune:

»Ratet mal, wie viel Geld ich gestern Abend in der Lotterie gewonnen habe?«, fragte er meine Frau mit einer geheimnisvollen Mimik.

»Ich wusste nicht, dass du überhaupt Lotto spielst«, erwiderte sie erstaunt.

»Eigentlich habe ich nie in meinem Leben Lotto gespielt. Aber letzte Nacht habe ich davon geträumt. Ich habe geträumt, dass ich in der letzten Ziehung den Jackpot geknackt habe und einen Betrag in Höhe von zwei Millionen dreihunderttausend und einundzwanzig DM gewonnen habe.«

»Soll das ein Witz sein?«, fragte Sabrina kopfschüttelnd.

»Nein, Mama, kein Witz. Mein Traum war so realistisch, so unvergesslich, dass sich jede Szene in meine Seele eingeprägt hat.«

»Was hast du dann mit dem Geld gemacht?«, fragte ich unverkennbar ironisch.

Aber der Bursche war ernst. Er antwortete mit großem Stolz: »Ich habe das ganze Geld gespendet.« Dann begann er, sein Brot langsam zu essen.

»Was hast du gemacht? Du hast zwei Millionen dreihunderttausend und einundzwanzig DM einfach gespendet? Bist du verrückt geworden?«, fragte Sabrina ziemlich verärgert. Ich konnte mir vorstellen, auch wenn die Geschichte einfach illusorisch war, wie sie darüber dachte. Sie war im Prinzip nicht abgeneigt, einen vierstelligen Betrag zu spenden, aber nicht Millionen an DM.

»Nein, Mutter, ich bin nicht verrückt. Ich bringe es einfach nicht über das Herz, dass ich jeden Tag in der Zeitung lese oder im Fernseher beobachte, wie Millionen von Afrikanern, besonders Kinder, verhungern. Es ist ein Skandal, dass am Ende des zwanzigsten Jahrhunderts noch Kinder in unserer Welt den Hungertod fürchten müssen.

Nach meiner Information sind mehr als achtzehn Millionen Menschen im Nordosten Nigerias, im Südsudan, in Somalia, Äthiopien und Kenia vom Hungertod bedroht.

Außerdem, was sollte ich mit so viel Geld machen? Uns geht es gut, sogar sehr gut. Papa als leitender Angestellter im Finanzministerium, du als Tierärztin in einem großen Zoo verdient viel mehr, als wir für unser Leben benötigen. Wir haben ein großes Haus, zwei Autos und dicke Sparbücher, vor allem sind wir schuldenfrei.

Wir dürfen nicht ignorieren, dass jeden Tag Tausende afrikanische Kinder sterben, weil sie krank sind oder verhungern. Das ist nicht fair, das kann ich nicht mit meinem Gewissen vereinbaren.«

Er schaute mich Hilfe suchend an, ob ich seine Meinung teilte. Ich wusste nicht, was er in meinem Gesicht las.

Ein bitteres Lächeln zuckte um seine Mundwinkel und kopfschüttelnd fuhr er leise fort: »Ich verstehe nicht, warum ihr euch aufregt. Leider war der Millionengewinn nur ein schöner Traum; ja, in Wirklichkeit habe ich nicht einen Pfennig gewonnen. Aber ich wünsche mir glühend, eines Tages mit mehreren Millionen DM mein Afrika-Projekt realisieren zu können.«

»Du hast noch nicht gesagt, wie du deine Millionen DM aus dem Lottogewinn spenden wolltest. Hast du das Geld nach Afrika mitgenommen und zwischen den Leuten verteilt?« Ich fragte immer noch mit einer Nuance von Ironie. Er schaute mich eine Weile ernsthaft an, ich glaubte, er erwartete etwas mehr Ernsthaftigkeit. Dann sagte er leidenschaftlich:

»Nein, das kann ich nicht allein machen. Es gibt mehrere gute Organisationen, die solche Aufgaben übernehmen. In meinem Traum entschied ich, den gesamten Gewinn nur für arme und kranke Menschen in Afrika zu verwenden. Ich verteilte das Geld zwischen den Ärzten ohne Grenzen, der Katastrophen-schutz Organisation THW und dem Deutschen Roten Kreuz.«

Er blieb eine Weile stumm, starrte in meine Augen und fuhr dann fort: »Ich habe noch etwas Wichtiges vergessen. In meinem Traum hast du mir versprochen, dass du mein Afrika-Projekt unterstützen würdest. Du wolltest als erfahrener Finanzmann die ganze Aktion überwachen und dafür sorgen, dass alles ordnungsgemäß laufen wird.«

Ich schaute meine Frau an. Ich war neugierig, wie sie reagieren würde. Allmählich bemerkte sie, dass sie sich über die großzügige Spende ihres Sohnes nicht ärgern musste. Das war nur ein Traum, der Traum eines Menschen mit völlig anderer

Denkweise. Eines anständigen jungen Mannes, der die Welt als Ganzes sah und die Grundlage des Weltfriedens im Mitgefühl gegenüber seinen Mitmenschen fand.

Das war ein weiterer Grund, weshalb ich Martin so sehr liebte; er war ein aufrichtiger und liebenswürdiger Mensch.

Wir wussten, dass er an diesem Sonntag ab Mittag zu seiner Freundin in den Stadtteil Eldagsen fahren wollte, um ihre Küche zu dekorieren beziehungsweise zu streichen. Sie wünschte sich als Geburtstagsgeschenk, dass er mit seiner speziell glänzenden Farbe eine Szene eines Sonnenaufganges auf eine freie Wand ihrer Küche malen würde.

Nach dem Frühstück packte er alles, was er für seine Arbeit brauchte, und verstaute es in den Satteltaschen seines Fahrrads. Es störte mich ein bisschen, als ich beobachtete, dass er mehrere Plastikbehälter seiner speziellen Farben in einem Korb am Lenkrad seines Fahrrads transportieren wollte.

Es gibt im Leben seltene Momente, da nimmt man plötzlich ein merkwürdiges, warnendes Signal wahr; ein schauriger, ja, verwirrender Hinweis. Wissenschaftler nennen dieses Phänomen den sechsten Sinn oder Intuition. Man spürt eine nicht begründbare Gefahr. Eine innere Stimme warnt: »Achtung, bald wird etwas Schreckliches geschehen.«

Aber andererseits duldet unser Hirn keine unerklärlichen Gefühle und löst die beruhigenden Gedanken aus: »Was könnte passieren? Alles ist in bester Ordnung, das ist nur unnötige Sorge.« Vielleicht empfinden solche widersprüchlichen Wahr-nehmungen besonders Eltern, die ihre Kinder vergöttern. Sie haben immer Angst, diesen beseligten Zustand zu verlieren. Jedenfalls empfand ich so an diesem schwarzen Sonntag. Ich versuchte jedoch, meine grundlose Sorge mit einer Frage zu artikulieren:

»Mein lieber Martin, wäre es nicht einfacher, wenn ich dich mit meinem Auto dort hinbringe? Wenn dir unterwegs etwas

25

zustößt und du dein Gleichgewicht verlierst, wirst du in deiner Farbe baden.«

»Oh, Papa! Was soll das? Ich habe öfter mit dem Fahrrad mehr Material transportiert als jetzt. Außerdem wohnt sie nicht weit von hier, es sind nur sieben Kilometer.«

Ich wusste nicht, wie ich meine Gefühle in Worte fassen sollte und erwiderte lachend: »Sei trotzdem vorsichtig, mein Junge. Denk daran, dass afrikanische Kinder auf deine Hilfe warten!« Als er losfahren wollte, geschah doch etwas Seltsames; etwas, was er nie getan hatte. Ob er auch diese warnenden Signale empfing? Plötzlich stellte er das Fahrrad wieder neben die Haustür, kam wie ein kleines, verlorenes Kind zu mir, umarmte mich fest, ging zu seiner Mutter, tat das Gleiche und sagte: »Ich habe euch sehr lieb. «Dann nahm er sein Fahrrad, stieg auf und fuhr weg.

Das war das letzte Mal, dass ich meinen Sohn lebend umarmte.

2

Harold Wartenberg hielt inne und blieb einige Minuten stumm. Seine blassen, blauen Augen waren von Tränen verschleiert. Ich füllte sein Glas und schwieg, bis er seine Erzählung fortsetzte:

»An diesem Sonntag wollten meine Frau und ich das herrliche Wetter nutzen und im Wald spazieren gehen.
Zuerst verschwand sie in die Küche, um den chaotischen Zustand der letzten Nacht zu beseitigen, und ich nutzte die Gelegenheit, ging in mein Arbeitszimmer, um mehrere ungeöffnete Briefe, meistens Rechnungen, zu lesen und entsprechend zu bearbeiten.
Ich erinnere mich, es war genau vierzehn Uhr, als ich durch das Fenster meines Arbeitszimmers beobachtete, wie ein Polizeiauto direkt vor unserem Haus parkte. Kurz darauf stiegen eine Polizistin und ein Polizist aus dem Auto und näherten sich zögerlich der Haustür. Es hat fast zwei Minuten gedauert, bis sie endlich den Knopf der Klingel betätigten.
Was geht hier vor?, fragte ich mich besorgt. Ich stand auf und wollte schnell ins Erdgeschoss gehen und die Tür öffnen, aber ich war wie gelähmt. Ich hatte ein komisches Gefühl, etwas Schlimmes musste geschehen sein.
Ich hörte, wie meine Frau die Tür öffnete und wie sie die Frage der Polizistin, ob sie Frau Wartenberg sei, leise bejahte.
»Ist Ihr Mann auch zu Hause?«
Sie rief mich laut, sehr laut, schnell herunterzukommen. Ich wusste, wenn Sabrina nervös war, hatte sie keine Kontrolle über ihre Stimme; entweder sprach sie übertrieben laut oder man hörte sie kaum. Mit wachsendem Zweifel und voller Sorge ging

ich die Treppe hinunter und starrte die beiden Beamten an. Ich traute mich nicht, eine Frage zu stellen.

»Herr Wartenberg«, sagte die Polizistin, ohne mir direkt in die Augen zu blicken. »Herr Wartenberg, leider haben wir eine schlechte Nachricht. Ihr Sohn hatte einen Autounfall.«

Plötzlich überkam mich das grauenhafte Entsetzen eines Albtraumes. Oh, großer Gott, Martin hatte einen Autounfall. Sie fügte mit gedämpftem Ton hinzu: »Er wurde von einem unbekannten Auto erfasst und einige Meter durch die Luft geschleudert. Leider ist Ihr Sohn tot. Mein herzliches Beileid.«

Was? Was erzählte mir diese junge Frau? Wer ist tot? Ich hatte nicht ganz verstanden, ich glaube, ich hatte plötzlich eine geistige Blockade. Außerdem, wie könnte man eine solch schreckliche Mitteilung hören, aufnehmen und ihre Bedeutung, ihre Auswirkung sofort begreifen? Verstehen, dass der geliebte Sohn tot war, es ihn nicht mehr gab.

Vielleicht gibt es doch Menschen, die eine solch furchtbare Nachricht hören und ihre Folge schnell durchschauen. Meine Frau schien diese Fähigkeit zu besitzen. Möglicherweise hängt diese Eigenschaft mit der biologischen Mutterrolle zusammen, ich weiß es nicht. Auf jeden Fall verstand Sabrina im Gegensatz zu mir sofort, was passiert war. Kaum war die Polizistin ihre schockierende Information losgeworden, war Sabrina selbst halb tot. Ihr Gesicht hatte plötzlich die Starrheit eines Toten angenommen, und kurz danach fiel sie bewusstlos zu Boden.

Nie zuvor hatte ich einen solch hilflosen Zustand erlebt. Ich stand entkräftet da und wusste nicht, wie ich meine Sorge, meine Ängste, meine Hilflosigkeit und vor allem meine Schmerzen bewältigen konnte. In meinem Kopf bildeten sich Hunderte Fragen: Was heißt, mein Sohn ist tot?

Wie ist dieser Unfall zustande gekommen? Wer war der Autofahrer? Wo ist er jetzt? Aber ich war wie versteinert.

Der Gesundheitszustand meiner Frau machte die Situation noch dramatischer; sie lag vor uns wie eine Leiche auf dem Boden. Man musste zuerst etwas für sie tun.

Die junge Polizistin rief gleich den Notruf an, und einige Minuten später stand ein Krankenwagen vor der Haustür. Sie trugen sie mit einer Sauerstoffmaske auf dem Gesicht in den Krankenwagen, und kurz danach waren sie weg.

Kaum war ich mit den Polizisten allein, begriff ich erst so richtig, welcher Schicksalsschlag unser Leben tiefgreifend zerstört hatte. Ich hatte keinen Sohn mehr; laut der Aussage der Polizei war er tot. Und da das nicht zu genügen schien, war meine Frau auch noch zusammengebrochen und in ein Krankenhaus transportiert worden.

Ich musste irgendwo sitzen, um nicht wie Sabrina ohnmächtig zu werden. Ich zitterte am ganzen Körper. Ich war von Grauen erschüttert und hatte das Gefühl, dass mein Herz in einen eisernen Schraubstock gepresst wurde. Ich fragte mich, was hatte ich getan, dass ich so brutal bestraft werden musste?

»Ist alles okay mit Ihnen? Soll ich auch für Sie den Notruf kontaktieren?«, fragte die junge Polizistin besorgt.

»Nein, nein, nicht nötig. Es geht schon. Ich wäre Ihnen dankbar, wenn Sie mich zu der Unfallstelle mitnehmen würden«, sagte ich mit stockender Stimme, indem ich mich anstrengte, einigermaßen mein Verhalten zu beherrschen.

»Was wollen Sie dort? Ihr Sohn wurde bereits in die Gerichtsmedizin transportiert. Inzwischen sind die Kollegen von der Spurensicherung da, um jedes brauchbare Beweismaterial zu suchen und entsprechend festzuhalten«, erwiderte der andere Beamte, der die ganze Zeit über nur dagestanden und sich nicht getraut hatte, etwas zu sagen. Seine Kollegin war etwas professioneller; sie war selbstbewusst und zugewandt.

Ich fragte sie: »Was ist mit dem Autofahrer? Haben Sie ihn verhaftet?«

»Leider nein. Der Autofahrer oder die Autofahrerin beging Fahrerflucht. Wir haben sofort alle Streifenwagen alarmiert. Ich bin sicher, wir werden den Täter schnell finden und ihn verhaften.«

»Wenn Sie erlauben, ich möchte doch die Unfallstelle sehen. Ich kann jetzt nicht selbst fahren. Können Sie mich bitte dort hinbringen?«

Nach Rücksprache mit ihrem Chef war sie einverstanden. Ich steckte meine kleine Kamera in die Tasche und verließ mit den Polizisten das Haus. Die junge Beamtin half mir, in ihren Wagen einzusteigen, und ihr Kollege fuhr gleich auf die Landstraße 461 Richtung Eldagsen.

Während der Fahrt über diese traumhafte Straße, die von beiden Seiten dicht bewaldet ist, erschienen mir vor meinen Augen mehrere Szenen von unseren Sonntagsfahrradtouren, als Martin noch ein Schulkind gewesen war. Wir sind zu dritt mit dem Fahrrad gefahren, um in einer Erdbeerplantage in Eldagsen selbst Erdbeeren zu pflücken und einen Korb voll davon mitzunehmen. Martin liebte diese Tour. Es war erlaubt und im Preis inbegriffen, während des Pflückens auch zu naschen.

Jedes Mal war Martin bei der Rückfahrt sehr, sehr langsam. Er gab dann beschämt zu, dass er nicht schnell fahren konnte, weil er wie immer die ganze Zeit nur Erdbeeren gegessen hatte.

Die Unfallstelle befand sich in einer ziemlich scharfen Kurve. Man hatte die Straße gesperrt und mehrere Kriminaltechniker der Spurensicherung in weißen Overalls inspizierten jeden Millimeter. Wenn ein gefundenes Objekt für ihre Untersuchung relevant war, steckten sie es in eine Plastiktüte.

Ich musste eine halbe Stunde warten, bis sie mir erlaubten, die Unfallstelle zu betreten.

Was als erstes meinen Blick auf sich zog, war eine merkwürdige Szenerie auf der asphaltierten Straße.

Offenbar war Martin bei diesem gewaltigen Zusammenstoß mit seinem Fahrrad und allen fünf Farbbehältern zuerst in die Luft geschleudert und dann mit voller Wucht auf den Boden und möglicherweise auf das Auto katapultiert worden. Die Spuren von fünf verschiedenen Farben auf der Fahrbahn sahen aus wie das Bild eines Regenbogens im kubistischen Stil.

Zehn Meter von dieser willkürlichen Malerei entfernt war die Position seines Sturzes zu sehen. Man hatte mit weißer Kreide die letzte Haltung seines Körpers markiert. Sein Fahrrad, völlig verbogen, lag fast zwanzig Meter weit von der Unfallstelle entfernt neben einem trockenen Bach.

Der Fahrer oder die Fahrerin musste wohl sehr schnell gefahren sein. Man konnte Spuren einer kurzen Bremseinlage erkennen. Dass ein oder mehrere Farbbehälter zuerst auf die Motorhaube oder den Kofferraum des Autos gefallen waren, wollte der Leiter der Spurensicherung nicht ausschließen.

Sie hatten daher bei ihrer Fahndung an die Streifenwagen darauf hingewiesen, dass das Auto mit verschiedenen Farben beschmiert sein könnte. Leider gab es keinen Zeugen des Unfalls, auch keine Beobachter in der Umgebung, die ein solches verdächtiges Auto gesehen hatten. Der Tatbestand war mehrere Minuten nach dem Unfall von einem Taxifahrer bemerkt und an die Polizei gemeldet worden.

Ich weiß nicht, wie viele Bilder ich von dieser grauenhaften Szene mit meiner kleinen Kamera aufnahm. Fassungslos und mit zitternden Händen ging ich von einer Stelle zur anderen und fotografierte jede Szene, die mit diesem Unfall in Berührung stand.

Irgendwann bemerkte man, dass mein Verhalten zu irrational, ja, zu hysterisch war und kam mir zu Hilfe. Man brachte mich ins Auto und fuhr mich nach Hause zurück.

Ich erinnere mich, dass den ganzen Tag von diesem furchtbaren Unfall im Regionalradio berichtet wurde.

Im Rundfunk wurde die Bevölkerung mehrere Male gebeten, sofort die Polizei zu informieren, wenn jemand den Unfallhergang beobachtet oder ein mit Farben beschmiertes Auto gesehen hätte.

Drei Tage später hatten die Spezialisten vom BKA anhand von Reifenspuren und zurückgebliebenen Resten fremder Farbe auf dem Fahrrad herausgefunden, dass das beteiligte Unfallfahrzeug ein weißer Mercedes Benz sein musste.

Für mich war unbegreiflich, wieso niemand diesen grauenvollen Unfall gesehen oder irgendeine Vermutung hatte, wer der Autofahrer sein könnte.

Ich muss trotzdem die Polizei in Springe loben. Sie hat alles getan, was im Rahmen ihrer Möglichkeiten lag. Innerhalb einer Woche prüfte sie im Umkreis von hundert Kilometern unzählige Werkstätten. Sie nahm die Unterstützung des Landeskriminalamts in Anspruch und analysierte alles, was sie an der Unfallstelle gefunden hatte. Sie veranstaltete zwei Pressekonferenzen, was dazu führte, dass mehrere Berichte in den Zeitungen und im Fernseher erschienen.

Dennoch war das Ergebnis nach zwei Wochen intensiver Nachforschung völlig erfolglos, enttäuschend erfolglos.

Die ermittelten Indizien waren nicht vielversprechend und vor allem gab es keinen Hinweis der Bevölkerung, der zur Identifizierung des Täters oder der Täterin führen konnte. Daher wurde der Fall nach vier Monaten nachhaltiger und intensiver Ermittlung vorläufig auf Eis gelegt.

Der zuständige Ermittler, ein seriöser, grauhaariger Kommissar namens Schubert, besuchte mich einmal zu Hause. Er stand minutenlang fasziniert vor einem Bild im Wohnzimmer, welches Martin mir zu meinem Geburtstag geschenkt hatte. Das Bild hieß *Goldener Regen in Schwarzafrika*. Es war eine eindrucksvolle Szene von mehreren afrikanischen Kindern, die während eines starken Regens mit weit offenen Mündern dastanden, ihre Köpfe in Richtung des grauen Himmels hielten und voller Freude versuchten, die fallenden Regentropfen einzufangen. Er war von dieser meisterhaften Kunst hellauf begeistert und sagte:

»Ich kannte Ihren Sohn sehr gut. Er war ein anständiger, liebenswürdiger Mensch und ein sehr talentierter Künstler. Mir sind seine zahlreichen Spendenaktionen für Afrika wohl bekannt.«

»Ja, er hatte ein gutes Herz. Kurz bevor er in diesen tödlichen Unfall verwickelt worden ist, erzählte er uns von einem Traum. Er hatte geträumt, dass er im Lotto zwei Millionen dreihunderttausend und einundzwanzig DM gewonnen hatte und das ganze Geld bedürftigen Afrikanern spenden wollte.«

Kommissar Schubert blieb eine Minute still. Er war sichtlich ergriffen. Er drückte meine Hand fest und sagte mit ernster Stimme: »Sie können davon ausgehen, dass ich in diesem Fall intensiv weiterermitteln und alles daransetzen werde, dass dieser verdammte Fahrer von einem Richter angemessen bestraft wird. Das verspreche ich Ihnen.«

»Wie können Sie sowas versprechen, obwohl Sie kaum brauchbare Indizien in der Hand haben?«

Ich merkte, dass meine Frage ihn in Verlegenheit gebracht hatte. Er überlegte eine Weile und erwiderte dann:

»Als Polizist glaube ich an menschliche Fehler. Ich möchte optimistisch nicht ausschließen, dass der Täter irgendwann einen entscheidenden Fehler machen und sich verraten wird. Seien Sie sicher, ich werde ihn oder sie finden.«

Ich wusste nicht, inwieweit ich ihm ernsthaft glauben sollte. Ich sah lediglich, dass mein Sohn tot und der Straftäter auf freiem Fuß war. Diese Katastrophe hatte meine Frau und mich gnadenlos vom Paradies in die Hölle befördert.

Unser glückliches Leben war wie eine Handvoll Schnee in der Sommersonne geschmolzen.

3

Es ist wohl allgemein bekannt, dass selten ein Unglück ohne sein Gefolge kommt.

Wegen des psychischen Ausnahmezustands musste meine Frau, trotz ihres massiven Protestes, drei Wochen im Krankenhaus bleiben. Ihr behandelnder Arzt warnte vor der Gefahr dauerhafter psychischer Störungen wie Depressionen und Angststörungen. Aber sie weigerte sich, noch länger im Krankenhaus zu bleiben.

Nach ihrer Entlassung begann das zweite Drama in meinem Leben. Sabrina war auf einmal ein völlig anderer Mensch geworden. Abgesehen von ihren nun stets verbissenen und grimmigen Gesichtszügen, war sie unerträglich launisch und oft aggressiv. Sie trug jeden Tag ein altes, schwarzes Kleid, kämmte kaum ihre hellgrau gewordenen Haare und wirkte durchgehend lethargisch. Noch schlimmer, da sie kaum etwas zu sich nehmen wollte, wog sie mittlerweile höchstens noch fünfzig Kilo. Ihre Arbeit im Zoo hatte sie unmittelbar nach der Entlassung aus dem Krankenhaus mit einem kurzen Brief fristlos gekündigt.

Um sie nicht die ganze Zeit zu Hause allein zu lassen, nahm ich, nach Absprache mit meinen Vorgesetzten, mehrere Monate unbezahlten Urlaub und blieb daheim.

Aber mein Beistand war nutzlos. Sie versuchte sich, von mir zu distanzieren. Tagsüber verbrachte sie ihre Zeit im Wald, und wenn sie nach Hause zurückkam, war sie depressiv und nicht ansprechbar. Ihr Kleid war dann meistens staubig oder nass.

Wenn sie mir im Haus begegnete, war sie feindselig und oft streitsüchtig. Ganz schlimm waren ihre Vorwürfe.

Sie war der Meinung, dass ich für den Tod unseres Sohnes verantwortlich sei. An diesem verdammten Sonntag hätte ich ihn mit dem Auto zu seiner Freundin fahren müssen.

Außerdem glaubte sie, dass dieser Unfall ein Racheakt aus meinem Bekanntenkreis oder von einem Steuersünder, dem ich das Leben schwer gemacht hatte, gewesen sei. Ich hatte keine Ahnung, welche meiner Bekannten oder Steuersünder uns so brutal hätten zugrunde richten wollen. Weiterhin vertrat sie die Meinung, alle Polizisten in unserer Stadt seien inkompetent. Keiner von ihnen hätte ernstes Interesse oder die Begabung, den Sachverhalt professionell aufzuklären. Sie war der Auffassung, ich sei schwach und nachgiebig, denn ich hätte diesen inakzeptablen Zustand widerspruchslos hingenommen. Ich sollte bei der Polizei Himmel und Hölle in Bewegung setzen, damit sie die Täter finden und bestrafen würden.

Mir war klar, dass sie wegen dieses entsetzlichen, schmerzlichen Schicksalsschlags deprimiert, frustriert und völlig ratlos war. Ihre Gefühle beinhalteten Schuld, Wertlosigkeit und Hoffnungslosigkeit.

Sie wollte einfach nicht mehr daran glauben, dass im Laufe der Zeit unser Leben vielleicht nicht wie früher werden, aber sich einigermaßen normalisieren konnte. Sie empfand die ganze Welt als ungerecht, dabei war sie ungerecht zu mir und zu sich selbst.

Sie litt ständig unter einer Mischung aus Sehnsucht und Verzweiflung, begleitet von depressiven und gereizten Stimmungen. Ein Zustand, den ich nach und nach nicht mehr ertragen konnte. Nein, trotz meiner grenzenlosen Geduld war ich nicht in der Lage, ihre unaufhörlichen Vorwürfe, ihre verletzenden Worte einfach hinzunehmen. Sie hatte keine Ahnung, was mit mir los war. Wie ich mich bei diesem Desaster fühlte. Martin war auch mein Sohn gewesen, mein großer Stolz und meine Liebe. Ich war genauso über seinen Tod traurig und bestürzt wie sie. Wegen dieses Unglücks war meine Seele genauso zerrissen. Ich war besessen, den Straftäter zu finden und ihn in kleine Stücke zu zerreißen.

Aber ich war völlig hilflos. Es gab keine Zeugen, keine Indizien und niemanden, der uns sagen konnte, wer möglicherweise diese Katastrophe verursacht hatte. Ich fragte sie, wo zum Teufel ich diesen verdammten Autofahrer finden sollte. Das hatte weder die Polizei geschafft noch das mächtige Landeskriminalamt.

Meine Frau gab mir nicht einmal eine Minute Zeit, über dieses schreckliche Ereignis mit ihr zu sprechen. Ich schluckte ihre boshaften Worte, ignorierte ihre beleidigenden Gesten und hoffte dabei, dass wir irgendwann zur Ruhe kommen und dann wie zwei erwachsene Menschen vernünftig miteinander würden reden können, um uns möglicherweise über eine Strategie für die weitere gemeinsame Zukunft zu verständigen.

Ja, warum nicht? Wir mussten versuchen, zusammenzuhalten, uns gegenseitig zu trösten und das Leben neu zu gestalten. Wozu sonst sollte man weiterleben?

Ich hatte irgendwo gelesen, dass ein Mensch, je eher er die Gefühle der Verzweiflung in sich wahrnehmen und aktiv dagegen ankämpfen würde, umso eher autonom werden und sein Leben weiterleben könnte.

Aber sie kam mir vor wie eine Fremde und gleichzeitig wie ein Feind. Manchmal verschwand sie für mehrere Stunden in ihrem Arbeitszimmer. Ich hatte Angst, dass sie irgendeine Dummheit begehen würde. Denn in einem der Kühlschränke in ihrem Arbeitszimmer bewahrte sie jede Menge Arzneimittel, zum Beispiel verschiedene Betäubungsmittel für Operationen von Tieren, auf. In den letzten Jahren hatte ich öfter zugesehen, wenn sie im Zoo ein wildes Tier wie Löwen, Leoparden etc. untersuchte oder operieren wollte; dann nahm sie sich Zeit, um die Betäubungsmittel richtig zu dosieren. Sie zeigte mir einmal, ab welcher Menge das Präparat tödlich sein konnte. Ich fürchtete, dass sie ein hoch dosiertes Mittel für sich verwenden würde, um ihr Leben zu beenden.

Ängstlich und verzweifelt stand ich vor ihrem Arbeitszimmer, vorsichtig klopfte ich an die Tür und fragte, ob alles in Ordnung sei. Aber ich musste schleunigst von der Stelle weggehen, weil sie laut schrie: »Verschwinde, du Mörder! Lass mich allein!«

Eines Tages im November stand sie mit einem kleinen Koffer vor unserem ehemaligen Schlafzimmer und kündigte an, dass sie mich verlassen wolle. Sie wollte zu ihren Eltern nach Würzburg ziehen. Ihre Eltern, beide pensionierte Ärzte, wohnten in einem großen Haus außerhalb Würzburgs.

Das überraschte mich nicht. Während dieser nervenaufreibenden Zeit hatte ich öfter mit Peter, ihrem Vater, telefoniert und von unserer aussichtslosen Situation berichtet. Peter war überzeugt, dass sie professionelle Hilfe brauchte. Sie musste von einem erfahrenen Therapeuten behandelt werden.

Das war auch meine Meinung, und zwar von Anfang an. Aber sie lehnte meinen Vorschlag jedes Mal entschieden ab. Sie meinte, sie habe keine Lust, auf einer Couch zu liegen und sich manipulieren zu lassen.

Offenbar hatten ihre Eltern mehr Überzeugungskraft als ich. Sie redeten ihr zu, es wäre vorteilhaft, wenn sie eine Weile bei ihnen wohnen und sich dort behandeln lassen würde.

Ihr Vater hatte mir einen Tag zuvor gesagt, dass er umfassende therapeutische Behandlung für sie organisiert habe, und versprochen, dass sie innerhalb der nächsten drei Monate wieder gesund werden würde. Ich solle dafür zu sorgen, dass sie problemlos nach Würzburg käme.

Ich fragte daher meine Frau, ob ich sie mit dem Auto nach Würzburg fahren dürfe. Wie ich bereits geahnt hatte, lehnte sie entschieden ab. Sie erwiderte mit hasserfüllter Stimme: »Ich werde nicht mit dem Mörder meines Sohns in einem Auto sitzen.«

Ich bestellte für sie ein Taxi nach Hannover, fuhr mit meinem Auto hinterher, um sicherzustellen, dass sie in dem Reisecenter eine Fahrkarte nach Würzburg kaufte und gezielt zu dem richtigen Bahnsteig ging. Wie ein Amateurdetektiv versteckte ich mich in einer Ecke und wartete, bis ihr Zug Hannover verließ.

Ich fühlte mich zutiefst traurig, dass mich meine Frau, meine wunderbare Partnerin, die fünfundzwanzig Jahre ein glückliches Leben mit mir geführt hatte, wegen dieser Katastrophe wie einen Erzfeind allein ließ.

Als der Zug den Bahnhof verließ, rief ich Peter an und teilte ihm mit, dass sie bereits unterwegs war.

Er sollte sie vom Würzburger Bahnhof abholen und mich bei nächster Gelegenheit informieren, ob sie dort gut angekommen war. Dann fuhr ich nach Hause zurück.

Zu Hause fühlte ich mich furchtbar einsam. Das war kein Heim mehr; das war ein riesiges, leeres und trauriges Gebäude; bedrückend und still wie ein Friedhof. Ich kam mir sehr verloren vor.

Ich legte mich auf das Bett und versuchte, meine Situation einigermaßen zu begreifen. Ich fragte mich: Was hatte ich falsch gemacht? War ich wirklich am Tod unseres Sohnes schuld? Konnte ich meine Frau doch noch positiv beeinflussen und ihr Vertrauen zurückgewinnen?

Ich merkte, dass diese Tragödie nicht nur meine Seele zerrissen hatte, sie hatte mich grundlegend geschwächt und verzweifeln lassen. Ich war weder in der Lage, meiner Frau zu helfen, noch mich selbst zu bestärken.

Im Prinzip brauchten wir beide professionelle therapeutische Hilfe. Wir waren beide angeschlagen. Wir mussten zur Kenntnis nehmen, dass die glücklichen Zeiten längst vorbei waren. Es ging jetzt darum, Kraft zu sammeln und, wenn der Wille da war, das Leben neu zu gestalten, sonst hatten wir keine Chance zu überleben.

4

Arbeit erscheint mir nie als Realität, sondern als Mittel, der Realität aus dem Weg zu gehen. Dieser provokante Satz ist nicht von mir, sondern von Oscar Wilde. Er beschreibt meine damalige Situation zutreffend.

Am nächsten Tag erschien ich an meinem Arbeitsplatz, um mindestens acht Stunden meine quälenden Gedanken zu verdrängen. Es fiel mir schwer, wenigstens eine kurze Weile Sabrina aus meinen Gedanken zu streichen.

Ich muss sagen, trotz ihres feindseligen Verhaltens in den letzten Monaten vermisste ich sie sehr. Jedes Mal, wenn ich irgendeine Akte oder einen Brief las, bemerkte ich, dass meine Augen zu ihrem wunderschönen Bild wanderten, das auf meinem Schreibtisch stand.

Bevor dieses Drama geschehen war, hatten wir zusammen ein abwechslungsreiches und harmonisches Leben geführt. Sicherlich, es gab manchmal Situationen, da wir nicht gleicher Meinung waren, ja, wie in jeder Familie gab es auch mal Streit. Dennoch hörten wir nie auf, besonnen und respektvoll miteinander umzugehen.

Wegen dieses Unglücks war ihr irrationales Verhalten für mich begreiflich, aber nicht erträglich. Sie war stets schlechter Laune, depressiv und durcheinander. Ich wünschte mir glühend, dass sie bald gesund werden würde, ihre geistige Kraft zurückbekäme und mit mir ein neues Leben beginnen würde.

Fast jeden Abend telefonierte ich mit Peter und versuchte herauszufinden, ob sie sich besser fühlte und vor allem, wann ich mit ihrer Rückkehr nach Hause rechnen konnte. Am Anfang klang Peters Stimme zuversichtlich, ja optimistisch. Obwohl sie bisher jeden Kontakt mit dem Therapeuten hartnäckig verweigert hatte, war er sich sicher, dass sie bald ihre Einstellung ändern und sich professionell behandeln lassen würde. Sie brauchte viel Zeit und Erholung, ich sollte sie vorläufig in Ruhe lassen.

Leider erwiesen sich die Erwartungen meines Schwiegervaters als zu optimistisch; es geschah viel Schlimmes, als ich mir vorgestellt hatte.

Am Freitag, den zehnten November 1995, musste ich nach Brüssel fahren, um während des Wochenendes an einem Seminar über europäisches Steuerrecht teilzunehmen.

Ich erinnere mich, dass ich gerade dabei war, die Haustür abzuschließen, als das Telefon klingelte. Eilig trat ich wieder in den Flur, nahm den Hörer ab und erkannte augenblicklich die Stimme meines Schwiegervaters.

Ich verspürte einen atemberaubenden Schmerz bei dem Gedanken, dass etwas Schreckliches passiert sein musste. Ich empfand wieder dieses gänsehauterregende Signal: „Achtung, etwas Grauenvolles ist geschehen!"

Denn Peters Stimme klang ungewöhnlich beängstigend. Er konnte sich kaum artikulieren. Nachdem ich ihn mehrere Male angeschrien hatte: »Was? Was hast du gesagt? Kannst du das bitte noch einmal wiederholen?«, antwortete er fast atemlos: »Sabrina ist tot. Letzte Nacht hat sie sich das Leben genommen. Vor zwei Stunden fand ich sie leblos in der Badewanne. Sie hat sich die Pulsadern aufgeschnitten. Der Notarzt konnte nur noch ihren Tod bestätigen.«

Ich hatte das Gefühl, dass mein Herz vor Bestürzung bersten würde. Oh, mein Gott! Warum? Warum nur passieren meiner kleinen Familie solche Katastrophen? Ich hatte in der Tat die ganze Zeit große Angst gehabt, dass dieser depressive Zustand zum Suizid führen könnte. Offensichtlich fand Sabrina nach Martins Tod keinen anderen Ausweg mehr und noch schlimmer, sie konnte keinem Menschen in der Familie und schon gar keinem Therapeuten vertrauen.

Minutenlang blieben wir beide schweigend und erregt im anderen Ende der Leitung. Dann sagte er flehend: »Kannst du bitte jetzt zu uns kommen? Ich schaffe es nicht allein. Meine Frau und ich sind alt und schwach und wissen nicht, wie wir alles erledigen sollen.«

»Ich fahre gleich los. Ich denke, in drei bis vier Stunden werde ich bei euch sein.«

Das war ein mutiges Versprechen, denn ich war genauso niedergeschmettert, kraftlos und durcheinander wie er. Ich blieb einige Minuten fassungslos auf dem kalten Boden sitzen und versuchte zu begreifen, was geschehen war.

Ich wusste nicht, ob ich dieses Mal mein Schicksal, das sich wieder mit einem neuen Schlag zurückgemeldet hatte, verfluchen oder mich über meine langjährige Lebenspartnerin beklagen sollte, die ihre Hinterbliebenen durch ihren Freitod mit Tränen und Schmerzen zurückließ.

Endlich stand ich auf, es gab keine Zeit, um herumzusitzen und mich zu bemitleiden. Ich musste mich so schnell wie möglich auf den Weg machen, um diesen angeschlagenen, älteren Leuten beizustehen. Ich setzte mich ins Auto und fuhr in Richtung Süden.

Ich hätte in der Tat nichts dagegen gehabt, während der Fahrt von Hannover nach Würzburg mein Leben durch einen Autounfall zu verlieren, um diese unerträglichen Schmerzen nicht weiter aushalten zu müssen. Wozu sollte ich weiterleben? Ich hatte keine Familie mehr.

Es gab auf der ganzen Strecke nach Würzburg zahlreiche Möglichkeiten, meinem ersehnten Tod nahezukommen. Wegen des zweiten Unglücks in meiner Familie befand ich mich in einem Ausnahmezustand der Erschütterung, ja ich fuhr unkonzentriert, fast amateurhaft. Außerdem war das Wetter grauenhaft; wegen unablässiger Niederschläge konnte man durch die benebelte Windschutzscheibe die Situation auf der

Fahrbahn kaum richtig einschätzen. Hinzu kam noch, dass mein Auto komische Geräusche machte und ich das Gefühl hatte, dass es jede Minute den Geist aufgeben würde.

Ich brauchte von Springe bis Würzburg fast sechs Stunden. Ich wusste nicht, wie ich es geschafft hatte. Als ich endlich das Haus meiner Schwiegereltern betrat, bemerkte ich, dass ich vorläufig mein eigenes Leid unterdrücken und mich sofort um diese traumatisierten alten Leute kümmern musste. Die beiden befanden sich in einem kritischen Zustand. Der Schock über den Verlust ihrer Tochter setzte sich tief in ihren Seelen fest.

Ich blieb zwei Wochen dort und zusammen mit drei Personen aus ihrer Verwandtschaft kümmerten wir uns um die beiden, den Haushalt und alle erforderlichen administrativen Arbeiten; zum Beispiel den Kontakt mit der Polizei, der Staatsanwaltschaft und vor allem die Organisation der Beerdigung.

Meine Frau wünschte sich in ihrem Abschiedsbrief, neben Martin in unserem Familiengrab beigesetzt zu werden. Das haben wir würdevoll getan.

Allmählich gewannen meine Schwiegereltern ihre Kräfte einigermaßen zurück. Sie schienen traurig, ja angeschlagen, dennoch bemühten sie sich, die bittere Tatsache, dass ihre Tochter nicht mehr lebte, einfach zur Kenntnis zu nehmen.

In der ersten Woche waren wir alle ziemlich schweigsam. Keiner von uns wollte das vorgefallene Ereignis kommentieren. Nach der Beerdigung redeten wir doch miteinander. Wir hatten das Bedürfnis, über diese schreckliche Begebenheit zu sprechen, und versuchten zu verstehen, warum Sabrina, eine Frau Mitte fünfzig, gut gebildet, sehr intelligent und vor allem immer gesellschaftsfähig, nicht hatte weiterleben wollen. Bei unserer Diskussion beklagte ich verbittert, dass ich dafür Verständnis hatte, wenn eine Mutter wegen des Todes ihres Kindes mehrere Jahre darunter litt, aber das rechtfertigte nicht, deswegen das

eigene Leben auszulöschen und ihre Hinterbliebenen mit
Schmerzen und Bestürzung zurückzulassen.
Peter schüttelte ablehnend den Kopf und erwiderte:
»Wer sein eigenes Leben und das Leben seiner Mitmenschen als
sinnlos empfindet, der ist nicht nur unglücklich, sondern kaum
lebensfähig.
Ich denke, unmittelbar nach dem Tod von Martin war meine
Tochter nicht mehr fähig, ihr Leben fortzusetzen. Sie hat
mehrere Monate ausgehalten, aber offenbar konnte sie dann
nicht mehr.«
Seine Frau, die die meiste Zeit sehr traurig wirkte und kaum ein
Wort sagte, war eher meiner Meinung. Sie sagte unversöhnlich:
»Was heißt, sie war lebensunfähig? Das Leben ist ein Geschenk.
Wenn einmal ein Unglück passiert, muss man dem Leben eine
neue Chance geben. Mit solchen radikalen Aktionen kann man
nicht das Unglück ungeschehen machen. Das Leben lässt sich
nur rückwärts verstehen, muss aber vorwärts gelebt werden.
Ich werde meiner Tochter für ihre unchristliche Tat niemals
verzeihen.«

5

Nach zwei Wochen Aufenthalt bei meinen Schwiegereltern wollte ich endlich nach Hause zurück.

Ich war restlos erschöpft. Erst das Drama mit dem Autounfall meines Jungen, dann der schockierende Selbstmord meiner Frau und schließlich zwei Wochen anstrengende Betreuung zweier älterer Leute, die sich in elendem Zustand befanden, hatten mich vollkommen erschöpft.

Ich versprach meinen Schwiegereltern, da ich sowieso öfter das Grab von Sabrina und Martin besuchen wollte, dass ich ab und zu bei ihnen vorbeikommen würde. Ich bat sie, mich jederzeit anzurufen, wenn sie Hilfe bräuchten.

Als ich mich in mein Auto setzte und den Motor startete, bemerkte ich ärgerlich, dass ich in diesem Augenblick selbst Hilfe brauchte; der Lärm unter der Motorhaube wirkte noch bedrohlicher als vor zwei Wochen.

»Du kannst unmöglich mit diesem Auto nach Hause fahren«, sagte Peter, der mich trotz seiner interesselosen Wahrnehmung besorgt anstarrte. Er hatte recht, irgendeine Stelle im Auto funktionierte nicht, und dies könnte mir unterwegs Probleme bereiten. Peter gab mir den Tipp: »Es gibt eine große Werkstatt kurz vor der Zufahrt zur Autobahn. Sie gehört einem Polen. Er heißt Janus Borowsky. Er und seine Familie waren jahrelang meine Patienten. Ich denke, er ist ein guter Fachmann. Ich war immer mit seiner Arbeit zufrieden. Du solltest erst dort hinfahren und dein Auto prüfen lassen.«

Ich dankte ihm für seinen Ratschlag und fuhr in Richtung Autobahn, begleitet von einem nervenaufreibenden Getöse.

Die Werkstatt war nicht zu übersehen; kurz vor der Autobahn standen auf einer riesigen Fläche ein großes Gebäude und zahlreiche Gebrauchtwagen.

Ich fuhr auf das Gelände, stellte mein Auto vor dem Büro ab und begegnete dort Herrn Borowsky.

»Ich habe es deutlich gehört, es sieht nicht gut aus«, sagte er lächelnd. Er fuhr fort: »Ihr Schwiegervater rief mich gerade an und bat mich, dass ich Ihnen sofort helfe. Zuerst habe ich ihn gar nicht erkannt; er klang irgendwie leidend.

Ich sagte ihm, dass ich nicht versprechen könne, heute damit fertig zu werden. Aber er wiederholte, dass ich Ihnen sofort helfen müsse. Mal sehen – ich werde mein Bestes geben. Herr Doktor hat meiner Frau und mir öfter geholfen. Das ist jetzt eine gute Gelegenheit, um sich zu revanchieren.

Ich veranlasse sofort meinen besten Mechaniker, Ihren Wagen zu prüfen. Inzwischen nehmen Sie bitte im Kundenwarteraum Platz.«

Ich folgte seiner Anweisung und setzte mich in einen Raum, der auf einer Seite durch eine Glaswand von dem Gebrauchtwagen-Salon getrennt war und auf der anderen Seite ein relativ großes Fenster zur Werkstatt besaß.

Neugierig und erleichtert beobachtete ich, wie ein Mechaniker mein Auto in die Werkstatt fuhr, die Motorhaube anhob und zu arbeiten begann. Innerhalb kurzer Zeit demontierte er einige Teile und setzte neue Elemente ein. Ich hatte keine Ahnung, was das Problem war und was er da genau tat.

Ich setzte mich nachdenklich auf eine abgenutzte Ledercouch und blätterte geistesabwesend in einer alten Zeitschrift.

Nach den beiden anstrengenden Wochen bei meinen Schwieger-eltern wünschte ich mir, dass die Reparatur nicht lange dauern würde und ich endlich nach Hause fahren könnte. Obwohl ich nicht sicher war, ob ich mich dort allein und ohne Hoffnung besser fühlen würde.

In der Zeit, als Sabrina bei ihren Eltern war, hatte ich mir jeden Tag aufs Neue Mut gemacht, dass sie bald zurückkommen würde und wir gemeinsam versuchen könnten, ein neues Leben zu gestalten. Aber jetzt wusste ich, dass sie mich für immer allein gelassen hatte, und wahrscheinlich würde ich bis zum Ende meines Lebens einsam sein. Ja, mir war klar, nichts würde jemals wieder so sein, wie es einmal war.

Während ich gelangweilt in dem Kundenwarteraum herumsaß, fiel mein Blick plötzlich auf einen weißen Mercedes Benz, der im Nebenraum als Angebot des Monates zu verkaufen war.

Seit dem Tod meines Sohnes löste jeder weiße Mercedes Benz bei mir reflexartige Reaktionen aus. Instinktiv betrachtete ich das Auto genauer und hoffte, das wäre das gesuchte Unfallauto.

Ich hatte allerdings keine Vorstellung, anhand welcher Kriterien ich prüfen könnte, ob es sich tatsächlich um denselben Pkw handelte, mit dem mein Sohn getötet worden war.

Was aber bei diesem Auto meinen Blick auf sich zog, war weder sein glänzender Stern noch die weiße Farbe, auch nicht seine Eleganz, sondern mehrere glänzende Farbflecken auf den Profilblöcken und Rillen seiner Reifen.

Mit wachsender Neugier stand ich auf, betrat die Ausstellungshalle und betrachtete die Laufstreifen der Reifen genauer. Dort, unter zahlreichen Scheinwerfern, erschienen die glänzenden Farbflecke noch heller, waren noch deutlicher erkennbar.

Aufgeregt kniete ich mich vor das Auto und berührte mit einem Finger die auffälligen Stellen. Obwohl man die Reifen ordentlich gewaschen hatte, sah ich etliche unterschiedliche Farbspritzer in fast allen Profilrillen.

Oh, mein Gott! Ich war wie erstarrt. Allmählich hatte ich kaum noch Zweifel, dass es sich dabei um Tropfen von Farbprodukten meines Sohnes Martin handelte. Wenn diese Farbflecken aus seinen Plastikbehältern stammten, musste dieses Auto doch das Fahrzeug des Täters sein. Ich spürte, dass mir kalter Schweiß den Rücken hinunterlief.

Als Nächstes schaute ich die gesamte Fläche der Motorhaube genauer an.

Dort gab es keine Flecken, keine Kratzer, im Gegenteil, sie schien brandneu zu sein. Ihre weiße Farbe, verglichen mit den anderen Karosserieteilen, wirkte fabrikneu. Auch der Stoßdämpfer schien brandneu zu sein. Man konnte davon auszugehen, dass dieser Gebrauchtwagen eine neue Motorhaube und Stoßdämpfer besaß. Wem gehörte er? Warum stand er hier?

Langsam leuchtete mir ein, warum trotz der neuen Motorhaube, des Stoßdämpfers und anderer polierter Karosserieteile noch etlichen Farbflecken in fast allen Rillen der vier Reifen vorhanden waren. Offenbar hatte man sich nach dem Unfall ausschließlich auf die Erneuerung beziehungsweise Reparatur aller sichtbaren Karosserieteile konzentriert. Wahrscheinlich ging man davon aus, dass die Flecken auf den Reifen nach und nach verschwinden würden. Außerdem war die Existenz solcher Farbflecken nur für jemanden wie mich bedeutsam, weil ich ihre Substanz und Quelle wohl kannte. Sonst hätte man sicherlich auch diesen Schönheitsfehler fachmännisch beseitigt. Tatsächlich entdeckte ich also nach mehreren Monaten Ungewissheit das Auto, das meinen Sohn überfahren hatte!

Mein ganzer Körper zitterte vor Erregung. Ich wurde wieder von den unkontrollierten Gefühlen eingeholt, die mich mehrere Monate gequält hatten.

Mühsam stand ich auf und ging nachdenklich in den Kundenwarteraum zurück. Es dauerte fast zehn Minuten, bis ich mich wieder beruhigen konnte. Ich musste herausfinden, wem das Auto gehörte und warum es dort stand. Ich bemühte mich, ganz ruhig zu wirken und bedacht zu sprechen. Zuerst trank ich ein Glas Wasser und trat in das Büro von Herrn Borowsky.

»Sie müssen sich noch eine halbe Stunde gedulden, bis Ihr Auto fertig ist«, sagte er ziemlich genervt.

»Ich weiß. Entschuldigen Sie. Ich wollte nicht ungeduldig wirken. Ich bin hier, um mich zu erkundigen, was der Mercedes Benz in der Ausstellungshalle kostet. Ich finde, er sieht sehr gut aus. So ein Auto wollte ich immer haben.«

Prompt huschte ein glückliches Lächeln über seine finstere Miene, er stand auf und sagte: »Haben Sie ihn gesehen? Das ist ein richtiges Juwel. Das Auto ist knapp zwei Jahre alt und nur achtzehntausend Kilometer gefahren. Es verfügt über alle Sonderausstattungen, die Mercedes Benz anbietet. Das neue Modell kostet fast vierundvierzigtausend DM. Sie können es für nur dreißigtausend DM haben. Aber Sie müssen sich mit Ihrer Entscheidung beeilen. Einer meiner Stammkunden war schon zweimal hier und ist an diesem Angebot sehr interessiert. Wir konnten uns mit dem Preis nicht einigen. Er wollte morgen nochmal hierherkommen und ihn eventuell kaufen. Aber, ehrlich gesagt, er ist mir unsympathisch. Ich würde ihn lieber Ihnen verkaufen.«

Ich hatte den Eindruck, er wollte mich einfach unter Druck setzen. Ich fragte:

»Wie viele Vorbesitzer hatte das Auto?«, und war erleichtert, dass ich meine entscheidende Frage ruhig ausgesprochen hatte.

»Nur eine, eine reiche Frau, die mehrere Autos besitzt und dummerweise kaum Auto fährt. Das ist ein außerordentlich gutes Angebot. Sie werden mit diesem Auto viel Spaß haben.«

Also eine Frau, die Mörderin meines Sohnes war eine reiche Frau. Bevor die emotionale Empörung sich in mir ausbreiten konnte, versuchte ich wieder, ruhig zu bleiben.

»Darf ich einen Blick in den Fahrzeugbrief werfen?«, fragte ich interessiert.

»Aber selbstverständlich«, antwortete er lächelnd, ging zu einem Tresor und holte einen Umschlag heraus. Er gab mir das hellgrüne Dokument und sprach weiter:

»Sie werden sehen, es gibt nur eine Vorbesitzerin. Ich bin der sogenannte Zwischenhändler.«

Hastig und neugierig streifte mein Blick das Feld ›Name des Fahrzeughalters‹. Ich erinnere mich, ich war zuerst nicht in der Lage, die Buchstaben zu lesen. Ja ich war doch aufgeregt, aber der Name war auch nicht leicht zu lesen. Es handelte sich um einen polnischen Namen. Die Fahrzeughalterin hieß Katharina Nowakowski, geboren am 12. Dezember 1966, wohnhaft in Tegernsee.

Also eine junge Frau, 29 Jahre alt. Ich fragte mich, was eine reiche Dame aus Bayern in meiner Heimatstadt Springe machte.

»Haben Sie Interesse an dem Fahrzeug?«, unterbrach Herr Borowsky meine konfusen Gedanken.

»Jaja, es sieht gut aus. Aber gestatten Sie mir noch eine Frage. Warum hat man die Motorhaube und den Stoßdämpfer erneuert? Ist das ein Unfallauto?«

»Nein, kein Unfallauto. Wissen Sie, wegen eines Ehekrachs wurden die Motorhaube und der Stoßdämpfer leicht beschädigt.« Er lachte laut und fügte kopfschüttelnd hinzu: »Eines Tages hatte die Autobesitzerin Streit mit ihrem Ehemann. Er warf alles Mögliche auf sie und das Auto und dabei beschädigte er die Motorhaube, den Stoßdämpfer und einen Kotflügel. Den Kotflügel konnten wir problemlos reparieren, aber die Motorhaube und den Stoßdämpfer mussten wir doch erneuern. Sie können mir glauben, dieses Auto hatte keinen Unfall. Ich gebe Ihnen ein Jahr Garantie auf den Motor und die Karosserieteile.«

Langsam schien er meine Nervosität zu spüren. Kein Wunder, ich war unkonzentriert, ziemlich durcheinander und vor allem schwitzte ich. Etwas irritiert verlangte er die Rückgabe des Fahrzeugbriefes, den ich in Gedanken schon in die Tasche stecken wollte.

Verlegen gab ich ihm das Dokument zurück und sagte, dass ich das Auto gerne noch einmal ansehen wolle.

»Nur zu! Gehen Sie und schauen Sie es genauer an. Ein besseres Auto zum gleichen Preis werden Sie nirgendwo finden.«

Er hatte recht, das Auto sah tadellos aus und verfügte über jede Menge Sonderausstattungen. Aber ich interessierte mich ausschließlich für seine Reifen, sonst nichts. Ich entschied, das Auto sofort zu kaufen, egal, ob es preiswert war oder nicht.

»Würden Sie mir einem Nachlass geben? Sagen wir, ich kriege ihn für achtundzwanzigtausend DM?«, fragte ich, als ich wieder in sein Büro eintrat. Er überlegte eine Weile und erwiderte:

»Von mir aus, neunundzwanzigtausend DM. Ich übernehme auch die Kosten für die Zulassung. Außerdem brauchen Sie die Reparatur Ihres alten Autos nicht zu bezahlen.«

»Die Zulassung werde ich selbst durchführen. Dafür transportieren Sie mir das Auto nach Hause. Ich wohne in der Nähe von Hannover.«

»Oh, das ist zu weit, fast dreihundert Kilometers«, erwiderte er ablehnend. Er überlegte eine Weile und sagte schließlich:

»Okay, okay, einverstanden. Wann wollen Sie es haben?«

»Wenn es möglich ist, heute. Ich meine jetzt.«

»Wow! So entscheidungsfreudige Kunden habe ich gerne. Kein Problem, ich werde sofort seinen Transport organisieren. Wie wollen Sie zahlen?«

»Wir machen einen Kaufvertrag und ich werde innerhalb von vierundzwanzig Stunden das Geld auf Ihr Konto überweisen.«

»Einverstanden. Normalerweise verlange ich das Geld sofort, aber als Schwiegersohn von Dr. Wesselmann haben Sie unbegrenzten Kredit bei mir.«

Innerhalb einer halben Stunde schlossen wir den Kaufvertrag und eine Stunde später fuhr ich mit meinem Auto Richtung Norden, gefolgt von einem kleinen Sattelschlepper, der meinen neuen Mercedes Benz nach Hause transportierte.

Ich wünschte, meine Frau wäre noch am Leben, um ihr stolz den wichtigsten Beweis dieses kriminellen Ereignisses vorweisen zu können. Ich hätte ihr gern gesagt, dass der Tod unseres Sohnes auch mir etwas ausmachte.

Wir erreichten gegen zwanzig Uhr Springe. Ich parkte zuerst mein Auto auf der rechten Seite der Garage und dann half der Fahrer des Sattelschleppers, den Mercedes Benz neben meinem Auto abzustellen.

Am nächsten Tag überwies ich das Geld auf das Konto des Autohändlers.

6

An diesem Abend konnte ich keinen Augenblick ruhig auf meinem Bett liegen, schon gar nicht schlafen. Die Aufregung war immens. Ich spürte, dass jeder Nerv in meinem Körper vibrierte. Einerseits war ich befriedigt, dass ich mit diesem wichtigen Beweis die Autofahrerin anzeigen konnte, anderseits bemerkte ich, wie der zurückgedrängte Zorn wieder lebendig wurde. Am liebsten hätte ich diese gefühllose Frau sofort gesucht und in kleine Stücke zerrissen.

Dennoch hatte ich immer noch leise Zweifel. Ich fragte mich, ob die Farbflecke wirklich aus Martins Werkstatt stammten. Ich hastete in die Garage, kratzte mit einem scharfen Messer einige Farbflecke aus den Reifenrillen in einen Topf und kochte diese mit etwas Essig mehrere Minuten lang auf.

Wie ich schon vermutet hatte, lösten sich sämtliche Mikroteile von Kupfer, Messing und Silber langsam von den Farben ab. Ich konnte jetzt mit absoluter Sicherheit feststellen, dass diese Farben aus der unverwechselbaren Produktion meines Sohnes stammten. Sie waren aus den Behältern, die er mit seinem Fahrrad transportiert hatte.

Als Nächstes musste ich herausfinden, wer diese Katharina Nowakowski war. Diese Recherchen waren für einen Direktor beim Finanzministerium nicht schwierig.

Am nächsten Tag, nach ein paar Wochen Abwesenheit, ging ich wieder in das Ministerium. In der ersten Stunde bekam ich ununterbrochen Besuch von meinen Kollegen, Mitarbeitern, sogar vom Herrn Minister, die ihr aufrichtiges Beileid aussprechen wollten. Meine Zurückhaltung gab ihnen jedoch zu verstehen, dass es besser wäre, wenn sie mich noch in Ruhe ließen.

Es lagen haufenweise Briefe und Akten auf meinem Schreibtisch, die zu überprüfen beziehungsweise zu unterzeichnen waren. Es handelte sich um wichtige Fälle wie Steuerhinterziehung, Berichte über Steuerfahndungen oder Sondergenehmigungen etc., die während meiner Abwesenheit zurückgestellt worden waren, weil niemand dies hatte entscheiden beziehungsweise unterschreiben wollen.

In den ersten beiden Stunden bemühte ich mich, die Akten nach Wichtigkeit zu sortieren und die erforderlichen Maßnahmen zu ergreifen. Einen großen Teil davon delegierte ich an meinen Stellvertreter.

Ab elf Uhr begann ich, meinen eigenen Fall zu recherchieren. Ich setzte mich vor den Bildschirm und nutzte mein Privileg als zugriffsberechtigter Beamter auf einige Bundesdatenbanken, die nur im Falle einer Steuerfahndung oder dem Verdacht auf Steuerhinterziehung abgerufen werden durften.

Ich brauchte nicht lange zu suchen, schon beim dritten Versuch fand ich die Datei von Katharina Nowakowski. Zuerst konnte ich meinen Augen nicht trauen. Diese Dame war tatsächlich nicht irgendeine Geschäftsführerin, Angestellte oder einfache Hausfrau. Sie war die berühmte Schlagersängerin mit dem englischen Künstlernamen „Blue Emotion" und zählte zu den erfolgreichsten Sängerinnen in Europa. Sie war kinderlos, wohnte zusammen mit einem Herrn Manfred Meister – ihrem Ehemann und gleichzeitig Manager – in einer Villa circa fünfzig Kilometer südlich von München am Tegernsee.

Aus welchem Grund auch immer, führten sie getrennte Einkommensteuererklärungen. Nach einer halben Stunde Recherche hatte ich herausgefunden, dass sie seit dem Beginn ihrer Karriere mehr als fünfundzwanzig Millionen Tonträger verkauft, über hundert Konzerte in Europa, Amerika und Asien veranstaltet hatte sowie bei zahlreichen Fernsehshows aufgetreten war.

Offensichtlich investierte sie ihr Einkommen erfolgreich in Immobilien und Aktien. Sie besaß zehn Mietshäuser, zwei davon luxuriöse Hochhäuser in Münchens Stadtmitte, unzählige Aktien von großen Konzernen und viele Konten bei verschiedenen Banken.

Meine weiteren Recherchen ergaben, dass sie in dem ganzen Monat Juli 1995 kein Konzert in Norddeutschland veranstaltet hatte. Die Frage, die mich die ganze Zeit beschäftigte, war: Was machte diese berühmte Schlagsängerin am 23. Juli 1995 in einer kleinen Stadt wie Springe?

Dann suchte ich den Namen Nowakowski in Springe. Kaum zu glauben, es gab eine alte Dame namens Ida Nowakowski, die nur etwa einen Kilometer von meinem Haus entfernt wohnte. Ich erkannte das sofort, weil der Eigentümer ihres Nachbarhauses ein verstorbener Kollege von mir gewesen war: Jörg Holms.

Am 12. Dezember 1992 waren Jörg und seine Familie, seine Ehefrau und zwei kleine Töchter, während ihres Urlaubes auf der indonesischen Insel Flores durch ein schweres Erdbeben ums Leben gekommen. Jörg hatte direkt neben Ida Nowakowski gewohnt.

Ich war auf einmal unsicher. Vielleicht war Ida Nowakowski die Fahrerin des weißen Mercedes Benz, und Blue Emotion war die ganze Zeit in Bayern gewesen? Das machte Sinn.

Während weiterer Recherchen entdeckte ich den entscheidenden Zusammenhang zwischen beiden Frauen. Ich überprüfte die Steuererklärung von Katharina Nowakowski und entdeckte unter der Rubrik „Außergewöhnliche Belastung" Auszahlungen von vierzehntausend DM mit dem Titel „Unterstützung Mutter", Frau Ida Nowakowski. Bingo: Sie waren Mutter und Tochter.

Allmählich leuchtete mir ein, warum sie am 23. Juli bei ihrer Mutter gewesen war. Ida Nowakowski war am 23. Juli 1925 geboren. Möglicherweise hatte sie am 23. Juli 1995 ihren siebzigsten Geburtstag gefeiert.

Ihre Tochter Katharina hatte an dieser runden Geburtstagsfeier teilgenommen. Am selben Tag fuhr sie mit ihrem weißen Mercedes nach Bayern zurück und nach nur wenigen Kilometern wurde sie in diesen verhängnisvollen Unfall verwickelt.

Mir war allerdings rätselhaft, wie sie trotz umfangreicher polizeilicher Fahndung ungesehen und unbeschadet hatte davonkommen können. Kotflügel, Motorhaube und Stoßdämpfer waren vermutlich mit Farben beschmiert beziehungsweise beschädigt worden. Warum hatte sie niemand gesehen?

Was nun? Ich wusste inzwischen, wer die Autofahrerin war, wo sie wohnte und mit welchem Auto sie meinen Sohn getötet hatte. Den Gedanken, dass ich mit meiner Information und vor allem mit diesen handfesten Beweisen zur Polizei gehen sollte, fand ich auf einmal nicht gut. Ich entschied, weiterhin die Untersuchung selbst fortzuführen und herauszufinden, mit wem ich es zu tun hatte.

Ich war neugierig zu erfahren, wie Mutter Nowakowski aussah, wie sie lebte, und wollte wissen, was für ein Mensch sie war.

Gegen zwölf Uhr verließ ich das Ministerium und fuhr nach Springe. Unterwegs überlegte ich, wie ich mit dieser alten Dame ins Gespräch kommen konnte, ohne dass sie misstrauisch wurde. Sie sollte nicht wissen, wer ich war, mit welcher Absicht ich sie besuchte, und vor allem sollte sie auf keinen Fall erfahren, dass ich auch in Springe wohnte.

Ich parkte mein Auto circa hundert Meter von ihrem Haus entfernt. Dann stieg ich aus dem Auto und ging auf der anderen Seite der Straße entlang. Die Häuser in dieser Reihe sahen alle ziemlich alt aus. Das Haus von Ida Nowakowski schien jedoch besonders renovierungsbedürftig zu sein.

Der Garten war teilweise verwahrlost, die Fassaden waren möglicherweise irgendwann weiß gewesen, jetzt schienen sie hellgrau; wo ein Akazienbaum stand, war die Wand sogar moosgrün.

Neben der Garage lagen unzählige Gegenstände auf dem Boden; defekte Fahrräder, eine alte Waschmaschine, Gartengeräte und mehrere vollgestopfte Plastiktüten.

Dennoch, verglichen mit dem Nachbarhaus, wo mein verstorbener Kollege gewohnt hatte, schien dieses Gebäude einigermaßen bewohnbar zu sein.

Offenbar war jemand im Haus von Nowakowski körperlich behindert. Man hatte die Hälfte der Eingangstreppe abgetragen und stattdessen eine behindertengerechte Rampe für Rollstuhlfahrer eingerichtet. Aber auch dieses Werk sah heruntergekommen aus; einige Teile vom Beton waren abgeplatzt und machten einen unstabilen Eindruck. Man konnte kaum glauben, dass hier die Mutter einer reichen und berühmten Sängerin wohnte.

Es dauerte mehrere Minuten, bis ich endlich den Mut fand, sie zu besuchen.

Ich stand unsicher vor der Haustür und drückte die Klingel. Es dauerte ziemlich lange, dann öffnete sie die Tür. Vor mir saß eine weißhaarige, magere und blasse Frau in einem Rollstuhl. Ihre grünen Augen waren sehr klein, melancholisch und verweilten auf meinem Gesicht, während ich sie nervös und unsicher anblickte.

»Wenn Sie mir etwas verkaufen wollen, vergessen Sie es. Ich brauche nichts und ich habe kein Geld«, sagte sie in weichem, ruhigem Ton.

»Entschuldigen Sie die Störung. Ich will Ihnen nichts verkaufen. Ich war einige Jahre im Ausland und bin erst seit Kurzem wieder in Deutschland. Neben Ihnen wohnt mein bester

Freund, Herr Jörg Holms. Mir scheint, dass niemand dort ist. Wissen Sie, wohin Familie Holms gezogen ist?«

Plötzliche Tränen verschleierten ihren Blick, sie blieb eine Weile stumm, dann sagte sie leise: »Es tut mir leid, Herr Holms lebt nicht mehr.

Das heißt, die ganze Familie Holms lebt nicht mehr. Wahrscheinlich haben Sie auch im Ausland von dem furchtbaren Erdbeben auf der indonesischen Insel Flores gehört. Im Dezember 1992 machten er und seine Familie dort Urlaub. Leider haben sie, wie weitere zweitausend Menschen, diese Katastrophe nicht überlebt. Seit drei Jahren steht das Haus leer.«

Ich tat so, als ob ich zum ersten Mal davon erfahren würde und zeigte mich schockiert und fassungslos. Endlich sagte sie, worauf ich gewartet hatte: »Wollen Sie kurz reinkommen? Sie sind ja ganz erschüttert! Kommen Sie rein, wir sprechen darüber in der Küche.« Sie rollte ihren Rollstuhl rückwärts, ich machte die Tür zu und folgte ihr in die Küche. Sie sagte weiter: »Ich habe mir gerade Linsensuppe gemacht. Wenn Sie wollen, können Sie einen Teller davon haben.«

»Oh, vielen Dank. Es tut mir leid, dass ich Sie bei Ihrem Mittagessen gestört habe.«

»Sie stören mich gar nicht. Ehrlich gesagt, freue ich mich immer, wenn jemand mir Gesellschaft leistet. Wissen Sie, wir älteren Leute, besonders wenn man behindert ist, haben keine große Auswahl. Wir sind für jeden Besuch, jede Gelegenheit, uns mit jemandem zu unterhalten, dankbar. Alt und allein zu sein, ist grausam, bei mir kommt noch dazu, dass meine beiden Beine gelähmt sind und ich nur begrenzte Möglichkeit habe, aus eigener Kraft das Haus zu verlassen und einen Stadtbummel zu machen.«

»Wer versorgt Sie? Sie können unmöglich mit allem allein zurechtkommen.«

»Das ist richtig. Ich kann weder allein baden noch mich um den ganzen Haushalt kümmern. Diese Aufgabe übernimmt Gudrun. Sie ist eine liebe und zuverlässige Frau. Sie kommt täglich hierher, bringt die von mir bestellten Lebensmittel, putzt die Wohnung und hilft mir, wie ein Mensch auszusehen.

Ja, ohne sie bin ich verloren. Aber zum Kochen werde ich niemanden einstellen. Das ist mein Hobby, oder besser gesagt, das ist, was ich allein machen kann.« Sie schaute mich herausfordernd an und fragte: »Wollen Sie nicht doch meine Kochkunst probieren? Setzen Sie sich bitte. Wie heißen Sie?«

Ich musste bei meiner Strategie bleiben und log wieder: »Ich heiße Alexander Schmidt. Ich wohne in Frankfurt. Ich war dienstlich in Hamburg und auf dem Rückweg nach Hause kam ich auf die Idee, kurz bei meinem alten Freund Jörg vorbeizuschauen.«

»Ich verstehe. Leider ist das Leben so, man weiß nicht, was in der nächsten Minute passieren wird; heute ist alles in bester Ordnung und morgen kann alles anders aussehen. Man muss dieses kurze Leben wirklich genießen, solange die Möglichkeit dazu besteht.« Sie lächelte mir zu und sagte: »Mein Angebot steht noch. Wollen Sie mit mir speisen?«

»Aber gerne. Ich liebe Linsensuppe.«

Ich log wieder. Ich hatte Linsensuppe nie gemocht, aber das war die beste Gelegenheit, einige wichtige Punkte zu klären.

Sie nahm eine Schüssel, mit einer Kelle füllte sie die heiße Linsensuppe in einen Teller und stellte ihn auf den Tisch. Dann tat sie das Gleiche für sich und sagte einladend: »Bitte, essen Sie. Ich hoffe, es schmeckt Ihnen gut. Dann erzählen Sie mir, woher kennen Sie Herrn Holms?«

Während ich die heiße Suppe langsam aß, überlegte ich, wie ich das Thema meines verstorbenen Kollegen Holms unauffällig beenden und über ihre Tochter Katharina sprechen könnte.

Ich wanderte mit meinem Blick durch die Küche. Die Einrichtung war alt, aber ordentlich und sauber. An einer Küchenwand hatte sie ein großes Plakat von einem Konzert ihrer Tochter in Hannover aufgehängt. Ein bemerkenswertes Bild. Sie sah fantastisch aus, blond, schlank, mit eindrucksvoller Ausstrahlung.

Sie hatte ein blaues, enges und kurzes Kleid an, hielt ein Mikrofon in der Hand und schaute mit einem verführerischen Blick Tausende Fans an.

Ich bemerkte, dass Frau Nowakowski meinem Blick folgte. Ich verhielt mich weiterhin naiv und fragte mit einem einfühlsamen Ton:

»Warum leben Sie allein? Haben Sie keinen Mann, Kinder, Verwandte?«

Auf einmal hatte ich Angst, dass sie mich doch durchschauen und erkennen würde, worauf ich hinauswollte.

»Ich bin jedenfalls nicht vom Himmel gefallen!«, erwiderte sie unverkennbar verbittert. Dann fügte sie nachdenklich hinzu: »Ich habe mein ganzes Leben mit allen möglichen Problemen zu kämpfen gehabt. Meine Eltern und ich kommen aus Ostpreußen. Mein Vater war Arzt und meine Mutter arbeitete als Krankenschwester.« Sie blieb eine Weile still und nachdenklich. Ich dachte, vielleicht überlegte sie, ob es richtig war, ihre Lebensgeschichte einem wildfremden Mann zu erzählen. Aber anderseits hatte sie, wie sie selbst gesagt hatte, das starke Bedürfnis, sich mit jemandem zu unterhalten. Sie fuhr fort: »1945 musste meine Familie wie Tausende andere Flüchtlinge zwangsweise dieses Gebiet verlassen. Ich war damals zwanzig Jahre alt. Wir mussten uns beeilen. Hinter uns brandete das Meer der Kriegswellen und vor uns rollten Wagen an Wagen in endloser Folge Richtung unserer neuen Heimat, einem zertrümmerten Land namens Deutschland.

Es war ein hektischer und gefährlicher Exodus. Aus allen Dörfern kamen unablässig Fußgänger mit Handwagen oder Pferden zur Ost-West-Straße und hatten alle nur ein Ziel: raus aus dieser Hölle. Es gab viele Verletzte und Tote unterwegs.

Nach drei harten und entbehrungsreichen Monaten erreichten wir endlich Hannover, wo eine Verwandte meiner Mutter wohnte.

Wir lebten zuerst mit anderen Geflohenen in einem Bunker, bis wir eine kleine Wohnung in der Nähe von Hannover fanden.

Es dauerte nicht lange, bis mein Vater eine feste Stellung in einem Krankenhaus bekam. Er war nach und nach in der Lage, für meine Mutter und mich eine bessere Lebensqualität zu erreichen. 1950 kaufte er dieses Grundstück. Es hat fast fünf Jahre gedauert, bis wir in dieses Haus einziehen konnten.

Ja, ich lebe mehr als vierzig Jahre in dieser Stadt. Hier habe ich geheiratet, meine Tochter großgezogen und viele gute und schlechte Zeiten erlebt. Aber, wie ich bereits sagte, nichts bleibt im Leben für die Ewigkeit; erst starb meine Mutter, dann mein Vater und seit mehreren Jahren bin ich geschieden.

Mein Ex-Mann ist ein Metallschrotthändler. Ich konnte es mit ihm nicht aushalten. Er ist eine unangenehme und launische Person, die das Leben für mich und sich selbst unerträglich gemacht hat. Für meine Tochter war er ein guter Vater, aber mir gegenüber war er immer kalt und feindselig. Die Scheidung war die beste Lösung für unsere lieblose Ehe.«

»Wohnt er auch in Springe?«

»Nein, er lebt in Hamburg. Er hat dort einen Autoverwertungsbetrieb. Ich denke, er ist mit seinem neuen Leben zufrieden. Er kann ungestört saufen, stinkende Zigarren rauchen und ständig die ganze Welt verfluchen. Aber er ist mir jetzt egal – verziehen und vergessen. Der einzige Stern, der im Himmel meines Lebens glänzt, ist meine Tochter.«

»Was macht Ihre Tochter?« Ich fragte mit einem naiven Ausdruck. Sie verzog das Gesicht zu einem stolzen Lächeln, mit einem Finger zeigte sie auf das Plakat an der Küchenwand und antwortete:

»Das ist sie. Das ist meine Tochter, meine einzige lebende Verwandte. Sie ist eine Schlagersängerin. Sie ist die berühmte Blue Emotion. Kennen Sie sie?«

Ich schaute noch einmal das Plakat an und erwiderte verlegen:

»Ja, ich glaube schon. Ich muss aber gestehen, dass ich vom Showbiz keine Ahnung habe. Aber doch, jaja, ich habe ihren Namen schon gehört. Sie soll eine der erfolgreichsten Schlagsängerinnen sein, nicht wahr?«

»Ja, sie ist die Beste, die beste Schlagsängerin in ganz Europa. Vor zwei Jahren hatte sie ein Konzert in Hannover. Innerhalb von zwei Tagen waren alle Karten verkauft. Zum ersten Mal war ich dabei. Sie hat alles für mich organisiert. Man hat mich in einer großen Limousine abgeholt und spätabends zurückgebracht. Als ihre Mutter durfte ich im VIP-Bereich in der ersten Reihe sitzen. Ich war richtig stolz, zu sehen, wie die Leute von meiner Tochter und ihren Liedern begeistert waren.«

»Das kann ich nachvollziehen. Ein erfolgreiches und berühmtes Kind zu haben, ist etwas Besonderes, es ist ein guter Grund, stolz zu sein. Was ich aber nicht verstehe, warum leben Sie nicht mit Ihrer Tochter zusammen?«

»Ich will es nicht«, antwortete sie trotzig. Plötzlich machte sie einen ärgerlichen Eindruck. Erst aß sie ihre Linsensuppe unkonzentriert weiter, dann schaute sie mich ärgerlich an und erzählte schließlich stockend weiter: »Nein, nein, ich will es nicht. Das heißt, es geht nicht. Abgesehen davon, dass ich kein gutes Verhältnis zu ihrem Mann habe, lege ich Wert darauf, mein eigenes Leben zu führen und so weit wie möglich von ihr unabhängig zu bleiben.

Leider bin ich finanziell doch von ihr abhängig. Ich habe nur eine kleine Rente und bin auf ihre Unterstützung angewiesen. Sie zahlt für Gudrun, übernimmt alle Nebenkosten und überweist jeden Monat genügend Geld auf mein Konto.«

»Habe ich Sie richtig verstanden, dass sie zu Besuch kommt, wenn sie ein Konzert in Hannover hat?« Das war meine nächste Fangfrage.

»Jaja, eigentlich nein, wie soll ich sagen? Sie dürfen nicht vergessen, dass sie eine sehr beschäftigte Frau ist. Trotzdem, wenn Sie einmal in Norddeutschland ist, kommt sie für ein paar Stunden hierher und bringt mir wunderschöne Geschenke. Sonst besucht sie mich am ersten und zweiten Weihnachtsfeiertag und natürlich auch an meinem Geburtstag.« Ein fröhliches Lächeln zuckte um ihre Lippen und sie sagte weiter: »Letztes Jahr ... auch, ja ... das war schön ... letztes Jahr zum Anlass meines siebzigjährigen Geburtstags blieb sie sogar fünf Tage und vier Nächte hier.«

Der letzte Satz hatte mich elektrisiert. Das war genau die Antwort auf meine Frage, und zwar, wo sie am 23. Juli 1995 gewesen war.

Ich bemühte mich, ruhig zu wirken. Sie durfte meine fieberhaften Herzschläge nicht bemerken. Sie war eine intelligente und aufmerksame Frau. Ich ließ die leere Schüssel auf dem Tisch stehen und sagte: »Das war die beste Suppe, die ich seit Jahren gegessen habe. Vielen Dank für Ihre Gastfreundschaft. Ich hoffe, ich kann mich irgendwann revanchieren.«

Offensichtlich freute sie sich über meine Komplimente. Ihre Frage, ob ich noch eine Schüssel Suppe haben wollte, musste ich allerdings mit einem schnellen „Nein" beantworten und erwiderte:

»Vielen Dank. Ich bin wirklich satt. Aber ich hätte gerne ein Glas Wasser.«

Das hatte ich tatsächlich dringend nötig, ich erstickte an ihren neuen Informationen. Sofort bewegte sie ihren Rollstuhl zur anderen Seite und holte eine Flasche Wasser. Sie füllte zwei Gläser, gab mir eines davon und sagte:

»Ich muss sagen, die Suppe hat mir auch sehr gut geschmeckt. Ich denke, wenn man mit einem sympathischen Menschen wie Ihnen speist, schmeckt das Essen direkt besser, als wenn man allein isst.«

Die Suppe war nicht mein Thema. Ich musste herausfinden, was ihre Tochter in den fünf Tagen, in denen sie hier gewesen war, gemacht hatte. Ohne auf ihre Bemerkung einzugehen, sagte ich provozierend:

»Ich denke, Ihre Tochter könnte doch eigentlich öfter mal fünf oder mehrere Tage bei Ihnen bleiben. Schließlich hat man nur eine Mutter und, wie Sie sagen, hält das Leben nicht für die Ewigkeit an.«

»Ja, wem erzählen Sie das. Ich ärgere mich oft, dass die junge Generation nicht so fürsorglich ist wie wir in unserer Zeit. Meistens haben sie nur eins im Kopf, so schnell wie möglich reich und berühmt zu werden, gleichgültig, ob sie dabei ihre Familie vernachlässigen. Dennoch denke ich, muss ich mit dem, was ich bekomme, zufrieden sein.« Sie blieb eine Weile still. Offenbar hatte sie meine Bemerkung richtig getroffen, denn sie setzte noch eins drauf: »Da wir von neuen Generationen sprechen, ich muss sagen, es gibt noch einen Grund, warum Katharina letzten Juli fünf Tage hier bei mir geblieben ist, es war nicht nur wegen meines runden Geburtstags, sondern wegen ihres gesundheitlichen Zustands. Sie war richtig kaputt, nervös, angeschlagen und schwach, sehr schwach.

Eigentlich wollte sie an meinem Geburtstag nach dem Mittagessen zurück nach Bayern fahren. Ihr Sklaventreiber, ich meine ihren Ehemann, machte mit seinem Telefonterror so viel Stress, dass sie mit ihren Nerven völlig am Ende war.

Ich habe gesehen, wie sie in ihrem Zimmer leise weinte. Plötzlich kam sie zu mir, umarmte mich, wünschte mir noch einmal alles Gute zum Geburtstag und dann setzte sie sich ins Auto und fuhr weg.

Ich war traurig, dass sie nicht länger bei mir bleiben konnte. Aber das hatte sie immer gemacht. Sie kam und ging wie Sonnenschein im Winter. Ich bin sicher, dieses Mal war wieder ihr Mann daran schuld.

Der Gedanke daran, dass ich den Rest meines Geburtstags allein verbringen musste, machte mich wehmütig.

Als sie nach einer halben Stunde zurückkam, war ich völlig überrascht. Sie sagte, sie fühle sich nicht wohl und wolle doch noch ein paar Tage bei mir bleiben. Sie schaltete ihr Handy aus und sagte: »Zum Teufel mit Manfred, ich will mit niemandem sprechen.‹

Was für ein Glück, ich habe mich riesig gefreut und sagte, ›Kind, du kannst so lange hierbleiben, wie du willst. Du machst mir eine große Freude damit.‹

Ich weiß nicht, was ihr Mann ihr dieses Mal angetan hatte. Sie war ungewöhnlich durcheinander. Ob es an dem Telefonterror ihres Mannes lag oder mit ihrer stressigen Arbeit zu tun hatte oder vielleicht mit beidem, weiß ich nicht. Ich sah nur, sie war zerbrochen. Sie zitterte vor Aufregung. Sie war blass, starr und leidend. Ich redete ihr zu, dass sie die richtige Entscheidung getroffen hatte. In diesem Zustand hatte es keinen Sinn, siebenhundert Kilometer zu fahren.

Kaum setzte sie sich zu mir, stand sie unruhig wieder auf und lief auf die Straße, um ihr Auto in der Garage zu parken. Sie sagte, dass sie Angst habe, die Jugendlichen würden ihr schönes Auto zerkratzen oder mit Farbe beschmieren und sie bekäme Ärger mit ihrem Mann.

Na ja, ich habe ihr neues Auto nicht richtig gesehen, aber ich denke, es muss eine sehr teure Limousine sein.

Ich weiß nicht, wie es bei Ihnen in Frankfurt ist, solcher Unfug passiert öfter bei uns, besonders in unserer Straße.« Dann flog ein amüsiertes Lächeln über ihr Gesicht und sie fuhr fort: »Was sie vorhatte, war aber nicht leicht zu bewältigen. Die Garage war voll, voll mit allem Krimskrams. Sie musste allein jede Menge Gerümpel aus der Garage heraustragen.

Wahrscheinlich haben sie es schon im Garten gesehen. Da liegt immer noch tonnenweise Sperrmüll.

Gudrun wollte alles zur Mülldeponie bringen, aber bis heute ist sie nicht dazu gekommen.

Während Katharina bei mir war, fühlte ich mich wieder wie eine glückliche Mutter. Trotz meines Handicaps versorgte ich sie Tag und Nacht. Ich kochte für sie ihr Lieblingsessen, sorgte dafür, dass sie lange schlafen konnte, massierte ihre Füße und bemühte mich, dass sie sich bei mir wohlfühlte.

Mein Gott, ich war so glücklich, dass nach langer, langer Zeit mein Baby bei mir war. Schon am zweiten Tag sah sie etwas besser aus. Kurz vor acht Uhr stand sie gewöhnlich auf und ging für eine Stunde joggen. Sie sagte, wenn sie morgens auf ihrer Lieblingsstrecke liefe, sei sie den ganzen Tag in bester Stimmung.«

»Wo ist ihre Lieblingsstrecke?«

»Das ist zwischen Springe und Eldagsen. Der größte Teil der Strecke ist auf beiden Seiten von einem wunderschönen Wald geschützt. Die Landstraße ist verkehrsarm und der Joggingweg ruhig und ohne Hindernisse.

Tatsächlich, nach mehr als einer Stunde Laufen war sie jeweils nicht nur in bester Stimmung, sie war auch wieder energisch und ruhig. Solange Katharina bei mir war, gab sie Gudrun frei und übernahm ihre Aufgaben. Jeden Morgen wusch sie mich gründlich und gegen Mittag ging sie einkaufen und besorgte mir viel Gemüse, Obst und Kuchen.«

Ich musste sie unterbrechen: »Die Anwesenheit einer so berühmten Künstlerin wie Blue Emotion in einer kleinen Stadt wie Springe muss eine Sensation gewesen sein. Wahrscheinlich standen die ganze Zeit Presse und viele Fans vor Ihrem Garten?«

»Nein, überhaupt nicht. Nein, Gott sei Dank keine Presse, keine Fans, keine Paparazzi, nichts. Und wissen Sie, warum nicht? Weil meine Tochter sehr schlau ist. Abgesehen davon, dass kaum jemand weiß, dass ich die Mutter von Blue Emotion bin, ist sie immer sehr vorsichtig, wenn sie mich besucht; sie schminkt sich nicht, trägt einfache Klamotten, bedeckt ihr Haar mit einem Tuch und versteckt ihre wunderschönen Augen hinter einer Sonnenbrille. Nur Gudrun weiß, wer sie ist. Sie weiß aber auch, wenn sie darüber redet, braucht sie nicht mehr zu mir zu kommen. Schließlich bekommt sie von meiner Tochter jeden Monat siebenhundert DM steuerfrei.

Ach, das waren fünf unvergessliche Tage in meinem Leben. Meine Katharina war bei mir zu Hause. Aber leider ging alles viel zu schnell zu Ende, und sie musste doch zu ihrem schrecklichen Mann zurück. Kaum hatte sie ihr Telefon wieder eingeschaltet, rief ihr Mann mehrere Male am Tag an und brüllte am Telefon, warum sie nicht zurückkäme.

Er ist ein unangenehmer Typ; Egoist, gefühllos, einfach widerlich. Angeblich wartete das Musik-Team auf meine Tochter und sie musste zurück. Ich hatte das Gefühl, dass sie noch weitere Tage bei mir bleiben wollte. Aber ihr Mann machte ständig Stress, sie müsste gehen. Sie versprach, nächstes Mal würde sie mindestens eine Woche bei mir bleiben. Sie hielt tatsächlich ihr Versprechen. Sie ließ ihr Auto in der Garage stehen, fuhr mit dem Zug nach Bayern und im Oktober kam sie wieder hierher, blieb mehrere Tage und fuhr dann mit dem Auto nach Hause zurück.

Wissen Sie, jedes Mal, wenn sie mich besucht, bin ich glücklich, und wenn sie mich dann allein lässt, bemerke ich, wie einsam ich bin. Aber ich strenge mich an, meine Erwartungen zurückzuschrauben und mit meiner Einsamkeit irgendwie zurechtzukommen.

Wie Sie sehen, ist mir das einigermaßen gelungen. Ich bin vielleicht nicht glücklich, aber ich lebe noch. Ich freue mich schon jetzt auf ihren nächsten Besuch.«

Was diese alte Dame mir erzählte, waren die fehlenden Teile eines verworrenen Puzzles.

Ich hatte jetzt keine Zweifel mehr, dass die Autofahrerin, die mit ihrem weißen Mercedes Benz meinen Sohn überfahren hatte, ihre Tochter war, Katharina Nowakowski alias Blue Emotion.

Obwohl mir noch einige Details fehlten, brauchte man nicht viel Fantasie zu haben, um zu erkennen, wie sie sich unmittelbar nach dem Unfall verhalten hatte und warum die polizeiliche Fahndung erfolglos geblieben war.

Offenbar fuhr sie nach dem Unfall nicht weiter nach Bayern, sondern kehrte sofort zu ihrer Mutter zurück und versteckte ihr Auto in ihrer Garage. Sie hatte wohl bemerkt, dass die Polizei einen weißen Mercedes Benz in dieser Region suchte.

Im Oktober, als sich niemand mehr für das gesuchte Auto interessierte, besuchte sie ihre Mutter, holte das Auto aus der Garage und fuhr nach Bayern zurück. Möglicherweise unterwegs nach Tegernsee, stoppte sie in Würzburg und verkaufte ihr Auto an Herrn Borowsky, wahrscheinlich spottbillig. Sie hatte in der Tat viel Glück, aber verhielt sich auch ganz clever.

Ich blieb noch fünfzehn Minuten bei dieser sympathischen alten Dame, die keine Ahnung hatte, wer ich war und was ihre Tochter meiner Familie angetan hatte. Ich kündigte an, dass ich langsam nach Frankfurt fahren müsse.

Sie schien davon nicht begeistert zu sein. Denn nach langer Zeit hatte sie jemanden gefunden, mit dem sie sich unterhalten und ihre Einsamkeit einigermaßen vergessen konnte.

Aber ich konnte nicht mehr. Die grausame Erkenntnis, dass ihre Tochter meinen Jungen getötet und dann versucht hatte, sich ganz raffiniert von ihrer mörderischen Tat zu entfernen, machte mich zutiefst traurig und wütend.

Diese alte Frau war in Ordnung, sie war aufrichtig und herzensgut. Sie konnte nichts dafür, dass ihr Engelchen für die Vernichtung einer Familie verantwortlich war.

Und ich, ich wollte sie gern verschonen und ihr gegenüber kein Wort darüber verlieren.

Als ich mich verabschiedete, wünschte sie mir eine gute Heimfahrt und bat mich, sie zu besuchen, wenn ich irgendwann wieder in ihre Nähe sei.

Ich erinnere mich, als ich nach Hause fuhr, fühlte ich mich abgespannt und traurig. Ich konnte das schreckliche Ergebnis meiner Ermittlung nicht einfach so hinnehmen und fragte mich immer wieder: Was nun? Was mache ich bloß mit dieser entsetzlichen Enthüllung? Sollte ich doch zur Polizei gehen und eine Anzeige gegen Katharina Nowakowski erstatten? – Nein, nein, das war noch zu früh. Ich musste herausfinden, wie hoch ihre Strafe sein würde, wenn ich sie bei der Polizei anzeigen und schließlich einen Prozess gegen sie führen würde. Wenn es nach mir gegangen wäre, hätte sie den Tod verdient. Ich entschied, mich zuerst juristisch beraten zu lassen.

7

Als Harold Wartenberg eine Weile schweigend verharrte, nutze ich die Gelegenheit und bat ihn, trotz seiner mitreißenden Geschichte eine kurze Pause zu machen. Ich war wegen meiner Frau etwas abgelenkt und unruhig.

Wartenberg war einverstanden, er selbst brauchte auch eine kurze Unterbrechung. Die Erinnerung an diese bittere Episode seines Lebens war für ihn doch schwerer zu ertragen, als er gedacht hatte. Er wollte diese Gelegenheit nutzen und etwas frische Luft schnappen.

Wie ich vermutet hatte, schlief meine Frau tief und fest. Sie hatte wieder etwas Farbe im Gesicht, das Medikament war offenbar wirkungsvoll.

Ich schrieb ihr einen kleinen Zettel, wo sie mich finden könnte, falls sie wach wurde, und kehrte dann voller Spannung wieder in die Bar zurück.

Es dauerte fast zehn Minuten, bis Harold Wartenberg wieder zu mir kam. Ich blieb stumm, gleichsam in wartender Haltung. Er musterte mich eine Weile und fragte gedankenverloren:

»Wo waren wir?« Ohne auf meine Antwort zu warten, sagte er weiter: »Ach ja, juristische Beratung.

Am nächsten Tag, gegen neunzehn Uhr besuchte ich einen alten Freund, einen pensionierten Richter. Dr. Ostermann wohnt im Nachbarort Bad Münder und wir kennen uns seit mehreren Jahren.

Das letzte Mal hatte ich ihn bei der Beerdigung meines Sohnes gesehen.

Wie immer empfing er mich herzlich und führte mich in sein Arbeitszimmer, wo es meiner Meinung nach viel gemütlicher war als in seinem Wohnzimmer. Es standen dort mehrere Regale voll mit interessanten Büchern, und er lagerte in diesem Raum sehr gute spanische und französische Weine. Trotz unserer aufrichtigen Freundschaft hatte ich vor, ihn nicht über meine bisherigen Recherchen zu informieren. Ich wollte lediglich erfahren, welche Strafe auf Fahrerflucht stand. Ich sagte ihm klagend:

»Ich bin enttäuscht, dass die Polizei immer noch nicht in der Lage ist, den Autofahrer, der meinen Sohn getötet hat, zu finden. Anderseits frage ich mich auch, welche Strafe er überhaupt bekommen könnte, wenn sie doch irgendwann genügend Beweise finden und den Täter verhaften würden. Lebenslang?«

Er blieb eine Weile nachdenklich. Meine Frage brachte ihn in Verlegenheit. Umständlich nahm er die Brille ab und begann, mit einem Tuch die beiden Gläser zu putzen. Er schaute mich nachdenklich an und erwiderte:

»Ich kann wohl nachvollziehen, dass dieses furchtbare Ereignis dich ständig quält und du dir wünschst, dass der Autofahrer bald gefunden und hart bestraft wird.

Dummerweise hat die Polizei, wie du selbst sagst, auch nach mehreren Monaten immer noch keinerlei Anhaltspunkte, wer Martin überfahren haben könnte und wie der Autofahrer, ohne Spuren zu hinterlassen, davonkommen konnte. Seltsamerweise gibt es noch nicht einmal einen Zeugen.

Nach meiner Information hat die Polizei alles getan, um den Täter oder die Täterin zu ermitteln und gegebenenfalls vor Gericht zu bringen. Aber offensichtlich ist der Täter nicht nur gewissenlos, sondern auch ziemlich clever.

Inzwischen hatte dieser Verbrecher sicherlich genügend Zeit, um alle belastenden Beweise zu beseitigen.

Wenn es der Polizei trotzdem irgendwann gelingen sollte, den Autobesitzer zu finden, glaube ich nicht, dass du mit seiner Strafe zufrieden sein wirst.

Du musst wissen, dass allein in Deutschland jedes Jahr über eine halbe Million Mal Fahrerflucht begangen wird, und nur zwanzig Prozent der Täter werden erwischt.

In Martins Fall ist die Situation noch komplizierter. Abgesehen davon, dass man nicht glaubhaft beweisen kann, ob der Autofahrer während der Fahrt betrunken oder irgendwie abgelenkt war, gehe ich davon aus, er würde inzwischen behaupten, an diesem Tag zuhause bei seiner Familie gewesen zu sein. Das heißt, er kann ein glaubhaftes Alibi nachweisen. Oder er würde möglicherweise aussagen, dass jemand anderes sein Auto gefahren hat und er nicht weiß, wer.

Grundsätzlich liegt die Verantwortung für die Beschaffung eines glaubhaften Beweises in einem Zivilprozess beim Kläger und bei einem Strafprozess wie diesem beim Staatsanwalt. Das heißt, in Martins Fall muss der Staatsanwalt glaubhaft beweisen, wer in welchem Zustand diesen tödlichen Unfall verursacht hat.

Ich vermute, wenn er oder sie sich einen guten Anwalt leisten kann, würden sie wegen mangelnder Beweise freigesprochen. Bei einem strengen Richter würden als Autobesitzern möglicherweise einige Monate Gefängnis auf Bewährung und eine Geldstrafe bekommen. Für den Selbstmord deiner Frau und dein gebrochenes Herz würde er auf keinen Fall zur Verantwortung gezogen. Im Klartext: Die Aussicht auf eine harte Strafe nach deinen Vorstellungen gibt es nicht.

Es tut mir leid, wenn ich so nüchtern und sachlich darüber rede. Ich berichte aus meinen dreißig Jahren richterlicher Erfahrungen.

In solchen Fällen, wenn die Beweislage so dünn ist und dein Kontrahent gut vorbereitet, kann man kaum mit einem gerechten Urteil rechnen. Versuche dich ein bisschen zu beruhigen und deine Erwartung zu reduzieren, denn in einem solchen Prozess ist die Enttäuschung über das Urteil oft schlimmer, als wenn der Täter unerkannt bleibt.«

»Was erzählst du da? Jemand hat meinen Jungen getötet, meine Frau in den Wahnsinn getrieben und mein Leben ruiniert und du meinst, ich soll die ganze Angelegenheit vergessen?«

»Nein, das habe ich nicht gemeint. Natürlich kannst du diese Katastrophe nicht einfach vergessen. Der Heilungsprozess deiner Wunden wird einige Jahre in Anspruch nehmen. Ich meine, du solltest langsam versuchen, deinen Kopf von so vielen quälenden Gedanken zu befreien, umdenken und ein neues Leben beginnen. Je mehr du in diesem brennenden Feuer wühlst, desto mehr wirst du dich verletzen und immer unglücklich bleiben.«

Dr. Ostermann war bekannt als ein gewissenhafter, aber auch strenger Richter. Ich glaube, er wollte mich hauptsächlich deshalb beschwichtigen, weil er sich um meinen seelischen Zustand Sorgen machte.

Aber der Zustand meiner Psyche war mir egal, ich wollte Vergeltung. Diese Frau war für den Tod meines Sohnes, den Selbstmord meiner Frau und schließlich die Zerstörung meines Lebens verantwortlich. Sie musste dafür hart bestraft werden.

Offenbar war für Katharina Nowakowski der Sachverhalt längst vergessen. Wie es aussah, tanzte sie von einem Konzert zum nächsten, ohne über ihre mörderische Tat nachzudenken.

Natürlich könnte ich mit all meinen belastenden Beweisen zur Polizei gehen und sie für ihre Straftat zur Verantwortung ziehen. Aber nach dem, was ich von Dr. Ostermann erfahren hatte, konnte ich nicht mit einer Strafe nach meinen Vorstellungen rechnen. Und das war mir verdammt zu wenig.

Sie war reich, sogar sehr reich, und sie war in der Lage, die besten Anwälte zu engagieren und sich, ohne wesentliche Strafe, freizukaufen.

Es blieb mir keine andere Wahl, als die Sache selbst in die Hand zu nehmen und sie schmerzhaft zu bestrafen. Diese Vergeltung schuldete ich meinem Sohn und vor allem meiner Frau. Wie oft hatte Sabrina mich beschimpft, dass ich eine schwache Figur sei. Damals wusste sie, dass weder die Polizei noch ich einen Beweis hatten, um die Täterin zu erfassen, und vor Gericht zu stellen. Aber jetzt, jetzt da ich keine Zweifel mehr hatte, wie es passiert war und wer diese Katastrophe verursacht hatte, konnte ich nicht zulassen, dass sie so leicht davonkam.

Ich entschied, der Anordnung meines inneren Richters zu folgen und Katharina Nowakowski nach meinem eigenen Strafmaß zu bestrafen.«

Ich musste Harold Wartenberg impulsiv unterbrechen: »Ich verstehe Sie nicht ganz. An welche Art von Vergeltung haben Sie dabei gedacht? Wollten Sie Katharina Nowakowski töten?« Eine Weile musterte er mich befremdet und erwiderte dann:

»Nein, nein, nicht töten. Ich gebe zu, wenn ich sie unmittelbar nach dem Unfall erwischt hätte, ich hätte sie wahrscheinlich totschlagen können. Nein, ich wollte nicht mehr ihren Tod, ich wollte sie empfindlich bestrafen.

In meinen dreißig Jahren Erfahrung im Finanzministerium habe ich immer wieder erlebt, dass fast alle superreichen Leute sehr stark an ihrem Vermögen hängen. Je mehr sie Geld anhäufen, desto geiziger sind sie.

73

Seit ich Katharinas Mutter besucht hatte, schwebte nur eine Idee in meinem Kopf: Ich wollte sie entführen, Millionen erpressen und mit dem Geld das Projekt von Martin realisieren.«

Im Gegensatz zu unserer Vereinbarung musste ich ihn wieder unterbrechen. Ich fragte verwirrt:
»Was für ein Projekt?«
Er schaute mich frostig an und erwiderte vorwurfsvoll:

»Haben Sie nicht aufgepasst, was Martin an seinem Todestag erzählte? Er berichtete von seinem Traum; er hatte geträumt, dass er Millionen DM an gewonnenem Geld aus dem Lottospiel für arme Afrikaner spenden wollte. Er hatte auch für mich eine Aufgabe: Ich sollte die ganze Aktion überwachen.
Katharina Nowakowski war eine Millionärin, sie sollte als Strafe für ihr Verbrechen dieses Projekt finanzieren, und zwar genau den gleichen Betrag, den Martin in seinem Traum im Lotto gewonnen hatte.
Mir war klar, mit dieser Aktion würde Martin nicht wieder lebendig, aber sein Projekt könnte das Leben von Hunderten kranker oder hungernder Afrikaner retten. Das wäre ein gerechtes Urteil. Dann konnte ich guten Gewissens mit dem Sachverhalt abschließen und gleichzeitig die Seele meines Sohnes beglücken.
Diese Idee wuchs und gedieh jeden Tag weiter in meinem Kopf. Ich hielt sie für eine geniale Vergeltung und ich wollte sie unbedingt durchführen, koste es, was es wolle.

8

Mehrere Tage schloss ich mich in meinem Haus ein und versuchte, meine Gedanken zu sortieren.

Mir war klar, dass die Vorbereitung, Organisation und Ausführung meiner Idee viel Zeit, Aufwand, aber auch Geld kosten würden. Das gesamte Projekt musste durchdacht, realistisch und durchführbar sein. Um nicht verhaftet zu werden, müsste ich viel besser sein als die Polizei mit ihren fachlichen Erfahrungen und technischen Möglichkeiten.

Mir war wohl bewusst, wenn ich bei der Ausführung meines Plans versagen würde, hätte ich nicht nur mein Ziel verfehlt, sondern müsste auch wegen Entführung und Erpressung mit einigen Jahren Gefängnis rechnen.

Dennoch, damals war mir egal, was mir passieren würde. Ich war besessen davon, mit dieser Aktion einen Sinn in meinem unersetzbaren Verlust zu finden und der empfundenen Ungerechtigkeit entgegenzuwirken.

Anfang Januar 1996 suchte ich meinen Vorgesetzter auf und erklärte entschlossen, dass ich mit sofortiger Wirkung kündigen wolle. Ich begründete meine Entscheidung mit dem Tod meines Sohnes und dem Suizid meiner Frau und erheblichen psychischen Problemen, die mich daran hinderten, meine Arbeit konzentriert und sachgerecht auszuführen. Ich bat ihn, meinen Antrag auf Vorruhestand zu unterstützen.

Er hatte grundsätzlich keine Einwände, wies mich aber darauf hin, dass ich laut Gesetz noch einige Jahre arbeiten müsste und bei einer frühzeitigen Pensionierung finanzielle Nachteile erfahren würde.

Aber das Geld interessierte mich überhaupt nicht. Ich wollte Tag und Nacht frei sein und mit klarem Kopf meinen Plan Schritt für Schritt durchführen.

Mein Chef begleitete mich in die Personalabteilung, ich unterzeichnete mehrere Formulare und verließ das Ministerium. Es dauerte fast zwei Monate, bis ich den gewünschten Bescheid erhielt. Danach konnte ich mir endlich so viel Zeit nehmen, wie ich wollte, um unauffällig und ohne Spuren zu hinterlassen Katharina Nowakowski unter die Lupe zu nehmen. Ich wollte wissen, wo sie wohnte, wie sie lebte, und mich über ihre Gewohnheiten und ihr Umfeld informieren.

Wie ich herausfand, wohnte sie, im Gegensatz zu ihrer Mutter, in einem traumhaften Palast; ein dreistöckiges, modernes weißes Haus, direkt am Tegernsee. Allein der Garten war mehrere Tausend Quadratmeter groß.

Ich mietete ein Zimmer in einer Pension, etwa hundert Meter von ihrem Haus entfernt. Ich konnte mit einem Fernglas vom Fenster meines Zimmers ihren Wohnbereich beobachten. Es gab allerdings nicht viel zu sehen. Nach meinem Eindruck führten sie und ihr Mann ein langweiliges Leben.

Ihr Mann, Manfred Meister, war ein großer, stämmiger Typ, der pausenlos in Bewegung war. Die meiste Zeit lief er ungeduldig auf der Terrasse oder im Garten hin und her, rauchte eine Zigarette nach der anderen und telefonierte dauernd, immer aufgeregt und aggressiv.

Am zweiten Tag meines Aufenthalts bemerkte ich, dass zusätzlich zu zahlreichen installierten Kameras an jedem Winkel des Hauses zwei Sicherheitsmänner dafür sorgten, dass keine Fremden ihr Grundstück betraten.

Katharina Nowakowski selbst erschien jeden Tag pünktlich um acht Uhr in einem rosafarbenen Jogginganzug für fünf Minuten im Garten, machte Stretch-Übungen und lief dann fast eine Stunde auf der Promenade, gefolgt von einem Bodyguard.

Gegen zehn Uhr erschienen mehrere Personen mit Musikinstrumenten und verschwanden hinter dem Gebäude, möglicherweise in einem Musikraum, der für mich nicht sichtbar war. Ich vermute, dass sie sich auf die nächste Show vorbereiteten.

Nach sechs Tagen Anwesenheit in diesem renommierten Ort war mir wohl bewusst, dass ich dort die entscheidende Phase meines Plans nicht durchführen konnte. Denn wenn sie das Haus verließ, war sie nie allein; manchmal begleitete sie ihr Mann, oft war eine Freundin dabei und immer folgte ihr ein Bodyguard in einem Abstand von zwei Metern.«

Ich war immer noch verwirrt und musste Wartenberg erneut unterbrechen:
»Wollten Sie wirklich diese Aktion allein und ohne fremde Hilfe durchführen? Das scheint mir eine fast unmögliche Herausforderung.«

»Ja, ja, ich weiß, was Sie meinen. Es klingt tatsächlich nach einer wahnsinnigen Idee. Ja, ich wollte sie allein entführen und in meinem Haus einsperren.

Allein, weil ich keine Personen kannte, die mir dabei helfen konnten. Aber auch wenn jemand in Betracht gekommen wäre, wollte ich niemanden in diese kriminelle Aktion mit hineinziehen.

Ich las viele Bücher über die Entführung verschiedener Menschen in Europa, den USA und anderswo. Fast alle wurden von der Polizei aufgespürt, und die Entführer wurden entweder verhaftet oder sogar getötet. Wissen Sie, warum? Weil entweder ihre Pläne mangelhaft waren oder die beteiligten Personen unfähig, unachtsam und die ganze Aktion von schlechter Kommunikation, mangelnder Kooperation und Nachlässigkeit geprägt war. Ich war überzeugt, wenn ich alles systematisch plane; jede Einzelheit wohl überlegt organisiere und fehlerfrei ausführen würde, wäre mein Ziel effektiv und risikolos zu erreichen.

Ich war von dieser Idee so besessen, so motiviert, dass kein Gegenargument mich davon hätte abhalten können.

Am Tegernsee leuchtete mir aber ein, dass ich diese Aufgabe dort nicht bewältigen konnte – auch wenn mich fünf Personen oder mehr dabei unterstützt hätten. Ich musste sie an einem anderen Ort erwischen. Einem Ort, an dem es keine Überwachungskamera gab, keinen begleitenden Bodyguard und möglichst wenige Passanten.

Während dieser Reise war mir klar geworden, dass ich sie weder von ihrem Zuhause in Bayern entführen konnte noch in einem Hotel, wo sie normalerweise nach ihrer Show übernachtete. Sie war kaum allein und fast immer begleitet und überwacht von mehreren Leibwächtern. Außerdem, musste ich für sie ein sicheres Versteck einrichten; allein diese Aufgabe könnte gut und gern mehrere Monate in Anspruch nehmen.

Es blieb mir daher keine andere Wahl, als die Ausführung meines Plans bis Juli 97 zu verschieben. Sie kam gewöhnlich am Geburtstag ihrer Mutter nach Springe und blieb ein paar Tage dort. Dort waren fast alle Voraussetzungen für eine unauffällige Entführung gegeben, dort war sie frei und bewegte sich ohne Leibwächter. Ihre Mutter hatte betont, dass in dieser kleinen Stadt kaum jemand wusste, dass sie die Mutter von Blue Emotion war, daher würden sicherlich keine Reporter oder Paparazzi vor der Haustür ihrer Mutter stehen.

Interessant waren für mich auch ihre Bemerkungen, dass ihre Tochter, wenn sie zu Besuch war, jeden Tag um acht Uhr eine Stunde im Wald laufen ging, und auch, dass sie manchmal ohne Begleitung einkaufen ging. Springe schien mir daher der beste Ort zu sein, um mein Ziel berechenbar, vor allem aber risikoarm zu erreichen.

Aus meiner Sicht war das Problem nicht der Überfall selbst. Entscheidend war, dass der Zeitabstand zwischen Überfall und dem Festsetzen in einem geschlossenen Raum sehr kurz sein musste. Bis die Polizei von ihrer Entführung erfahren würde, müsste sie schon in einem sicheren Raum versteckt sein. Diese Bedingung konnte ausschließlich in Springe erfüllt werden, wo die Entfernung zwischen Tatort und meinem Haus weniger als zehn Kilometer betrug. Dort hatte ich die Möglichkeit, sie nach dem Angriff innerhalb von weniger als fünfzehn Minuten in mein Haus zu transportieren.

Als ich vom Tegernsee zurückkam, kündigte ich zuerst meiner Haushälterin und dem Gärtner mit einer großzügigen Abfindung. Ich brauchte das Haus nun die ganze Zeit für mich allein, abgeschirmt von jedem Augenzeugen.

Dann begann ich, intensiv und konzentriert an meinem Plan zu arbeiten. Ich prägte mir gründlich ein, bei der Ausführung jeder Kleinigkeit ganz diszipliniert darauf zu achten, nirgendwo eine Spur zu hinterlassen; keine DNA, keine Fuß- oder Fingerabdrücke und möglichst nicht von einer Überwachungskamera aufgenommen zu werden. Das waren schwierige Bedingungen, aber es war die Voraussetzung, nicht erwischt zu werden.

Ich hatte vor, während des Aufenthalts von Katharina Nowakowski bei ihrer Mutter jeden Tag um sieben Uhr unauffällig mein Auto sechs Kilometer weit von Springe, an der Landstraße 461, bei der Einfahrt eines Forstweges zu parken, mich dort zu verstecken und geduldig auf sie zu warten. Laut Aussage ihrer Mutter war das ihre Lieblingsstrecke. Wenn sie an mir vorbeilief, wollte ich mit einer Betäubungspistole auf ihren Rücken schießen, sie schnell in mein Auto tragen, nach Hause fahren und sie schließlich im Keller meines Hauses einsperren.

Im Apothekerschrank meiner Frau gab es genügend solcher Arzneimittel und inzwischen wusste ich, wie mit der dazugehörenden Pistole umzugehen war.

Ich testete meinen Plan daher mehrere Male vor Ort und jedes Mal entdeckte ich eine neue Schwachstelle, die ich bei der echten Ausführung vermeiden müsste.

Der Keller meines Hauses war ziemlich groß, gemütlich, trocken und gepflegt, schließlich hatte mein Sohn ihn fast zehn Jahre als eigene Wohnung und Atelier benutzt. Aber um eine energische und sicherlich widerspenstige junge Frau dort gefangen zu halten, musste ich ihn sicherer machen und kontrollierbar einrichten.

Ich hatte vor, während ihres Aufenthalts in diesem Raum ohne persönlichen Kontakt mit ihr zu kommunizieren; gleichzeitig wollte ich die ganze Zeit die Möglichkeit haben, sie zu überwachen.

Zuerst beauftragte ich einen geschickten Handwerker, die Decke und alle Wände mit dickem Styropor gründlich zu dämmen, mit Rigips zu verkleiden und schließlich weiß zu streichen. Weiterhin musste er zwischen Außenflur und dem nun schallisolierten Raum eine 60 x 40 Zentimeter große, abschließbare Durchreiche einrichten. Diese Öffnung sollte zum Beispiel dazu dienen, ihr Essen, schriftliche Anweisungen oder anderen Bedarf zu übergeben. Schließlich befestigte der Handwerker Hunderte Meter Kabel in unterschiedlichen Farben an von mir festgelegten Stellen der Decke und der Wände. Da ich selbst von Elektrotechnik hinreichend Ahnung habe, wollte ich selbst nach Beendigung seiner Arbeit diese Kabel an mehrere Spotlights, Lautsprecher und Kameras anschließen und alle Leitungen in meinem Arbeitszimmer an ein zentrales Steuerungssystem anschließen. Mein Laptop verfügte über eine sehr gute Software, womit ich jedes einzelne Gerät in diesem Raum steuern konnte.

Mit diesem System war es mir möglich, jedes Licht ein- oder ausschalten, das Mikrofon zu aktivieren und vor allem jede einzelne Kamera zu bedienen.

Als Nächstes beauftragte ich einen Tischler, die vorhandene Kellertür abzumontieren und stattdessen eine zwanzig Zentimeter dicke, feuersichere Metalltür zu installieren.

Mir war bewusst, das Festhalten einer jungen Frau für mehrere Wochen, und zwar in einem geschlossenen Raum, würde nicht unproblematisch sein. Ich musste dafür zu sorgen, dass sie sich einigermaßen wohlfühlte. Sie brauchte frische Unterwäsche, Kleidung, Körperpflege und etwas gegen Langeweile.

So legte ich in das Badezimmer mehrere Badetücher, Seife, Handcreme, Shampoo, Körperlotion und hygienische Tücher usw. Außerdem könnte sie sich während ihrer Gefangenschaft mit zahlreichen Büchern, Radio, Fernseher beschäftigen. In einem Kleiderschrank brachte ich mehrere T-Shirts, Blusen, Pullover und jede Menge Unterwäsche unter. In einem weiteren Schrank gab es genügend Geschirr und Besteck. Ansonsten gab es in diesem großen Raum ein bequemes Bett, einen WC-Duschraum und eine Kochnische, wo sie sich jederzeit Tee, Kaffee oder sogar Cappuccino machen könnte.

Ich gebe zu, im Gegensatz zu meinem ursprünglichen Entschluss, dass ich sie in kleine Stücke zerreißen wollte, war die Einrichtung und Vorbereitung für ihren Aufenthalt im Keller meines Hauses alles andere als eine Folterkammer. Diesen Aufwand habe ich nur betrieben, um jedes unnötige Problem bezüglich Gesundheit, Wutausbrüchen und weiteren Eskalationen zu vermeiden. Mit anderen Worten, ich wollte ihr keinen Grund geben, wegen Hunger, Durst, Körpergeruch oder Langeweile zu revoltieren. Sie sollte das Gefühl haben, dass sie für eine unbegrenzte Zeit meine Gefangene wäre, und wenn sie schneller nach Hause gehen wollte, müsste sie mit mir kooperieren.

Es hat fast einen Monat gedauert, bis ich jedes Spotlight, jede Kamera, jeden Lautsprecher und das auf einem Tisch eingebaute Mikrofon installiert und getestet hatte und von ihrer Funktionsfähigkeit überzeugt war.

Das war in der Tat ein sicheres, modernes, aber auch ein humanes Gefängnis. Was für ein kostspieliges Projekt für eine Gefangene, Katharina Nowakowski, alias Blue Emotion, die Zerstörerin meines Lebens!

Parallel zu meinem Entführungsplan arbeitete ich intensiv an meinem zweiten Projekt: Auswanderung nach Singapur. Ich wollte unmittelbar nach Erledigung meines Plans Deutschland für immer verlassen.

Warum Singapur? Weil dieser herrliche kleine Staat mein Geburtsland ist.

Zwischen 1936 und 1950 war mein Vater Handelsvertreter eines großen britischen Konzerns in Malaysia und Singapur. Meine Mutter war seine Dolmetscherin und Sekretärin. Sie wurde in Singapur schwanger und brachte mich dort zu Welt.

In diese Zeit war Singapur, genau wie Malaysia, eine britische Kolonie. 1963 vereinigte es sich mit Malaysia, Sabah und Sarawak, zog sich jedoch 1965 aus der Föderation zurück und wurde unabhängige Republik.

1970, als ich heiraten wollte, gab es Probleme mit meiner Geburtsurkunde. Ich musste selbst nach Singapur reisen und eine Bescheinigung für das deutsche Standesamt holen. Ein Anwalt hat mich dabei unterstützt. Er beschaffte mir nicht nur eine Geburtsurkunde, sondern auch einen singapurischen Pass.

Zurück zu meinem Entführungsplan: Ab Juni 1996 war ich fast durchgehend nervös und stets ungeduldig. Nie in meinem Leben habe ich so fieberhaft und unruhig auf den Monat Juli gewartet, wie in diesem Jahr. Ich kam mir vor wie ein kleines Kind, das ungeduldig und gespannt die Tage zählt, bis Weihnachten kommt.

Ich war inzwischen überzeugt, dass in meinem perfekten Plan nichts fehlte. Jedes Detail habe ich von jedem Winkel geprüft, bei Bedarf modifiziert, noch einmal kritisch und voller Konzentration begutachtet, bis ich bezüglich seiner Durchführbarkeit keine Zweifel mehr hatte.

Ursprünglich wollte ich am 22. Juli mein Auto in der Nähe des Hauses von Ida Nowakowski parken und kontrollieren, ob ihre Tochter zu Besuch kam, und dann ab dem nächsten Tag mit der Ausführung meines Plans beginnen.

Aber während meiner „Proben" erkannte ich, dass diese Observation zu auffällig wäre. Die Nachbarn oder Passanten würden sich sicherlich verwundert fragen, warum ein fremder Mann stundenlang im Auto sitzt und die Umgebung beobachtet. Sie könnten nach der Entführung der Polizei von dem parkenden Auto und dem fremden Mann berichten, sogar das notierte Autokennzeichen bekannt geben.

Nach meiner Einschätzung beobachten nirgendwo in der Welt, abgesehen von der Schweiz, die Menschen ihr Umfeld so genau und kritisch wie in Deutschland. Sie registrieren alles, was ihnen irgendwie verdächtigt vorkommt.

Ich änderte daher meinen Plan und entschied, am 22. Juli, dem Tag vor Idas Geburtstag, das unbewohnte Haus meines verstorbenen Kollegen Jörg Holms zu benutzen, um von dort das Heim von Ida Nowakowski zu beobachten. Dies war nicht schwierig, denn im November 1995, als ich sie zum ersten Mal besucht hatte, war mir aufgefallen, dass das Küchenfenster offenstand und man leicht ins Haus hineinklettern konnte.

Ich besorgte mir einen Latex-Overall mit Kapuze in meiner Größe, Handschuhe und Schutzhüllen für die Schuhe, um in diesem Haus keine ermittelbaren Spuren zu hinterlassen.

Um mich von der Idee endgültig zu überzeugen und ihre Vor- und Nachteile abschätzen zu können, brach ich schon am 15. Juni 1996 gegen Mitternacht zum ersten Mal in das Haus von

Jörg Holms ein. Es war leichter als ich dachte. Dennoch, kaum befand ich mich in der Küche, wollte ich den Versuch gleich aufgeben und eine andere Lösung suchen. Denn das Haus stank wie eine Kläranlage.

Allein in der Küche fand ich mehrere Rattenkadaver. Offenbar war ich, seit Jörg und seine Familie nicht mehr in diesem Haus lebten, nicht der einzige Besucher. Dieses heruntergekommene Gebäude war der Treffpunkt von mehreren wilden Katzen.

Ich erschrak jedes Mal, wenn ich plötzlich in der Dunkelheit zwei blitzende Katzenaugen sah und ein bedrohliches Fauchen hörte, bis ich schließlich ihre Flucht durch das offene Fenster beobachtete. Offensichtlich störte ich die neuen Hausbesitzer. Sie hatten ein neues Jagdrevier gefunden, in dem sich unzählige Ratten aufhielten. Wie es aussah, fraßen sie ihre Beuten nicht, sie bissen sie tot. Woher sie kamen, ob sie jemandem gehörten, ich hatte keine Ahnung und wollte es auch nicht wissen. Ich brauchte lediglich dieses Haus am 22. Juli für mich allein. Von mir aus könnten sie irgendwann wiederkommen und ihre Jagd fortsetzen.

Ich blieb allerdings kompromisslos und vertrieb eine Katze nach anderen, bis ich sicher war, dass ich allein im Haus war, abgesehen von den Ratten, die sich ab und zu bemerkbar machten.

Vom Fenster des Schlafzimmers aus hatte ich einen guten Überblick über die Straße und das Haus von Ida Nowakowski. Dies war in der Tat ein idealer Beobachtungsort.

Nach einer Stunde Aufenthalt in diesem stinkenden Haus verließ ich es leise und unauffällig und ging zu Fuß nach Hause. Zuvor schloss ich das Fenster, sodass die Katzen nicht mehr hinein konnten.

Ich wollte am 22. Juli wieder dort einbrechen und so lange am Fenster stehen, bis ich sicher sein konnte, dass Katharina bei ihrer Mutter angekommen war.

Das war natürlich eine optimistische Erwartung. Es könnte ja auch völlig anderes laufen. Ja, theoretisch könnte sie ihrer Mutter telefonisch zum Geburtstag gratulieren und ihr Geschenk per Post schicken. Diese Spekulationen machten mich unruhig. Ich erwischte mich öfter bei einem Selbstgespräch mit lautem Protest: „Nein, nein, das darf nicht passieren. Ich habe in den letzten vier Monate viele Pläne geschmiedet und erprobt, so viel Arbeit geleistet und Kosten auf mich genommen. Sie muss kommen und für ihre Verbrechen zahlen, sonst werde ich wahnsinnig."
Die Tage kamen und gingen, und ich wartete immer noch auf Montag, den 22. Juli.
Jeden Tag blickte ich ungeduldig auf den Kalender, bis ich mich schließlich wie ein Bergsteiger fühlte, der dem Gipfel ganz nah war.

9

Am Montag, dem 22. Juli 1996, packte ich schon um vier Uhr morgens eine Thermoskanne Kaffee, ein paar Sandwiches und eine Flasche Wasser in meinen Rucksack und machte mich zu Fuß auf den Weg zum Observierungsort, zum Haus von Jörg Holms. Selbstverständlich verhüllte ich mich wie bei meinem ersten Besuch, bevor ich durch das Küchenfenster ins Haus einbrach. Zu dieser Zeit war es noch dunkel und ganz ruhig, niemand war auf der Straße zu sehen.

Zuerst, bewaffnet mit einem Besen, setzte ich mich wieder mit drei Katzen auseinander. Sie hatten doch einen Weg gefunden, ins Haus einzudringen. Offensichtlich wollten sie ihr Revier nicht so leicht aufgeben. Eine versuchte, mich anzugreifen, die anderen versteckten sich unter der Couch oder Schränken. Es dauerte fast eine halbe Stunde, bis ich den letzten Kater durch das Fenster wegjagt hatte. Dann machte ich mich daran, die zahlreichen toten Ratten in einem Eimer zu sammeln und aus dem Fenster in den Garten zu schmeißen. Trotzdem war der Geruch in der Wohnung unerträglich.

Ab zehn Uhr begann die Temperatur anzusteigen; schon gegen Mittag zeigte das Thermometer im Wohnzimmer 30 Grad und der Geruch wurde noch unausstehlicher. Aber ich musste aushalten, einen besseren Überwachungsplatz konnte ich nicht finden.

Das war wirklich ein besonders unangenehmer Tag in mein Leben. Ich fühlte mich nicht nur wegen der schlechten Luft und des ekligen Geruchs elend, sondern auch, weil ich die ganze Zeit konzentriert vor dem Fenster stehen musste, um mich zu vergewissern, dass Katharina Nowakowski tatsächlich nach Hause kam, aus diesem Grund war ich schon ab vierzehn Uhr völlig erschöpft.

Ich durfte nicht eine Minute in meiner Konzentration nachlassen. Ich fürchtete, dass sie gerade in der Zeit kommen könnte, wenn ich zur Toilette gehen oder mich kurz im Wohnzimmer ausruhen würde; dann würde ich ihre Ankunft nicht bemerken.

Wie ein pflichtbewusster Soldat, der an einer Staatsgrenze Wachdienst hält, stand ich die ganze Zeit erwartungsvoll hinter dem staubigen Fenster und beobachtete jeden Fußgänger, jedes Auto und jeden Lieferanten, die ab und zu vor meinen müden Augen auftauchten.

Gelegentlich, während ich gelangweilt aus dem Fenster starrte, dachte ich an genau ein Jahr zuvor; an die Zeit, als meine Welt noch in Ordnung gewesen war. Mein Sohn lebte, meine Frau war bester Gesundheit, und ich war ein glücklicher und zufriedener Mensch.

Ich hatte damals keine Vorstellung davon gehabt, dass dieses vollkommene und beglückende Leben auf einmal wie eine Seifenblase in der Luft zerplatzen würde. Die Veränderung war so radikal und so plötzlich gekommen, dass ich immer noch nicht glauben wollte, dass ich fast alles, alles was mir heilig war, verloren hatte.

Die Frage, ob ich mit meinem Vorhaben das Leben noch mehr durcheinanderbringen würde, wollte ich nicht stellen. Das war keine korrigierbare Entscheidung, ich war besessen davon, mein Konzept zu realisieren. Ich war überzeugt, wenn ich es aufgäbe, würde ich enttäuscht und unglücklich bleiben.

Es war gegen achtzehn Uhr, als ein Taxi vor dem Haus von Ida Nowakowski stoppte. Wie ich erwartete, war die Passagierin ihre Tochter Katharina. Trotz des warmen Wetters trug sie einen dünnen gelben Mantel, ein gelbes Kopftuch und eine große dunkle Sonnenbrille. Ich vermutete, in diesem Outfit wollte sie nicht erkannt werden.

Sie wartete, bis der Taxifahrer ihren großen Koffer vor die Haustür gestellt hatte, gab ihm ein paar Scheine, und als er wegfuhr, drückte sie die Klingel.

Ich hörte eine laute und überschwängliche Begrüßung; kurz danach stellte sie den Koffer in den Flur und machte die Tür zu. Nach fast vierzehn Stunden Wachdienst fühlte ich mich schlapp, besonders taten mir meine Beine weh, aber dennoch empfand ich eine glückselige Befriedigung; ja, ich war nicht weit von meinem Ziel. Die Aktion konnte am nächsten Tag beginnen, vorausgesetzt, dass sie sich draußen blicken ließ.

Trotz dieses ermutigenden Gefühls ärgerte ich mich, dass ich noch eine ganze Weile nicht nach Hause gehen konnte. Denn die Sommernächte in Norddeutschland sind hell, die Möglichkeit, dass mich jemand – ein Fußgänger, ein Autofahrer oder Nachbar – beim Aussteigen durch das Fenster sehen würde, war groß. Ich musste mindestens noch vier bis fünf Stunden bleiben, bis es dunkel sein würde.

Müde und verdrossen setzte ich mich auf einen staubigen Sessel und wartete auf die Dunkelheit. Irgendwann überkam mich die Müdigkeit und ich schlief tief ein. Das war auf keinen Fall Bestandteil meines Plans.

Als ich meine Augen öffnete, war es überall dunkel. Auch im Haus von Ida brannte kein Licht. Offensichtlich schliefen sie schon. Ich war entsetzt, als ich feststellte, dass ich mindestens fünf Stunden geschlafen hatte. Leise und vorsichtig begann ich, das Haus zu verlassen.

Als ich im Garten stand, bemerkte ich die drei Katzen. Sie warteten ungeduldig auf mein Verschwinden und sahen mich böse und anklagend an. Das Fenster war halb offen, sie konnten ihr Revier wieder in Besitz nehmen.

Ich zog meine Schutzkleidung aus, packte sie in meinen Rucksack und ging unauffällig nach Hause. Dort stand ich zuerst fast eine halbe Stunde unter der Dusche, um den ekelhaften Geruch loszuwerden. Dann legte ich mich auf mein Bett und begann, mir das Szenario der Entführung, das in sechs oder sieben Stunden stattfinden sollte, vor meinem geistigen Auge auszumalen. Ich wusste genau, was ich tun musste. Aber der Gedanke, dass die Aktion schiefgehen könnte, machte mich nervös.

Ich fragte mich, was ich machen sollte, wenn sie auf ihr gewohntes Morgenjogging verzichten würde? Was sollte ich tun, wenn sie mit mehreren Joggern zusammenlief? Wie könnte ich meine Tat rechtfertigen, wenn ein Passant oder Autofahrer mich bei der Entführung beobachtete? Funktionierte die Betäubungspistole überhaupt? Irgendwann, ich glaube, es war zwischen fünf und sechs Uhr morgens, stand ich ungeduldig auf, holte die Pistole und prüfte ihre Mechanik und die drei präparierten Betäubungsmunitionen.

Ich stellte fest, meine Ausrüstung war perfekt, das einzige Problem war mein physischer Zustand; meine Hände zitterten fürchterlich. Ich weiß nicht, ob ich an der Ausführbarkeit meines Plans Zweifel hatte oder ob ich mir Sorgen machte, ein nicht vorhergesehenes Ereignis könnte mein Vorhaben stören.

Ich denke, der Hauptgrund meiner Unsicherheit war die Tatsache, dass ich dabei war, eine kriminelle Tat zu begehen. Ja, mir war endlich bewusst geworden, dass ich auf dem besten Weg war, meine Rolle vom Opfer zum Täter umzuwandeln.

Dennoch motivierte ich mich immer wieder: Nicht den Mut verlieren, du willst deinem Sohn einen Gefallen tun, du willst mit deiner Tat sein Afrika-Projekt, genau wie er es sich wünschte, realisieren. Und zudem bestrafst du diejenige, die dein Leben zerstört hat!

Langsam beruhigte ich mich und sagte mir: Egal was passiert, ich ziehe meinen Plan konsequent durch. Keine Zweifel, keine Kompromisse, ja, es ist besser, daran zu glauben als zu grübeln.«

10

Wir hatten beide Durst und wollten kein Bier mehr trinken, wir brauchten etwas Stärkeres.

Entgegen meinem Versprechen, das ich meiner Frau gegeben hatte, die mir stets riet, in der Öffentlichkeit wenig Alkohol zu trinken, weil ich mich mit meinem unkontrollierten Verhalten vor anderen lächerlich machen könnte, bestellte ich bei dem Barkeeper bereitwillig eine Flasche französischen Rotwein.

Vor zweihundert Jahren schrieb ein persischer Dichter folgende Verse, die meinen Zustand in dieser Bar treffend beschreiben:

Ich fiel in einen Keller, in dem Hunderte Flasche Wein lagen,
Gott lob, außer Versprechung nichts gebrochen.

Tatsächlich war ich auf einmal mittendrin in Harold Wartenbergs abenteuerlicher Lebensgeschichte. Er erzählte die Begebenheit so anschaulich und spannend, dass ich ganz meine Umgebung vergaß und ihm folgte wie sein Schatten. An diesem Abend, in dieser inzwischen vollbelegten Hotelbar, waren mir mein Verhalten und mein Umfeld völlig gleichgültig.

Denn Harold Wartenberg hatte mich mit seiner packenden Geschichte so gefesselt, so verzaubert, dass ich meine prickelnden Nerven mit alkoholischen Getränken betäuben wollte.

Der Zustand meines Partners war noch erregter. Er machte den Eindruck, als ob er sich immer noch am Tatort befände.
Mein ungeduldiges und gespanntes Gesicht ermutigte ihn, nicht aufzuhören und weiter, ausführlich zu erzählen. Er probierte den Rotwein und setzte seine Erzählung fort.

»Am Dienstag, dem 23. Juli 1996, setzte ich mich schon um sechs Uhr ins Auto und fuhr auf die Landstraße 461, in Richtung Eldagsen.
Ich kann nicht beschreiben, mit welchen Gefühlen ich zu dem Schauplatz meiner Eigenmächtigkeit fuhr. Einerseits brannte in mir ein wachsender Vergeltungswunsch, anderseits hatte ich Angst, bei einem Fehlschlag mein Leben noch mehr durcheinanderzubringen. Aber gleichzeitig sagte ich mir: Weiter so, du musst es schaffen. Du machst es für Martin. Du hast mehrere Monate an diesem Plan gearbeitet, jede Einzelheit mehrfach geübt, jetzt musst du es konsequent durchführen.
An einer bereits festgelegten Stelle der Landstraße 461 bremste ich das Auto und fuhr rückwärts in einen schmalen Weg, der normalerweise für Traktorverkehr von Bauern oder für Förster bestimmt ist. Ich stellte das Auto zwischen mehreren hochgewachsenen Bäumen ab, sodass es weder von rechts noch von links gesehen werden konnte. Auf dem Beifahrersitz lag die Pistole mit der eingesteckten Betäubungsmittelmunition.
Obwohl ich mich sehr bemühte, nicht unruhig zu werden, ging es mir nicht gut. Ich war unendlich nervös und unheimlich aufgeregt. Am schlimmsten waren meine Hände, sie zitterten immer noch entsetzlich.

Die ganze Zeit hatte ich Angst, jemand würde mich in meinem komischen Outfit – von Kopf bis Fuß in Latex gehüllt – beobachten und die Polizei informieren.

Wegen des Berufsverkehrs fuhr alle dreißig Sekunden ein Auto vorbei; meistens von Springe Richtung Eldagsen. Der einzige Trost war, dass es weder einen Fußgänger, einen fremden Jogger oder einen Traktorfahrer gab, der in den Wald hineinfahren wollte.

Im Gegensatz zu dem Tag zuvor war das Wetter ideal für Jogging, nicht warm und nicht windig, höchstens 18 Grad.

Ich fragte mich verzweifelt, ob Katharina an diesem Tag, am Geburtstag ihrer Mutter, Lust auf Jogging haben würde. Und wenn nicht, wie könnte ich dann an sie herankommen?

Ich beobachtete ungeduldig den Weg, den sie in meine Richtung laufen sollte. Aber ich konnte keine Jogger sehen. Einmal musste ich mich schnell zwischen Bäumen verstecken, weil ein Fahrradfahrer in meine Richtung fuhr.

Die Zeit verging schnell und allmählich glaubte ich nicht mehr an meinen Erfolg. Weder der Ort war optimal noch die Zeit. Denn im Gegensatz zu meiner Erwartung war wegen des Berufsverkehrs diese Landstraße relativ lebhaft und, noch schlimmer, der Joggingweg war gleichzeitig Fahrradweg. Das war der erste Fehler in meinem Plan. Außerdem würde bei meinem merkwürdigen Aussehen in diesem Outfit jeder vorbeifahrende Fahrradfahrer oder Jogger Verdacht schöpfen.

Ein paar Mal überlegte ich, den Versuch aufzugeben, nach Hause zu fahren und mir eine andere Lösung auszudenken. Denn jedes Mal, wenn ich einen Fahrradfahrer sah, der in meine Richtung fuhr, musste ich mich schleunigst zwischen den Bäumen verstecken.

Aber plötzlich glaubte ich nicht, was ich sah: Sie kam. Ja, tatsächlich, sie war unterwegs. Es war kurz nach acht Uhr, als ich sie aus der Entfernung erkannte.

Sie trug wie am Tegernsee ihren rosafarbenen Jogginganzug. Oh, mein Gott, sie kam wirklich. Noch ein prüfender Blick auf die Strecke – das war sie, das war zweifellos Katharina Nowakowski. Sie lief ziemlich schnell in meine Richtung.

Auf einmal fühlte ich in meinem ganzen Körper erhitzte Erregung. Ich musste mich beeilen, diese Frau lief wie eine Rakete. Hastig holte ich die Pistole aus dem Auto und stand zwischen den dicht gewachsenen Bäumen. Mein Herz schlug rasend, mein Mund war trocken und meine Hände zitterten. Ich hielt die Pistole fest in beiden Händen und wartete. Sie lief tatsächlich schneller, als ich erwartet hatte, denn plötzlich war sie schon an mir vorbei.

Schnell kam ich aus meinem Versteck heraus, sammelte alle meine Kräfte, zielte in die Mitte ihres Rückens und schoss.

Kaum zu glauben, das war der erste Schuss in meinem Leben überhaupt, und der hatte sie schmerzlich getroffen.

Plötzlich reduzierte sie ihre Geschwindigkeit, mit der rechten Hand versuchte sie, die brennende Stelle auf ihrem Rücken zu erreichen, aber ihre Finger kamen nicht heran.

Nach und nach wurde sie langsamer und langsamer, bis sie keine Kraft mehr hatte. Sie setzte sich auf den Boden und fiel kurz danach seitwärts bewusstlos auf die staubige Erde.

Einige Sekunden stand ich wie versteinert an der Stelle. Ich konnte nicht fassen, es hatte tatsächlich funktioniert. Unglaublich, ich hatte sie besiegt, sie gehörte jetzt mir!

Vorsichtig und aufmerksam beobachtete ich den Fahrradweg, beide Richtungen der Straße; niemand war zu sehen. Ich konnte diese veränderte Situation nicht begreifen.

Plötzlich war kein Mensch mehr in der Nähe, kein Auto, kein Fahrradfahrer, kein Jogger, nichts. Wo war dieser lebhafte Verkehr geblieben? Ob irgendeine undefinierbare Macht dafür gesorgt hatte, dass ich meine Tat unbeobachtet durchführen konnte?

Erstaunlicherweise zitterten meine Hände jetzt nicht mehr, nur mein Herz war unruhig; ich konnte seine rasanten Schläge hören.

Eilig lief ich zu ihr, nahm sie in meine Arme und trug sie mit all meiner Kraft zum Auto. Dort legte ich sie flach auf den Rücksitz, machte die Tür zu, setzte mich ins Auto, startete den Motor und fuhr langsam auf die Straße in Richtung Springe.

Ungefähr zweihundert Meter vor dem Schulcenter musste ich plötzlich scharf bremsen. Jetzt begriff ich, warum es in den letzten fünf Minuten keinen Autoverkehr gegeben hatte, besonderes von Richtung Springe nach Eldagsen. Dort, in der Mitte der Kreuzung, war ein ziemlich schwerer Autounfall geschehen. Ein großer Lastwagen hatte einen VW-Bus gerammt, und die beiden Fahrzeuge versperrten die Straße. Mehrere Autofahrer ließen ihre Wagen stehen und kümmerten sich gemeinsam mit Fußgängern und Fahrradfahrern um die Fahrer der Unfallautos. Noch waren weder Polizei noch Krankenwagen zu sehen.

Blitzschnell drehte ich mein Auto in Richtung Eldagsen und versuchte, über das nächste Dorf, Alvesrode, nach Springe zu fahren.

Die ganze Strecke nach Hause schaute ich abwechselnd in den Rück- oder die Seitenspiegel, ob jemand die Entführung beobachtet hatte und mich verfolgte. Nichts, alles war ruhig, keine Verfolgung, alles im grünen Bereich.

Zuhause parkte ich das Auto in der Garage neben dem Mercedes Benz und schloss sofort das Tor mit der Fernbedienung.

Als ich die Rücksitztür öffnete, befürchtete ich schon, dass sie inzwischen wieder bei Kräften sein könnte und versuchen würde, sich zu wehren, aber sie war noch bewusstlos; ihr Gesicht war farblos, ihre Augen geschlossen und ihre Lippen zusammengepresst.

Sie war leicht zu tragen, ich schätze, sie wog höchstes fünfundfünfzig Kilo. Im Keller, ihrem neuen Zuhause, entfernte ich zuerst den Betäubungspfeil von ihrem Rücken und legte sie auf's Bett. Ich prüfte ihren Puls, der zwar ziemlich schwach war, aber sie lebte. Dann warf ich einen prüfenden Blick durch den ganzen Raum. Alles war in bester Ordnung; die Klimaanlage lief einwandfrei und zeigte eine angenehme Temperatur von 20 Grad. Ein Brief über ihre Situation lag bereits auf dem Tisch, und was die Versorgung betraf, hatte sie genug zu essen und zu trinken.

In dem Brief erklärte ich ihr, dass sie sich in einem sicheren und gut bewachten Raum befand. Wenn sie am Leben bleiben wollte, sollte sie keinen Widerstand leisten und sich ruhig und vernünftig verhalten.

Ich wies sie darauf hin, dass es Essen und Getränke im Kühlschrank gab und bei Langeweile ein Radio, Fernseher und mehrere gute Bücher zur Verfügung standen.

Um sie einzuschüchtern, drohte ich in meinem Brief, wenn sie sich unkooperativ benähme, würde sie gnadenlos erschossen. Ich hoffte jedoch, dass sie sich vernünftig verhalten würde.

Dann schloss ich die eiserne Tür zu und begann, trotz meines schwachen physischen Zustands, den nächsten Punkt meines Plans zu erledigen.

Ich musste mit dem Auto zum Hauptbahnhof Hannover fahren, es in einem öffentlichen Parkhaus abstellen und den Zug nach Fulda nehmen.

Dort wollte ich einen Brief an ihren Mann, Manfred Meister, in einen Briefkasten einwerfen.

Ich wollte bei der Polizei den Eindruck erwecken, dass sich Blue Emotion irgendwo außerhalb Niedersachsens befand.

Wie gesagt, diesen Brief hatte ich schon vor einem Monat mit dem Computer geschrieben und dafür gesorgt, dass keine Spur von meinem Fingerabdruck darauf geblieben war.

Während der Fahrt nach Fulda war ich von meinem Erfolg berauscht. Ich hatte allein und problemlos etwas bewerkstelligt, was auch Profis nicht ohne Schwierigkeiten ausführen könnten. Selbstverständlich hatte ich auch Glück gehabt, viel Glück.
Ich war fest davon überzeugt, dass niemand meine Tat gesehen hatte und wissen konnte, wo Katharina Nowakowski steckte.
In Fulda eilte ich in die Richtung Neue Garten, wo es einen Briefkasten gab und weit und breit keine Überwachungskamera. Ich wartete, bis ich überzeugt war, dass kein Passant in die Nähe war, dann warf ich den Brief an Manfred Meister in den Briefkasten. Darin hatte ich geschrieben:

„Bitte informieren Sie die Polizei, dass __wir__ Ihre Frau, Blue Emotion, entführt haben. Wir werden Ihnen in einer Woche unsere Forderungen mitteilen.
Anhänger des Projekts Afrika-Hilfe."

Nun kehrte ich wieder zum Bahnhof zurück und nahm den nächsten Zug nach Hannover.
Unterwegs nach Hause machte ich einen Umweg und fuhr beim Haus von Ida Nowakowski vorbei. Vor ihrer Haustür standen zwei Polizeiautos.
Offenbar hatte Ida die Polizei informiert, nachdem Katharina nicht von ihrem Jogging zurückgekommen war, und sie begannen den Vorfall zu untersuchen. Ab diesem Zeitpunkt begriff ich richtig, was ich getan hatte und wie höllisch ich aufpassen musste.

11

$\mathcal{U}$nmittelbar nach meiner Ankunft zu Hause eilte ich in mein Arbeitszimmer und schaltete den Laptop ein. Mit wachsender Neugier tippte ich auf die Kamera-App und schon sah ich Katharina Nowakowski. Wie es aussah, hatte ich nicht viel verpasst.

Offensichtlich war das Betäubungsmittel doch zu stark, sie lag immer noch auf dem Bett, unverkennbar schwach und benommen. Sie wusste nicht, was los war, wo sie sich befand und warum sie sich so kraftlos fühlte.

Verträumt starrte sie die Gegenstände in dem Raum an, ohne etwas zu erkennen. Nach einigen Minuten fasste ich Mut, drückte die Mikrofontaste und sagte in freundlichem Ton: »Guten Tag, Katharina. Ich hoffe, Sie fühlen sich etwas besser.« Sie zuckte zusammen und machte gleichsam einen Eindruck, als ob sie eben aus dem Schlaf gerissen sei. Ich fügte noch freundlicher hinzu: »Wenn Sie Hunger oder Durst haben, im Kühlschrank gibt es etwas zu essen und zu trinken. Außerdem können Sie sich, wenn Sie wollen, Kaffee oder Tee machen.« Sie fixierte die Lautsprecher und sagte etwas, das ich nicht verstand.

»Wenn Sie mir etwas sagen wollen, müssen Sie aufstehen, den Knopf des Mikrofons, das auf dem Schreibtisch steht, drücken und dann sprechen.«

Eigentlich konnte ich sie auch ohne ihr Zutun jederzeit hören. Ich wollte aber, dass sie aufstand und mit mir sprach.

Jetzt war sie noch irritierter. Mühsam stand sie auf, näherte sich dem Schreibtisch, fand die Taste des Mikrofons und sagte stockend:

»Entschuldigen Sie, ich habe Sie nicht verstanden. Was mache ich hier? Wer sind Sie?«

»Ich habe Sie heute Morgen entführt. Sie sind meine Geisel. Sie müssen einige Tage, vielleicht Wochen hierbleiben. Während dieser Zeit erwarte ich von Ihnen keinen Widerstand, kein Geschrei und uneingeschränkte Zusammenarbeit. Je mehr Sie mir Probleme machen, desto länger müssen Sie hierbleiben. Sie können unmöglich ohne fremde Hilfe diesen Raum verlassen.

Ich schlage daher vor, Sie machen das Leben weder für sich schwierig noch für mich. Dieser Raum ist zwar keine VIP-Suite, aber er ist gemütlich. Jedenfalls hat sich mein Sohn hier mehrere Jahre wohlgefühlt. Außerdem haben Sie alles, was Sie brauchen; Essen, Getränke, Radio, Fernseher, Bücher und ein sauberes Badezimmer. Die Unterwäsche und Kleidung im Regal sind frisch gewaschen, sie gehörten meiner Frau. Es liegt an Ihnen, ob Sie sie benutzen wollen oder nicht. Obwohl, wenn Sie mehrere Wochen hierbleiben müssen, haben Sie keine andere Wahl.

Und noch etwas: Ich habe heute Ihren Mann von Ihrer Entführung informiert. Die Polizei, Ihr Mann und Ihre Mutter wissen, dass sie am Leben sind.«

»Ich verstehe nicht, warum? Was wollen Sie von mir? Geld?«

»Oh, ja. Ich will Geld. Darauf komme ich in den nächsten Tagen zurück.«

»Werden Sie mich töten?«

»Wenn ich Sie töten wollte, hätte ich ausreichend Gelegenheit gehabt. Dennoch werde ich Sie töten, wenn Sie Widerstand leisten und sich unkooperativ benehmen. Aber sonst, wenn meine Forderungen erfüllt sind, können Sie unbeschadet nach Hause gehen.

Für heute lasse ich Sie in Ruhe. Nehmen Sie eine Dusche, essen Sie und machen Sie es sich bequem. Wie Sie sehen, gibt es genug Möglichkeiten, Ihre Zeit zu verbringen. Im Bücherschrank stehen viele gute Bücher oder schauen Sie einfach fern. Ich werde mich morgen wieder bei Ihnen melden.«

Ich schaltete das Mikrofon aus und betrachtete sie, wie sie unsere Unterhaltung aufgenommen hatte. Sie schüttelte ihren Kopf befremdet, bewegte sich wieder zu ihrem Bett und legte sich flach darauf.

Ich muss gestehen, trotz meines überragenden Erfolgs hatte ich ein unbehagliches Gefühl. Das war das erste Mal in meinem Leben, dass ich die Rolle eines Verbrechers spielte. Ich sperrte eine hilflose Frau ein und versetzte sie in Angst und Verzweiflung. Anderseits war sie nicht irgendeine Frau, sie war diejenige, die mein Leben tiefgreifend zerstört hatte. Ich redete mir daher ein, nicht schwach werden zu dürfen und alles daran zu setzen, das festgelegte Ziel zu erreichen.

Gegen zwanzig Uhr beobachtete ich, dass sie bereits geduscht, sich ein neues Kleid angezogen und offenbar etwas gegessen hatte. Auf dem Schreibtisch lagen ein leerer Teller, Joghurt-becher, Brotkrümel, eine fast leere Wasserflasche und ein benutzter Kaffeebecher. Sie sah im Fernseher die Tagesschau.

In den Nachrichten gab es keinen Hinweis auf ihre Entführung. Mir war klar, dass mein Brief frühesten am nächsten Tag zugestellt werden konnte. Offenbar hatte die Polizei Springe bislang die Presse nicht informiert. Dies schien für Katharina unbegreiflich. Bis zweiundzwanzig Uhr schaltete sie zwischen den Kanälen hin und her, doch es gab keine Nachricht über die vermisste Blue Emotion.

Ein paar Mal versuchte sie, den Knopf des Mikrofons zu betätigen und mit mir zu sprechen, aber endlich begriff sie, dass ich entschied, wann ein Gespräch stattfinden sollte. Schließlich putzte sie ihre Zähne und legte sich auf das Bett. Gegen dreiundzwanzig Uhr schaltete ich das Hauptlicht aus. Nur ein Nachtlicht brannte die ganze Nacht.

Planmäßig wartete ich noch drei Tage, um herauszufinden, ob man trotz meiner Vorsichtsmaßnahmen herausgefunden hatte, wer der Entführer sein könnte.

Ich hatte Angst, dass ich trotz meiner unablässigen Achtsamkeit am Tatort oder im Haus der Holms irgendeine Spur hinterlassen haben könnte, die zu mir führte.

Aber es war nichts los, keine Information im Radio, Fernseher oder in den Tageszeitungen, und noch wichtiger, es stand keine Polizei vor meiner Haustür.

Ich erfuhr, dass Katharina Vegetarierin war und sie keine Wurst oder Fleisch essen wollte. Ich kochte ihr daher jeden Tag Gemüse, Reis oder Kartoffeln.

Während dieser Tage sprach ich einige Male mit ihr. Jedes Mal, wenn ich das Mikrofon aktivierte, wollte sie wissen, warum und wie lange sie dortbleiben müsste. Einmal fragte sie verwirrt, wozu diese großzügige Behandlung und was sie tun müsste, um freigelassen werden. Ich antwortete: »Abwarten. Sie werden rechtzeitig informiert, was Sie für Ihre Freilassung tun müssen.«

Am vierten Tag dauerte unser Gespräch länger. Nach dem Mittagessen fragte ich sie, ob sie noch etwas brauchte.

»Nein, vielen Dank. Sie versorgen mich besser als meine Mutter. Ich habe öfter von Entführungen gehört, wo die Geiseln Tag und Nacht mit gefesselten Händen in einem dunklen Raum sitzen mussten und verzweifelt auf ihre Freilassung warteten. Viele von ihnen sind sogar nicht lebend davongekommen. Aber ich habe es bei Ihnen sehr bequem, Sie behandeln mich wie einen hoch angesehenen Gast. Hat es etwas mit meiner Person zu tun?«

»Nein, das hat mit meiner Persönlichkeit zu tun. Ich bin kein typischer Verbrecher. Sie sind meine Geisel und gleichzeitig mein Gast. Dennoch sollten sie mich nicht zu früh loben. Seien Sie sicher, wenn Sie von meiner Forderung erfahren, werden Sie von meiner Gastfreundlichkeit nicht mehr begeistert zu sein. Ich habe Sie nicht umsonst in diesem sicheren Bunker eingesperrt.«

»Dann sagen Sie mir endlich, was Sie von mir wollen! Geld?«

»Ja, Geld, das habe ich Ihnen bereits gesagt. Geld als Vergeltung.«

»Vergeltung? Das verstehe ich nicht. Was habe ich Ihnen getan, dass Sie mich gejagt und eingesperrt haben? Sind Sie ein Fan, Musikproduzent oder Journalist?«

»Nein, ich habe mit Ihrer Branche nichts zu tun.«

»Dann sagen Sie mir endlich, wer Sie sind! Was wollen Sie? Warum bin ich hier?«

»Wollen Sie wirklich wissen, warum ich Sie bestrafen möchte?«

»Ja, das würde ich sehr gern wissen. Vielleicht wird sich dabei herausstellen, dass Sie eine falsche Person gefangen haben.«

»Nein, das glaube ich nicht. Sie sind für Ihre Fans Blue Emotion und für mich ein Todesengel. Sie haben mein Leben ruiniert. Gehen Sie zu dem Bücherschrank, suchen Sie auf der rechten Seite neben dem Buch „Menschliche Komödie" von Balzac einen großen gelben Umschlag. Drin befinden sich mehrere Bilder. Schauen Sie sie genau an und in einer Stunde sprechen wir noch einmal miteinander.«

Die Bilder, die sie sehen sollte, waren einige Aufnahmen vom Unfall meines Sohnes, die ich nach dem Unfall aufgenommen hatte. Außerdem gab es auch ein Bild von ihrem weißen Mercedes Benz und ein Foto von meinem Sohn, als er seinen zwanzigsten Geburtstag gefeiert hatte.

Mit wachsender Spannung betrachtete ich sie, wie sie unsicher zum Bücherschrank ging, den gelben Umschlag holte und wieder zu dem Schreibtisch zurückkehrte. Sie setzte sich auf einen Stuhl und zog alle Bilder heraus.

Zuerst schaute sie verwirrt das Bild von Martin an, als er vor einer Torte mit zwanzig brennenden Kerzen saß. Offenbar konnte sie nicht verstehen, was dieses Bild mit ihrer Entführung zu tun hatte. Dann betrachtete sie das nächste Bild, eine Aufnahme des weißen Mercedes Benz im aktuellen Zustand.

Ich sah deutlich, wie ihre Augen in höchster Erregung funkelten. Das nächste Bild war eine Aufnahme des demolierten Fahrrads und das letzte war noch schockierender, es war ein Bild der letzten Position von Martins Leiche auf der Landstraße 461.

Plötzlich rutschten die Bilder aus ihren Händen. Ich sah, wie sich ihre ängstlichen und angespannten Gesichtszüge verkrampften und die Hände zu zittern begannen. Sie war tief erschüttert.

Minutenlang hielt sie ihre unruhigen Hände vor ihr Gesicht. Offensichtlich hatte sie mit jeder üblen Geschichte gerechnet, aber nicht damit. Langsam stand sie auf. Wie ein angeschossenes Tier taumelte sie zu ihrem Bett und legte sich darauf.

Nach fast zwei Stunden lag sie immer noch reglos auf dem Bett und drückte ihr Gesicht in das Kissen. Ich schaltete das Mikrofon an und fragte sie, ob wir unser Gespräch fortsetzen könnten. Sie schüttelte ihren Kopf ablehnend und zog die Decke über den Kopf.

Ich bemerkte, dass die unerwartete Erkenntnis über den Grund ihrer Entführung sie vollkommen niedergeschmettert hatte. Ich ließ sie in dieser Nacht in Ruhe.

Ich konnte mir vorstellen, dass Manfred Meister, nachdem mein Brief bei ihm zugestellt worden war, hatte er sicherlich sofort der Polizei informiert und wahrscheinlich hatte man unmittelbar danach das Landes- und Bundeskriminalamt eingeschaltet. Schließlich ging es um die Entführung einer der bekanntesten Prominenten in Deutschland, der beliebtesten Schlagersängerin von Millionen von Menschen.

Mir war klar, wie die Polizei vorgehen würde: Wie in solchen Fälle üblich, untersuchen sie den Brief nach Fingerabdrücken, DNA, Besonderheiten bei der Herstellung und Qualität von Papier und Umschlag, dann überprüfen sie die relevanten

Ereignisse der letzten Jahre, gehen das Ergebnis von Spurensicherung von Kollegen in Niedersachsen durch, bewerten die Aussage von Ida Nowakowski und warten ungeduldig auf den nächsten Brief oder ein Telefonat mit dem Entführer, um den Täter zu lokalisieren, zu identifizieren und möglicherweise zu überwältigen.

Aber meiner Meinung nach hatten sie nichts Brauchbares in der Hand; keinen Fingerabdruck, keine DNA und vor allem keine Zeugen. Sie konnten unmöglich auf die Idee kommen, dass ich mit dieser Sache zu tun hatte. Es gab keine logischen Zusammenhänge oder Indizien, dass man davon ausgehen könnte, ein unbekannter Finanzbeamter aus Niedersachsen sei der Entführer von Blue Emotion.

Bei meinem nächsten Gespräch mit Katharina war ich noch überzeugter, dass die Polizei keinen Grund haben könnte, mich mit dieser Sache in Verbindung zu bringen.

Ich schaltete das Mikrofon an und fragte Katharina, ob wir unser Gespräch fortsetzen könnten.

»Warum wollen Sie mich so kränken?«, fragte sie mürrisch. Nach einer Weile fügte sie leise hinzu: »Ich habe verstanden, warum Sie mich entführt haben.«

»Wie fühlen Sie sich mit den neuen Erkenntnissen?«

Die leeren, blassen Lippen wurden von innen aufgesaugt. Fast eine Minute blieb sie stumm, dann sagte sie in weichem, besänftigendem Ton:

»Ich fühle mich abscheulich. Ich weiß nicht, was ich dazu sagen soll. Es tut mir sehr leid, was ich getan habe. Sie können mir glauben, ich habe es nicht vergessen, ich leide immer noch unter diesem furchtbaren Ereignis. Den Tod eines Menschen auf dem Gewissen zu haben, ist wie eine offene und tiefe Wunde, die Tag und Nacht unerträglich schmerzt.« Jetzt traten Tränen in ihre Augen, die Lippen bewegten sich, aber sie brachte keinen weiteren Ton heraus.

Hastig griff sie nach der Wasserflasche, trank mehrere Schlucke und dann fragte sie leise: »Kennen Sie den Fahrradfahrer?«

»Ja freilich. Er war mein Sohn.«

Wieder, nach langem Schweigen, kamen die Worte zögerlich heraus:

»Jetzt verstehe ich, Sie wollen kein Geld. Sie wollen mein Leben, nicht wahr?«

»Ich gebe zu, hätte ich Sie unmittelbar nach dem Unfall getroffen, hätte ich sie mit meinen eigenen Händen erwürgt. Aber in den letzten Monaten, besonderes nach dem Tod meiner Frau, erkannte ich, dass der Durst nach Rache mit Ihrem Tod nicht gelöscht werden kann. Ich kam daher auf eine bessere Idee, Sie auf eine andere Weise zu bestrafen. Haben Sie noch etwas Geduld, ich werde Sie in Kürze darüber informieren.

Dennoch, da Sie jetzt wissen, um was geht, können Sie mir erklären, wie dieser verdammte Unfall passieren konnte? Wieso sind Sie nach dem Zusammenstoß mit meinem Sohn, ohne zu prüfen, ob Ihr Opfer noch am Leben war, sofort zu Ihrer Mutter zurückgefahren, ohne sich bei der Polizei gemeldet zu haben?«

»Ich habe immer gewünscht, niemals auf diese Frage antworten zu müssen«, erwiderte sie mit dünner, demütiger Stimme. Nach einer kurzen Überlegung fügte sie hinzu: »Wissen Sie, das furchtbare Ereignis im Juli letzten Jahres war in der Tat die schmerzlichste Erfahrung in meinem Leben. Ich weiß nicht, ob meine Antwort Sie überzeugen wird. Dennoch versuche ich mich so zu rechtfertigen: Das war die Reaktion von einer schwachen, ängstlichen Frau, die sich durch andauerndes manipulatives und aggressives Verhalten ihres Ehemannes unsicher, minderwertig und ängstlich fühlte. Ich hatte tatsächlich nach dem Unfall mehr Angst vor meinem Mann als vor der Polizei und Justiz.

Mein Mann versucht schon die ganzen zehn Jahre unserer Ehe, mich herabzusetzen und seine psychologische Überlegenheit auszuspielen. Dieser Zustand führte bei mir nach und nach zu mangelndem Selbstbewusstsein und sehr geringer Selbst- sicherheit. Dieser Zustand bewirkte immer mehr eine Art von Gleichgültigkeit, das lähmte oft mein Gewissen.

Dieser furchtbare Unfall geschah an einem Tag, an dem ich mich kaum beherrschen konnte. Ich hatte wieder einen heftigen Telefonstreit mit meinem Mann gehabt.

Jedes Mal, wenn ich meine Mutter in Springe besuche, macht er mir so viel Stress, dass ich keine Lust habe, nach Bayern zurückzufahren. Er hasst meine Mutter und besteht darauf, dass ich mich von ihr distanziere. Ich darf sie anrufen, aber nicht besuchen. Dennoch versuche ich immer wieder, seiner perversen Anweisung irgendwie auszuweichen, gleichgültig, ob ich danach sein schreckliches Brüllen hören muss.

Letztes Jahr rief er während ihrer Geburtstagsfeier mehrere Male an. Er machte mir wieder Vorwürfe und beschimpfte mich, dass ich ihn mit so viel Arbeit allein ließe. Er verlangte von mir, sofort nach Hause zurückzufahren.

Nach der Geburtstagsfeier verabschiedete ich mich von meiner Mutter, wütend setzte ich mich ins Auto und fuhr in Richtung Autobahn. Aber kaum hatte ich Springe verlassen, da rief er mich wieder auf meinem Handy an und fragte, wo zum Teufel ich steckte und wann ich Zuhause sein würde. Ich sollte mich beeilen.

Er glaubte nicht, dass ich bereits unterwegs war. Er machte mich mit seinen verletzenden Worten wahnsinnig. Ich war so aufgeregt, dass ich während der Fahrt in einer scharfen Kurve meine Beherrschung verlor und dabei ihren Sohn, der mit seinem Fahrrad in der Mitte der Fahrbahn fuhr, nicht bemerkte.

Ich hörte plötzlich einen schrecklichen Krach und erkannte entsetzt, was passiert war. Ich fuhr noch zweihundert Meter weiter und begriff endlich ich, was ich getan hatte. Ich stoppte das Auto, fuhr zurück und stellte bestürzt fest, dass der Fahrradfahrer am Rande eines Bachs lag und nicht mehr lebte. Glauben Sie mir, er lebte nicht mehr. Ich war absolut sicher, er war tot. Bei diesem Zusammenstoß wurde er einige Meter in die Luft geschleudert und ist mit dem Kopf auf einem großen Stein aufgeschlagen. Ich hatte keine Zweifel, dass er auf der Stelle tot war. Ich konnte leider nichts für ihn tun.

Ich gebe zu, ich war feige, ich hatte Angst. Ich dachte, während ich einfach dastand, daran, wie viele wichtige Dinge in meinem Leben zu Ende gehen würden; meine Reputation und meine Karriere.

Ja, es war ein entsetzliches Unglück geschehen und ich war schuld daran, aber ich konnte den jungen Mann nicht wieder lebendig machen.

Dann, ohne Zeit zu verlieren, fuhr ich zu meiner Mutter zurück und stellte das Auto in ihrer Garage ab. Trotz massiven Drucks vonseiten meines Mannes blieb ich noch einige Tage in Springe. Die ersten beiden Tage war ich in einer schlechten Verfassung, ja seelisch wie gelähmt. Aber dann sagte ich mir, ich kann dieses Unglück nicht ändern. Auch wenn ich mich bei der Polizei stellen würde, wird der junge Mann nicht lebendig. Ich blieb weitere drei Tage bei meiner Mutter, ließ das Auto in ihrer Garage und fuhr dann mit dem Zug nach Hause zurück, wo noch mehr Stress und Unannehmlichkeit auf mich warteten.

Nie hatte ich meinen Mann so aufgeregt und wütend gesehen wie nach meiner Rückkehr in Bayern. Ich dachte, er würde mich umbringen.«

»Umbringen? Umbringen wegen Ihres Unfalls? Haben Sie mit ihm darüber gesprochen?«

»Nein, um Gottes willen, nein. Er hat genug Argumente, mich wie ein Sklave zu behandeln. Einen weiteren Anlass wollte ich ihm nicht geben. Ich sagte ihm, das Auto sei kaputt und ich habe es bei meiner Mutter stehenlassen müssen.

Letzten Oktober war mein Mann in den USA und ich nutzte die Gelegenheit, fuhr wieder einige Tage zu meiner Mutter und auf dem Rückweg verkaufte ich den Wagen an einen Autohändler in Würzburg. Den Namen und die Adresse fand ich im Internet.«

»Wer weiß noch von Ihrem Unfall, Ihre Mutter?«

»Nein, ich habe ihr kein Wort gesagt. Sie hat genügend Probleme mit ihrem eigenen Leben.«

»Was ist mit Ihrem Mann? Hat er nicht gefragt, wo das Auto blieb?«

»Doch, aber ich habe ihn belogen. Ich sagte, dass ich das Auto in Springe für zweiunddreißigtausend DM verkauft und das Geld auf unser Konto überwiesen hätte. Das Geld nahm ich allerdings von meinem geheimen Sparkonto.

Wenn man bedenkt, dass er sehr geizig ist und immer darauf achtet, dass ich keinen Pfennig unnötig ausgebe, war dieses lukrative Geschäft für ihn eine erfreuliche Nachricht.

Eigentlich wollte ich im Oktober das Auto zu meinem Vater bringen und ihn bitten, es zu verkaufen oder einfach zu verschrotten. Aber dann dachte ich, es wäre besser, wenn ich ihn mit meinem Problem nicht belasten würde. Ich sehe ihn kaum und er soll nicht den Eindruck gewinnen, dass ich ihn nur besuche, wenn ich ihn brauche.

Außerdem erfuhr ich, dass der Autohändler in Würzburg gute Beziehungen zu seinen Kollegen in Polen hat und das Auto in Kürze aus Deutschland verschwunden sein könnte.

Der Werkstattleiter war ein geldgieriger Gauner, noch schlimmer als mein Mann. Als ich im Oktober wieder bei meiner Mutter war, versuchte ich, die beschädigte Motorhaube und Kotflügel mit weißer Metallfarbe zu besprühen, trotzdem hat er bemerkt, dass es ein Unfallauto war. Er machte bei der Preisverhandlung einige treffende Bemerkungen; er nutzte schamlos meine Hilflosigkeit aus und drückte den Preis massiv. Er bot für ein fast neues Auto neuntausend DM. Ich nahm das Geld und war froh, dass ich den ganzen Ärger hinter mir hatte. Ich habe natürlich nicht damit gerechnet, dass er mich verraten würde.«

»Das hat er nicht getan. Ihm war offensichtlich völlig egal, was mit diesem Auto passiert war. Er wollte die Gelegenheit nutzen und dabei Geld verdienen. Ich habe zufällig das Auto in seiner Verkaufshalle gesehen. Das Auto, das ich fieberhaft gesucht hatte, kaufte ich für neunundzwanzigtausend DM, allerdings muss ich sagen, mit Ausnahme einiger kleiner Farbflecke hatte er es wie neu gemacht.«

Dann erzählte ich vom Beruf meines Sohnes, seiner speziellen Farbmischung und wie ich schließlich zufällig die Farbflecke in den Reifenrillen entdeckt hatte.

»Warum sind Sie mit so vielen Beweisen nicht zur Polizei gegangen?«

»Weil die Strafe, die Sie dafür bekommen könnten, mir nicht genug ist. Sie sind eine vermögende und berühmte Frau. Sie sind in der Lage, die besten Anwälte zu engagieren und sich erfolgreich verteidigen zu lassen. Ich schloss nicht aus, dass Sie behaupten würden, von dem Autounfall in Springe keine Ahnung zu haben. Sie könnten tatsächlich leicht davonkommen. Außerdem würde man Sie nicht für den Selbstmord meiner Frau und mein ruiniertes Leben zur Verantwortung ziehen. Ja, ich habe mich reichlich informiert. Diese Überlegungen haben mich veranlasst, die Sache selbst in die Hand zu nehmen und Sie nach meinem Ermessen zu bestrafen.«

»Was war mit Ihrer Frau? Hat sie sich wegen des Unfalls Ihres Sohnes selbst getötet?«

»Ja, das hat sie. Nach dem Tod meines Sohnes wurde sie depressiv und lebensmüde. Nach und nach fand sie keinen Sinn mehr darin, weiterzuleben. Sie zog zu ihren Eltern und ein paar Wochen danach schnitt sie ihre Pulsadern auf, und jede Hilfe kam zu spät. Mit ihrem Tod hat sie auch mein Leben total zerstört.«

»Oh, mein Gott. Oh, mein Gott. Es tut mir leid für Sie. Ich weiß nicht, was ich dazu sagen soll.«

»Lieber sagen Sie nichts. Sonst würden sie mich noch wütender machen. Jetzt verstehen Sie, warum ich Sie nach meinem Ermessen bestrafen möchte?«

»Ja, ich verstehe, Sie wollen mich doch töten!«

»Nein, ich habe schon gesagt, ich möchte nicht Ihr Leben. Ich möchte mit Ihrem Geld einen fabelhaften Traum meines Sohnes realisieren.«

»Das verstehe ich nicht. Was war der Traum ihres Sohnes? Was wollen Sie tun?«

»Das werde ich Ihnen gleich sagen. Gehen Sie zur linken Seite des Bücherschranks, neben dem Buch „Weihnachtsgeschichte von Charles Dickens" finden Sie einen Umschlag. Darin ist ein Brief an Ihren Mann. Das ist eine Lösegeldforderung für Ihre Freilassung.

Sie müssen diesen Text mit eigener Handschrift auf ein neues Blatt schreiben und von Ihrem Mann verlangen, innerhalb einer Woche das geforderte Lösegeld bereitzustellen.

Wir machen jetzt Schluss. Ich melde mich in einer Stunde wieder. Ich bin gespannt, ob Sie Ihre Strafe gerecht finden.«

Ich blieb noch an meinem Schreibtisch und beobachtete, wie sie schnell zu dem Bücherschrank lief und hektisch versuchte, die Bücher hin und her zu bewegen. Als sie den gelben Umschlag fand, nahm sie ihn und setzte sich damit an den Schreibtisch. Sie zog den Brief heraus und las mit ernsten Gesichtszügen:

„Lieber Manfred,
wenn du mich lebend und unverletzt zurückhaben willst, tu bitte,
was die Geiselnehmer verlangen.
Du sollst für meine Freilassung zwei Millionen dreihundert-
tausend und einundzwanzig DM so schnell wie möglich
bereitstellen.
Als Nächstes musst du am 10. August in der Süddeutschen
Zeitung, Wochenendausgabe, unter der Rubrik „Kleinanzeigen"
folgenden Text inserieren:
„Ihre Forderung 2.030.021 geht in Ordnung."
Bezüglich der Geldübergabe bekommst du eine entsprechende
Anweisung.
Katharina."

Nachdem sie den Brief mehrere Male gelesen hatte, schien sie
völlig irritiert zu sein. Ich hatte das Gefühl, dass sie immer
wieder über die Zahl des geforderten Lösegeldes stolperte.
Zugegeben, das war keine runde Summe, diese krummen
Ziffern waren als Lösegeldbetrag ungewöhnlich.
Aber sie verstand, es handelte sich um Millionen DM Lösegeld.
Ihre erste ungeduldige Frage, als ich das Mikrofon einschaltete,
war:
»Ich verstehe überhaupt nicht. Warum so viel Geld? Warum
diese komischen Zahlen? Ist das ein Witz?«
»Nein, das ist kein Witz. Das Lösegeld muss bis auf die letzte
DM zur Verfügung gestellt werden. Sonst bleibt mir keine
andere Wahl, als das ganze Beweismaterial, einschließlich Ihres
aktuell aufgenommenen Geständnisses, der Polizei zu
überlassen. In diesem Fall müssen wir beide einige Jahre im
Gefängnis sitzen; Sie wegen fahrlässiger Tötung und
Fahrerflucht und ich wegen Entführung und Erpressung.«

110

»Das ist wahnsinnig! Bitte, bitte erklären Sie mir, wie kommen Sie auf diesen Betrag? Ist dies der Wert eines Menschenlebens?«

»Nein, den Preis für das Leben meines Sohns können sie niemals bezahlen. Dafür möchte ich kein Geld. Ich gestehe, dieser Betrag klingt etwas merkwürdig. Ich erkläre Ihnen, welches Motiv dahintersteckt.

Eine Stunde bevor Sie meinen Sohn überfahren haben, frühstückte er mit meiner Frau und mir zusammen. Mit einer unbeschreiblichen Begeisterung erzählte er uns, dass er eine Nacht zuvor geträumt hatte, zwei Millionen dreihunderttausend und einundzwanzig DM im Lotto gewonnen zu haben. Er sagte, dass er keinen Pfennig von diesem Geld für sich behalten, sondern den gesamten Betrag für bedürftige afrikanische Menschen spenden wollte. Mit dem Geld sollten für diese benachteiligten Menschen Nahrungsmittel und Medikamente beschafft werden. Darüber hinaus sollten in mehreren afrikanischen Siedlungen zahlreiche Wasserpumpen installiert werden.

Mein Sohn war äußerst traurig, dass der Lottogewinn nur ein kurzer Traum war. Aber wenn er tatsächlich gewonnen hätte, würde er das Geld, wie bereits erwähnt, für arme Afrikaner spenden. Das war der Traum eines jungen Mannes, der sich für das Elend seiner Mitmenschen verantwortlich fühlte.

Seit einigen Monate weiß ich, welche superreiche Frau meinen Sohn getötet hat, und da habe ich entschieden, anstatt ihre Strafe der Justiz zu überlassen, sie zu entführen, genau diesen Betrag zu verlangen und damit das Traumprojekt meines Sohnes zu verwirklichen.

Wenn Sie dafür sorgen, dass Ihr Mann mit uns kooperiert und dieser Betrag an die verantwortlichen Wohlfahrtsorganisationen überwiesen wird, werde ich Sie sofort freilassen.

Ich werde alle meine Beweise, die für Sie problematisch sein könnten, vernichten und niemals mit jemandem darüber reden. Sie dürfen nicht vergessen, dass ich selbst keinen Anspruch auf dieses Geld erhebe. Das geforderte Lösegeld gehört den armen Menschen in Afrika.«

Sie blieb für mehrere Minuten schweigsam. Offenbar hatte sie Schwierigkeiten, den Sachverhalt richtig zu begreifen. Einige Male machte sie ihren Mund auf, um etwas zu sagen, aber dann blieb sie stumm. Ich wollte die Verbindung ausschalten, als sie plötzlich fragte:

»Verstehe ich Sie richtig, Sie bringen sich in höchste Gefahr wegen einer Spende für Afrika? Darf ich fragen, wer sind Sie? Wie heißen Sie und warum machen Sie das?«

»Ja freilich dürfen Sie etwas über meine Person und vor allem mein Ziel erfahren.

Sie haben mich richtig verstanden, ich bringe mich in höchste Gefahr, weil ich den letzten Wunsch meines verstorbenen Sohnes erfüllen möchte. Ich möchte mit dieser Aktion einen Sinn in seinem Tod und meinem zerstörten Leben finden.

Was meine Person betrifft, ich heiße Harold Wartenberg. Ich war Direktor beim Finanzamt in Niedersachsen. Ich musste meinen Job quittieren, um genug Zeit zu haben, sie zu entführen.

Die Recherchen über Ihre Person, die Beweisbeschaffung für Ihr Verbrechen, aber auch die Einrichtung dieses Raumes waren sehr mühsam, aufwendig und kostspielig. Dennoch habe ich es gern getan. Ich dachte, wenn es klappt, was ich vorhabe, würde diese Katastrophe, die Sie verursacht haben, ein sinnvolles Resultat haben.

Ich wünsche mir, eines Tages vor dem Grab meines Sohnes zu stehen und ihm sagen zu können: Junge, dein Traumprojekt, das du einmal mit großem Enthusiasmus organisieren wolltest, ist keine Illusion mehr, es ist eine erfreuliche Realität.

Wie du gewünscht hattest, werden viele afrikanische Kinder nicht verhungern.

Vielleicht halten Sie mich für verrückt, aber für einen Menschen wie mich, der alles, was ihm heilig war, verloren hat, ist dieses Projekt eine Brücke zu einem neuen Leben. Ja, ich bin besessen davon, alles daranzusetzen, um diese Idee zu realisieren.«

Sie blieb wieder mehrere Minuten still. Ihr Gesicht bekam eine merkwürdige Unruhe. Einige Male schüttelte sie ihren Kopf verzweifelt und schließlich sagte sie zögernd:

»Ich fürchte, Sie werden in Ihrer Erwartung enttäuscht werden. Ich bin fast sicher, mein Mann wird Ihre Forderung ablehnen. Obwohl er mit meiner Entführung unter massivem Druck steht, weil ab Mitte September mehrere Konzerte in Deutschland, Österreich und der Schweiz geplant sind. Alle Konzerte sind bis auf den letzten Platz ausgebucht. Trotzdem glaube ich, er wird Ihnen keinen Pfennig zahlen.

Ein entscheidender Grund, dass er sich weigern wird, Ihre Forderung zu akzeptieren, ist die Tatsache, dass er keine Ahnung hat, was hier gespielt wird. Er weiß überhaupt nicht, dass ich mit meinem Auto Ihren Sohn getötet habe und Sie mich dafür bestrafen wollen.

Er betrachtet Ihre Forderung als eine gewöhnliche Erpressung und überlässt alles der Polizei. Ich denke, diese Situation könnte für uns beide problematisch sein.«

»Ich will nicht sein Geld, ich will Sie persönlich zur Kasse bitten. Sie sind die diejenige, die für Ihr Verbrechen bestraft werden muss.

Wenn ich richtig recherchiert habe, beträgt Ihr persönliches Vermögen nahezu hundert Millionen DM. Das heißt, dieser Betrag ist für Sie Peanuts.«

»Für die Verwaltung meines Vermögens, Geld, Wertpapiere, Grundstück etc. ist mein Mann zuständig.

Leider kennen Sie Manfred Meister nicht. Er ist mein Mann, mein Manager, mein Schatzmeister und ob Sie es glauben oder nicht, er ist auch mein Vormund, jedenfalls benimmt er sich so. Er ist unglaublich kostenbewusst, besser gesagt, sehr geizig. Seit ich ihn kenne, prüft er kritisch jeden Kassenzettel, jede Rechnung und jede Zahlungsanforderung. Er sorgt immer dafür, dass kein unnötiges Geld verschwendet wird.

Er jammert bei jeder Gelegenheit, dass ich meine Mutter finanziell unterstütze. Er zahlt grundsätzlich keine Rechnung, bis er eine Mahnung erhält. Ich kann Hunderte andere Beispiele nennen, um Ihnen begreiflich zu machen, mit wem Sie es zu tun haben. Ich denke, auch wenn er meinetwegen unter gesellschaftlichem Druck steht, wird er sich trotzdem weigern, Ihrer Forderung nachzukommen. Ja ich denke, er wird nicht zahlen.«

»Ich bin nicht Ihrer Meinung«, ich unterbrach sie ziemlich gereizt. »Sie haben selbst gesagt, dass Sie ab Mitte September auf Tour gehen wollen, um für Ihren >Vormund< noch mehr Geld zu verdienen. Ein geldgieriger Mensch wie er wird nicht einfach die geplanten Konzerte abblasen lassen.

Er muss irgendwann reagieren. Und wenn nicht, es macht mir überhaupt nichts aus. Ich habe Zeit, viel Zeit. Von mir aus können Sie bis in alle Ewigkeit hierbleiben. Ich möchte sehen, wie er mit seinen geplanten Konzerten zurechtkommt.

Sie sagten eben, dass mit Ausnahme von Ihnen und mir niemand von Ihrem Autounfall weiß. Niemand kann daher wissen, dass es einen Zusammenhang zwischen dem Autounfall und Ihrer Entführung gibt. Ich meine damit, niemand kann wissen, wo Sie sich gerade befinden.

Seien Sie sicher, ich werde dafür sorgen, weiterhin keine Fehler zu machen, nirgendwo Spuren zu hinterlassen und mich in meinem Umfeld ganz normal zu benehmen.

Dieser Raum ist sicherer als ein Bunker, niemand wird Sie sehen oder hören. Sie bleiben hier, bis ich mein Ziel erreicht habe.

Ich denke, nach ein oder zwei Jahren muss er doch seine sture Haltung aufgeben und das Lösegeld zahlen. Was soll's, die Afrikaner müssen eben noch warten.

An Ihrer Stelle würde ich überlegen, welche Möglichkeit besteht, dass er doch schnell zahlt und Sie bald nach Hause gehen können. Schließlich geht es um Ihre Freiheit, Ihre Karriere, ja, es geht auch um Ihr Leben.

Ich weiß nicht, wie lange ich persönlich diese Situation aushalten kann. Sollte ich doch irgendwann meinen Mut verlieren und das Projekt aufgeben, werde ich der Polizei anrufen und ihr das gesamte Beweismaterial überlassen.

Mir ist bewusst, dass meine Strafe noch höher sein wird als Ihre. Während Sie sich für fahrlässige Tötung und Fahrerflucht verantworten müssen, muss ich mich für Entführung, Erpressung und Freiheitsberaubung rechtfertigen. Aber bis dahin haben wir viel Zeit.«

Ich schaltete das Mikrofon aus und setzte mich nachdenklich auf eine Couch, um ihre negative Aussage zu bewerten, besser gesagt, zu verdauen.

12

Am nächsten Tag, als ich schon gegen sieben Uhr früh die App der Überwachungskamera meinem Laptop betätigte, war ich überrascht. Katharina stand vor dem Schreibtisch und wartete auf mich. Ab und zu drückte sie den Knopf des Mikrofons und hoffte, dass sie mich erreichen könnte.

»Guten Morgen, Katharina. Ich hoffe, Sie fühlen sich heute besser.«

Mit sichtbarer Erleichterung antwortete sie:

»Hallo Herr Wartenberg. Das ist gut, dass Sie auch wach sind. Können wir miteinander reden? Ich konnte die ganze Nacht nicht schlafen. Ich dachte andauernd über unsere Situation nach. Mir ist bewusst geworden, dass ich mit meinem Auto nicht nur Ihren Sohn getötet habe. Die Folge davon war für Sie katastrophal, ich habe Ihr Leben vollkommen ruiniert.« Sie hielt inne, und dann schwang eine Spur Sanftheit in ihrer Stimme und sie sagte weiter: »Ich gebe zu, mein Verhalten nach dem Unfall war rücksichtslos, peinlich, ja beschämend. Es gibt keine Entschuldigung dafür. Aber Sie dürfen nicht vergessen, an diesem Sonntag war auch Ihr Sohn ziemlich unvorsichtig. Er fuhr nicht auf dem normalen Fahrradweg, sondern in der Mitte der Fahrbahn. Ich war durch den Stress mit meinem Mann abgelenkt und sah ihn leider zu spät.

Ich habe selbst keine Kinder, aber ich kann die Auswirkung eines solchen Unglücks für die Eltern nachfühlen. Ich kann mir gut vorstellen, dass die grauenhafte Nachricht vom Tod Ihres Sohnes Ihre Frau dermaßen erschüttert hat, dass sie sich nach mehreren Monaten in depressivem Zustand das Leben genommen hat. Und Sie, Sie müssen nun als einziger Leidtragender mit diesem Desaster zurechtkommen. Ich gestehe, ich bin an Ihrem Unglück maßgeblich beteiligt. Ich scheue mich nicht zu sagen, wenn Sie mich dafür töten würden, würde ich es nicht übelnehmen.

Ich habe auch über Ihre Vergeltungsmaßnahme nachgedacht; meine Entführung, das Lösegeld und die Realisierung des Projekts Afrika-Hilfe.

Es ist in der Tat ein mutiger Plan; dennoch, wenn es aufgedeckt wird, könnte es auch für Sie schlimme Folge haben. Ich hoffe allerdings, dass Ihr Vorhaben erfolgreich sein wird.

Sie sagten, dass dieses Projekt für Sie eine Brücke zu einem neuen Leben ist. Ich möchte gerne gemeinsam mit Ihnen diese Brücke bauen.

Ihre Forderung war mir zunächst nicht verständlich. Aber dann erkannte ich, was Sie damit bezwecken. Sie wollen den Traum Ihres Sohnes verwirklichen, das geforderte Lösegeld für das arme afrikanische Volk verwenden.

Ehrlich gesagt, das geforderte Lösegeld ist überdimensional, ja auch ein bisschen verrückt. Aber ich kann mir gut vorstellen, wenn das Geld zur Verfügung steht und damit Ihr Ziel erreicht wird, finden Sie ein bisschen innere Ruhe.

Seit mehreren Stunden sitze ich ungeduldig hier, warte auf Sie und möchte Ihnen aufrichtig mitteilen, dass ich von meiner Seite Ihre Forderung akzeptiere und mit Ihnen zusammenarbeiten werde. Aber wie ich gestern angedeutet habe, wir werden es nicht leicht haben. Ich selbst kann in diesem abgeschlossenen Raum nichts tun. Wir müssen meinen Mann davon überzeugen, aber auch massiv unter Druck setzen.

Ihr Schreiben ist nicht schlecht, aber nicht effektiv genug. Ich kenne meinen Mann gut, er wird auf Zeit spielen. Erst wird er auf Ihr Schreiben nicht reagieren, nach einer Woche ein Lebenszeichen verlangen, mit der Hoffnung, dass die Polizei Sie längst identifiziert und verhaftet hat, bis Sie sich wieder melden. Ich schlage vor, Sie machen ein Video von mir und schicken es zusammen mit Ihrem Brief an meinen Mann.

Ich werde ihn auf diesem Video anflehen, Ihre Forderung sofort zu akzeptieren und sich positiv zurückzumelden.«

Das war aber eine Überraschung. Was wollte diese Frau mit Ihren freundlichen Worten erreichen? Wollte sie mich weichkochen? Wollte sie mir tatsächlich helfen, den Traum von Martin zu verwirklichen? War das ein Trick? Sie fragte:

»Was sagen Sie dazu? Wollen wir es gemeinsam versuchen?«

»Die Idee mit einem Video ist nicht schlecht. Was wollen Sie ihm sagen?«

»Ich werde ihn bitten, das Geld von einem bestimmten Konto zu nehmen und für das Lösegeld zu verwenden. Er hat eine Vollmacht über alle meine Konten.«

»Ich bin einverstanden. Aber wenn Sie die Absicht haben, ihm irgendeinen Hinweis zu geben und unsere bisher relativ gute Beziehung zu zerstören, werden Sie es bereuen. Denken Sie daran, dass ich nichts mehr zu verlieren habe. Wenn ich merke, dass Sie mich täuschen wollen, werde ich mit Ihnen nicht mehr freundlich umgehen.«

»Geben Sie mir eine Chance, Ihnen zu beweisen, dass ich es ernst meine und auf Ihrer Seite stehe.«

»Okay, einverstanden. Wenn Sie es ehrlich meinen, sollten wir gleich an die Arbeit gehen. Stellen Sie Ihren Stuhl direkt vor die weiße Wand und setzen Sie sich darauf. Überlegen Sie vorher genau, was Sie ihm sagen wollen, und wenn Sie so weit sind, heben Sie Ihre Hand; dann sprechen Sie laut und deutlich. Ich kann von meinem Platz ihr Bild und den Ton aufnehmen.

Während ich das entsprechende Programm aktivierte, stand sie auf, richtete zuerst ihre Haare ordentlich, stellte dann den Stuhl vor die Wand, wo ich ihn haben wollte. Dort gab es keine Gegenstände, aus denen Polizei-Spezialisten Schlüsse ziehen könnten. Nach einigen Minuten war sie so weit, sie hob Ihre Hand und begann zu sprechen:

»Hallo Manfred,

mir geht es gut. Man hat mich bis heute anständig behandelt. Aber die Lage ist sehr ernst.

Ich möchte dich dringend bitten, das geforderte Lösegeld so schnell wie möglich zu beschaffen. Du kannst dafür das Miete-Konto bei der Deutschen Bank belasten. Ich glaube, wir haben mindestens drei Millionen DM darauf.

Die Entführer haben mir unmissverständlich klargemacht, dass ich, wenn du dich weigerst, das geforderte Lösegeld zu zahlen, mit dem Schlimmsten rechnen muss. Ich hoffe, du verstehst, was ich meine.

Bitte tu es ohne Vorbedingung. Denk daran, dass wir bald mehrere Konzerte in München, in Dortmund, in Wien und in Basel veranstalten wollen. Die Zeit läuft uns davon. Ich muss mich dafür rechtzeitig vorbereiten. Du musst, wie die Entführer verlangen, am 10. August in der Süddeutschen Zeitung, Wochenendausgabe, unter der Rubrik „Kleinanzeigen" ihre Forderungen bestätigen. Ich bitte dich, tu, was man von dir verlangt. Ich möchte bald nach Hause kommen. Ich verlasse mich auf dich. Bis bald.«

Ich sah kritisch das aufgenommene Video mehrere Male an, es war kurz, aber gut, authentisch und überzeugend.

Ich bat sie, meinen Text mit eigener Handschrift auf ein DIN A4-Papier zu schreiben und mir zurückzugeben. Zuvor zog ich Latex-Handschuhe an, kopierte das Video auf eine CD und steckte diese zusammen mit dem Brief in einen Umschlag.

Ich klebte ausreichend Briefmarken darauf und verpackte ihn wie immer in einer Plastiktüte, um jede Spur von Fingerabdrücken zu vermeiden. Nach dem Frühstück bereitete ich mich vor, die Postsendung von einem entfernten Standort an Manfred Meister zu schicken. Ich sagte, dass sie sich ausruhen solle, bis ich zurück sei. Mit dem Auto fuhr ich wieder zum Hauptbahnhof und dann mit dem Zug nach Würzburg.

Dort wollte ich den Umschlag in einen bestimmten Briefkasten werfen. Bei dieser Gelegenheit besuchte ich zuerst das Grab von Martin und meiner Frau, danach fuhr ich mit einem Taxi zum Haus meiner Schwiegereltern, die sehr erfreut waren, mich zu sehen. Die beiden sahen schlecht aus; sehr schwach, kränklich und ohne jedes Zeichen von Lebensfreude.

Zum Glück waren sie relativ gut versorgt; zwei fleißige und zuverlässige Haushälterinnen sorgten dafür, dass sie bequem leben konnten.

Als ich mich verabschieden wollte, begleitete mich mein Schwiegervater zur Haustür und sagte:

»Du hast wohl gemerkt, dass meine Frau und ich uns im Wartezimmer des Todes befinden. Es dauert leider zu lange, wir warten ungeduldig auf die Erlösung.

Ich weiß nicht, ob ich deinen nächsten Besuch noch erleben werde. Ich möchte dir daher einen Rat geben: Du bist gesund, stark und noch nicht alt. Du solltest versuchen, dein Leben neu zu gestalten. Vergiss die Vergangenheit und blicke zuversichtlich in die Zukunft. Du solltest immer im Kopf behalten, dass der Nutzen des Lebens nicht in seiner Länge liegt, sondern in seiner Anwendung. Kämpf' hart dafür, nicht aufzugeben und versuche, den Rest deines Lebens zu genießen.«

Ich schaute ihn verwundert an, er drückte meine Hand fest und sagte weiter: »Die Afrikaner haben einen schönen Spruch. Sie sagen: „Tote Fische schwimmen mit dem Strom, lebendige dagegen." Lebe deine neuen Träume, öffne dich für neue Abenteuer.«

Der alte Mann wusste nicht, dass ich seit mehreren Monaten in ein erregendes Abenteuer hineingezogen war. Aber er meinte sicherlich ein vergnügliches Abenteuer, was mir in der derzeitigen Situation undenkbar erschien. Dennoch fand ich es bemerkenswert, wie er mich, trotz seines depressiven Zustands, aufmuntern wollte.

13

Zum ersten Mal während unseres Gespräches sah mich Harold Wartenberg beunruhigt an.

Eine ärgerliche Falte erschien um seinen Mund. Es kam mir vor, als ob ihn plötzlich ein peinlicher Gedanke überfiel, er aber nicht wusste, wie er diesen erklären sollte. Ein paarmal bewegte er seine Lippen, blieb dann aber doch stumm. Nach einem langen Schweigen sagte er kopfschüttelnd:

»Es gibt ein russisches Sprichwort: „Wenn du Gott zum Lachen bringen willst, zeig ihm deinen Plan".

Als ich von Würzburg nach Hannover zurückkam, wurde mir die Schlampigkeit meines Plans richtig bewusst. Als ich vom Hauptbahnhof zum Parkhaus gehen wollte, um mit dem Auto nach Hause zu fahren, klopfte jemand auf meine Schulter. Ich drehte mich erschreckt und verwundert um, und zu meiner großen Überraschung stand Kommissar Schubert, der alte Polizist aus Springe, vor mir. Eine Weile sah er mich mit fragendem Blick an und sagte dann:

»Was für eine Überraschung! Ich habe Sie seit Monaten nicht gesehen. Wie geht es Ihnen? Kommen Sie von einer Dienstreise oder waren Sie im Urlaub?«

»Vielen Dank für die Nachfrage. Nein, weder Dienstreise noch Urlaub. Ich komme gerade aus Würzburg. Ich besuche gelegentlich die Gräber meiner Familie. Anschließend sehe ich nach meinen Schwiegereltern. Leider befinden sie sich in einem ziemlich kritischen Zustand; sie sind depressiv und pflegebedürftig.«

»Oh, das tut mir leid. Sind sie zumindest gut versorgt?«
»Ja, Gott sei Dank, finanziell geht es ihnen gut. Zwei fachlich qualifizierte Hilfen kümmern sich Tag und Nacht um sie. Aber ihren tief verwurzelten Schmerz kann man nicht auskurieren. Sie sind völlig niedergeschlagen.«
»Sie haben recht. Die Auswirkungen einer solchen Katastrophe sind oft mit großer Enttäuschung, Depression und Verdrossenheit verbunden. Vor allem in Ihrer Familie handelt es sich um zwei schreckliche Tragödien, und zwar in einer so kurzen Zeit. So was kann man nicht einfach verkraften und so tun, als ob nichts passiert sei. Ich wünsche Ihnen und Ihrer Familie viel Besonnenheit und Glück.«
Trotz seiner freundlichen Worte, irgendwie mochte ich seine Anteilnahme nicht. Ich meinte, gewisse Hintergedanken in seinen Augen zu spüren. Ich weiß nicht, warum ich plötzlich Lust hatte, ihn ein bisschen zu provozieren. Ich änderte das Thema und sagte mit einer Nuance von Sarkasmus:
»Bei unserer letzten Begegnung sagten Sie: »Als Polizist glaube ich an menschliche Fehler.« Sie waren sehr optimistisch und meinten damals, dass der Täter bald einen Fehler machen würde und Sie ihn dabei erwischen würden. Hat der Täter bis heute keinen Fehler gemacht oder war die Polizei nicht in der Lage, die Ermittlung effektiv fortzusetzen?
Der Unfall liegt ein Jahr zurück und die Polizei hat immer noch keine blasse Ahnung, wer meinen Jungen getötet hat. Offenbar ist der Autofahrer eine Portion cleverer als die Polizei. Meinen Sie nicht?«
Ich sah, wie er versuchte, seine Wut zu unterdrücken und weiterhin sachlich zu bleiben. Er erwiderte ruhig:
»Wie Sie wissen, hat man leider seit einigen Monaten wegen Personalknappheit in unserer Polizeistation und steigender Kriminalität in unserer Stadt die Ermittlungen zum Unfall von Martin eingestellt.

Aber ich selbst habe noch nicht aufgegeben. Jeden Tag, wenn ich ein paar Stunden Zeit finde, setze ich mich beharrlich an diesen Fall und versuche, die fehlenden Bausteine in diesem Puzzle herauszusuchen.

Ich kann Ihnen noch nicht sagen, wo genau meine Ermittlung steht. Aber seien Sie sicher, ich bin nach wie vor scharf darauf, den Täter zu identifizieren, zu verhaften und vor einen Richter zu stellen. Ich muss leider zugeben, das Ergebnis ist noch nicht vielversprechend, aber ich habe mir vorgenommen, spätestens bis zu meiner Pensionierung diesen rätselhaften Fall aufzuklären.«

»Wann werden Sie pensioniert?«

»Nächsten Monat. Ich hoffe, bald kann ich dem Staatsanwalt ausreichende Beweise vorlegen.« Er schaute mir triumphierend in die Augen und fügte hinzu: »Eines kann ich Ihnen von meiner bisherigen Ermittlung jedoch verraten; ich habe keine Zweifel, dass der Autofahrer oder möglicherweise die Autofahrerin aus unserer Stadt stammt. Und noch etwas: Das Auto muss nach meinem Bauchgefühl noch in Springe sein. Leider kann ich momentan nicht mehr darüber erzählen.«

Sein letzter Satz stampfte mich plötzlich in den Boden. Was wusste er von meinen Aktivitäten? Hatte er den Mercedes Benz in meiner Garage gesehen? Hatte er nach der Entführung von Katharina mit Ida Nowakowski Kontakt aufgenommen und sich über den Besuch ihrer Tochter am 23. Juli 1995 informiert? Wenn ja, dann könnte er einen Zusammenhang zwischen dem Unfall von Martin und der Entführung von Katharina finden, schließlich geschahen beide Ereignisse am 23. Juli, an Idas Geburtstag. Als erfahrener Polizist müsste er eigentlich irgendeinen Berührungspunkt herausgefunden haben.

Ich glaube, er war auf dem Weg nach Hause. Trotzdem fragte ich ihn nicht, ob er mit mir nach Springe fahren wollte.

Ich hatte das Bedürfnis, allein zu sein, und während der Fahrt nach Hause über diese besorgniserregende Situation nachzudenken.

Allmählich war mir klar, dass mein ›durchdachtes‹ Gesamtkonzept doch unzulänglich war. Mir wurde bewusst, dass ich über die Reaktion von Ida Nowakowski nach dem Überfall auf ihre Tochter nicht ausreichend nachgedacht hatte.

Selbstverständlich würde sie sich, wie jede andere besorgte Mutter, nach der Entführung ihrer Tochter große Sorgen machen und jede mögliche Hilfe in Anspruch nehmen. Um ihre Tochter schnell zu retten, würde sie mit der Polizei zusammenarbeiten und von ungewöhnlichen Ereignissen in der letzten Zeit berichten. Sie würde sich wahrscheinlich über die Terroranrufe ihres Schwiegersohns, Manfred Meister, beklagen und in diesem Zusammenhang von dem Verhalten ihrer Tochter an ihrem letzten Geburtstag erzählen. Zum Beispiel von ihrer abgebrochenen Rückreise nach Bayern, dem fünf Tage dauernden ungeplanten Aufenthalt in Springe, dem in ihrer Garage geparkten Auto und der Fahrt nach Bayern mit der Bahn. Und wenn Kommissar Schubert dieser redseligen Dame ein Bild von mir zeigen würde, würde sie mich zweifellos als ›Alexander Schmidt‹, den Freund von ihrem Nachbarn Jörg Holms erkennen und von meinem Besuch im letzten November berichten.

Mit dieser Aussage wären die fehlenden Puzzlebausteine von Kommissar Schubert vollständig. Er hätte damit herausgefunden, wer Martin überfahren hatte und wer der Entführer von Blue Emotion sein könnte.

Die Wahrscheinlichkeit, dass meine Befürchtung eintreten könnte, war in der Tat groß. In diesem Fall hatten Katharina und ich mächtige Probleme. Ich musste schnell eine Lösung finden.

Unterwegs nach Hause besuchte ich einen Supermarkt, kaufte verschiedene Gemüse und Reis und breitete zu Hause ein leckeres Gericht nach einem Rezept, das ich in einem Bahnmagazin gelesen hatte.

Seit Katharina meine Gefangene war, verzichtete auch ich auf Fleisch. Sie hatte tatsächlich aus mir einen Vegetarier gemacht. Nach dem Abendessen drückte ich den Mikrofonschalter und fragte sie, ob sie noch etwas brauchte.

»Nein, vielen Dank. Alles bestens. Ich habe heute mehrere Stunden geschlafen. Ihr leckeres Essen kam rechtzeitig, ich hatte großen Hunger. Aber jetzt geht es mir gut. Wo waren Sie die ganze Zeit? Ich habe mir Sorgen gemacht. Ich hatte Angst, dass Sie mich in diesem geschlossenen Raum allein lassen könnten und ich verhungern müsste.«

»Ich musste den Brief und das Video an Ihren Mann schicken und bei dieser Gelegenheit besuchte ich meine Schwiegereltern.«

»Wo wohnen Ihre Schwiegereltern?«

»In Würzburg. In dem Ort, wo ich Ihr Auto entdeckte.«

»Gibt es in Ihrer Nähe keinen Briefkasten?«

»Doch, es gibt welche. Das war ein Ablenkungsmanöver. Die Polizei darf nicht wissen, wo Sie sich befinden.«

»Ich verstehe. Ich finde gut, dass Sie sehr vorsichtig sind. Es sieht so aus, als ob Sie jeden Schritt in Ihrem Plan sorgsam studiert haben.«

»Ich habe in den letzten Monaten nichts anderes gemacht als die Vorbereitung Ihrer Entführung. Dennoch ist mir heute bewusst geworden, dass ich in meinem Plan die Reaktion Ihrer Mutter außer Acht gelassen habe.«

»Meine Mutter? Was hat sie damit zu tun?« Ihre Stimme war deutlich aggressiv.

»Ihre Mutter könnte uns beiden unwissend großen Schaden zufügen.«

»Ich verstehe nicht! Wie denn?«

Ich berichtete von meinem ersten Besuch bei ihrer Mutter im November und wie ich durch ihre leidenschaftlichen Erzählungen vom Verlauf ihrer letzten Geburtstagsfeier erfahren hatte. Dann schilderte ich mein unerwartetes Treffen mit Kommissar Schubert im Hauptbahnhof Hannover. Ich sagte mit besorgter Stimme:

»Wie es aussieht, vermutet die Polizei, dass die Autofahrerin aus Springe stammt und das Auto noch in dieser Stadt ist.

Wenn Schubert aus Anlass Ihrer Entführung mit ihrer Mutter gesprochen hat, wollte er bestimmt wissen, woher der Entführer wusste, dass Sie jeden Tag eine Stunde im Wald laufen. Er hat sich bestimmt auch über die Vergangenheit, zum Beispiel Ihre regelmäßigen Besuche bei ihrer Mutter informiert.

Sie kennen Ihre Mutter, man braucht ihr nur eine einfache Frage zu stellen, und sie erzählt ihre ganze Lebensgeschichte. Ich meine, möglicherweise hat sie Kommissar Schubert unter anderem vom Verlauf Ihres Aufenthalts im Juli letzten Jahres berichtet. Zum Beispiel, dass Sie kurz nach Ihrer Abreise aufgeregt zurückkehrten, noch fünf Tage dortblieben, das Auto in der Garage ließen und dann mit dem Zug nach Bayern zurückfuhren.

Wenn Schubert anhand dieser aufschlussreichen Informationen herausfindet, dass Sie die gesuchte Autofahrerin sind, dauert es nicht lange, bis er den Zusammenhang zwischen Ihrem Unfall und Ihrer Entführung erkennen kann. Und wenn Schubert Ihrer Mutter ein Bild von mir zeigt, wird sie mich zweifellos als ›Alexander Schmidt‹, den Freund ihres Nachbarn Jörg Holms identifizieren und von meinem Besuch im November erzählen. Mit dieser Aussage erkennt Schubert, wer den tödlichen Unfall verursachte und wer der Entführer ist.«

»Ich glaube nicht, dass es so gelaufen ist, wie Sie vermuten. Jedenfalls noch nicht«, erwiderte sie energisch und fügte hinzu:

»Sonst wäre die Polizei längst hier gewesen und hätte uns beide mit Handschellen abgeführt. Was Sie vermuten, könnte in der Tat in der nächsten Zeit passieren, vorausgesetzt, dass die Polizei meiner Mutter solche Fragen stellt.

Wissen Sie, meine Mutter kann nicht so strukturiert denken und reden wie Sie. Man muss sie mühsam und gezielt an ein Thema heranführen, um ihre Meinung zu erfahren. Wahrscheinlich haben Sie bei Ihrem Besuch bemerkt, dass sie von einem Thema zum anderen springt; und das auch nur, wenn sie in guter Stimmung ist. Aber ich kann mir denken, dass sie sich meinetwegen Sorge macht, und dann ist sie sicher nicht sonderlich gesprächig.«

»Nehmen wir an, dass sie bis heute keine Aussage gemacht hat, die für uns problematisch sein könnte. Aber bei dem nächsten oder übernächsten polizeilichen Verhör könnte sie doch mehr über Ihre kritische Ehebeziehung mit Ihrem Mann und vor allem über Ihren fünf Tage Aufenthalt an ihrem siebzigsten Geburtstag erzählen.

Wenn ich ohne polizeiliche Ausbildung leicht herausfinden konnte, dass nur Sie die gesuchte Autofahrerin sein können, dann kann der erfahrene Schubert das auch.

Also, bevor wir hier weiter spekulieren, müssen wir für dieses große Problem eine Lösung finden. Wir müssen Ihre Mutter warnen, den Mund zu halten und nichts zu sagen, was für Sie und mich problematisch sein könnte.«

Sie blieb mehrere Minuten nachdenklich und fragte dann:

»Wie schnell können Sie meiner Mutter einen Brief zustellen?«

»In weniger als einer Stunde. Was wollen Sie schreiben?«

»Dass sie ab sofort mit niemandem sprechen solle. Ich schreibe einen Brief, Sie lesen ihn und wenn Sie ihn für gut halten, sorgen Sie dafür, dass sie ihn sofort bekommt.«

»Das ist eine gute Idee. Sie finden in der Schublade des Schreibtischs genügend Papier.

Ich melde mich in einer Stunde wieder.«
Sie schrieb mehrere Briefe und jedes Mal war sie mit dem Inhalt nicht zufrieden, zerriss sie und schrieb einen neuen. Nach mehr als einer Stunde war sie mit ihrem Brief zufrieden. Sie schrieb:

»Liebe Mama,
Du sollst diesen Brief allein lesen und danach sofort vernichten. Es stimmt nicht, dass man mich entführte. Ich bin gesund und verbringe meine Zeit in einer gemütlichen Wohnung. Ich bleibe freiwillig hier, und zwar noch ein paar Wochen; den Grund dafür werde ich dir persönlich erzählen.
Ich wollte dich schon bei meiner Ankunft informieren, dass ich mich aus wichtigen Gründen mehrere Wochen verstecken muss. Ich möchte dich dringend bitten, mir zu helfen. Du sollst nicht über mich, meine Vergangenheit, vor allem über meine bisherigen Besuche bei dir mit jemandem, besonders nicht mit der Polizei, sprechen. Benehme dich komplett zurückhaltend und lehne es ab, irgendeine Frage bezüglich meines Besuches an deinem Geburtstag oder zu Weihnachten zu beantworten. Wenn man dir ein Bild von irgendjemandem zeigt, egal von wem, du hast ihn nie gesehen. Es ist sehr wichtig, tu das bitte für mich.
Empfange keinen fremden Besuch, auch nicht die Polizei und die Presse. Begründe deine Ablehnung damit, dass du, solange deine Tochter nicht bei dir ist, mit niemanden sprechen möchtest. Auch Gudrun darf nicht über meine Person und vor allem meine Besuche bei dir Auskunft geben.
Liebe Mutter, es ist für mich lebenswichtig, dass du dich absolut zurückhältst. Ich werde mich bald wieder bei dir melden. Ich habe dich sehr lieb.
Katharina
PS: Damit du sicher sein kannst, dass dieser Brief tatsächlich von mir ist, möchte ich dich auf das letzte Mal, als wir zusammen ge-

badet haben, erinnern. Du hast die Körperlotion mit Shampoo ver-
wechselt, worauf wir minutenlang gelacht haben. Dieses lustige
Ereignis weißt du und ich, sonst niemand. Jetzt weißt du, dieser
Brief ist von mir. Du sollst ihn sofort verbrennen."

Sie überreichte mir den Brief durch die eingebaute Durchreiche, und mit der gewohnten Vorsichtsmaßnahme steckte ich
ihn in einen Umschlag. Der Brief war gut. Kurz, glaubwürdig
und beeindruckend.
Da ich den Brief ihrer Mutter nicht persönlich aushändigen
wollte, musste ich mehrere Stunden abwarten, bis es dunkel
wurde.
Gegen 23:00 Uhr machte ich mich zu Fuß auf den Weg zum
Haus ihrer Mutter. Die ganze Strecke, besonderes in der Nähe
ihres Hauses, achtete ich aufmerksam darauf, dass niemand
mich im Visier hatte.
Als ich sicher war, dass kein Nachbar am Fenster stand und
keine Passanten auf der Straße waren, ging ich schnell zu dem
Haus, schob den Brief unter die Haustür, klingelte, lief schnell
weg und versteckte mich hinter einem Kastanienbaum.
Nach kurzer Zeit bemerkte ich, wie das Außenlicht anging. Ida
öffnete die Tür, rollte sie ihren Rollstuhl ein bisschen vorwärts,
schaute nach rechts, dann nach links und fand enttäuscht niemanden in ihrer Sichtweite. Kopfschüttelnd rollte sie ihren
Rollstuhl zurück und sah in diesem Augenblick den Brief auf
dem Flur.
Mühsam führte sie ihre Hand zum Boden, mit großen Schwierigkeiten nahm sie den Brief und klappte dann die Tür zu.
Ich hatte keine Ahnung, wie sie darauf reagieren würde. Unsere
Schicksale lagen jetzt in ihrer Hand.

14

Spät am Abend, als ich mich nach einem anstrengenden Tag auf mein Bett legte, waren meine Gedanken die meiste Zeit bei Katharina.

Die brennenden Hassgefühle, die mich seit Monaten wie ein schwarzer Schatten begleitet hatten, waren auf einmal verschwunden. Ich empfand keinen Zorn, keine Abneigung gegen sie, im Gegenteil, sie schien mir sympathisch, vor allem aufrichtig.

Eigentlich gab es, seit sie in meinem Haus gefangen war, keinen Grund, sie anzufeinden. Sie war immer sehr verständnisvoll, solidarisch, kooperativ und arbeitete in meinem Projekt wie eine treue Teammitarbeiterin. Ihr Brief und das Video an ihren Mann sowie die Mitteilung an ihre Mutter waren sehr hilfreich und beeindruckend.

Am Anfang hatte ich den Eindruck gehabt, dass sie nur mit mir kooperierte, weil sie mich zur Versöhnung ermutigen wollte. Aber nach und nach hatte ich keine Zweifel mehr, dass sie zum einen unter ihrem Schuldgefühl litt und zum anderen vom Projekt Afrika-Hilfe wahrhaftig begeistert war. Ich war überzeugt, wenn ich die Eisentür offenließe, würde sie nicht versuchen, auszubrechen. Sie setzte auf einen sauberen Abschluss dieses schwarzen Kapitels ihres Lebens.

Zugegeben, ich behandelte sie human und von Anfang an gab es keine typische Gefangenschafts-Atmosphäre. Sie hatte einen großen und komfortablen Raum für sich allein. Sie hatte die Möglichkeit, sich mit Fernseher, Radio und Büchern abzulenken, ungestört und bequem zu schlafen, und die Verpflegung war auch nicht schlecht. Sie meinte einmal, das sei besser als bei ihrer Mutter.

Sie konnte lediglich nicht an die frische Luft gehen, obwohl ich den Eindruck hatte, dass sie die Welt außerhalb ihres geschlossenen Raums nicht sonderlich vermisste.

In der Tat hatte ich nie gedacht, dass ich eines Tages für diese Frau, die (ungewollt) mein Leben zerstört hatte, solche weichen Gefühle empfinden würde.

Am nächsten Tag entschied ich zum ersten Mal, persönlich zu ihr zu gehen und mit ihr zu frühstücken. Ich fand es doch lächerlich, dass wir miteinander kooperierten, uns aber nicht gegenüberstanden.

Meine Absicht, dass wir uns sehen sollten, kündigte ich durch den Lautsprecher an. Ich sah in der Kamera, wie sie panikartig aufstand, dann verschwand sie im Badezimmer, um sich zurechtzumachen. Ich ließ ihr ausreichend Zeit, bereitete alles vor, und fast eine Stunde später schloss ich die Eisentür auf.

Auf einem großen Tablett brachte ich frische Brötchen, gekochte Eier, Käse, Butter, Marmelade und einen Krug frisch gepressten Orangensaft mit in ihr Zimmer.

Als ich den Raum betrat, bemerkte ich, dass sie den Tisch bereits geschmackvoll gedeckt hatte und auf mich wartete. Sie schaute mich schüchtern, gleichsam forschend an. Ich stellte das Tablett auf den Tisch und zum ersten Mal drückte ich ihre kleine, weiche Hand.

»Ich habe sie mir etwas kleiner, dicker und älter vorgestellt«, sagte sie mit gedämpfter Stimme.

»Klein bin ich nicht, aber ich glaube, in den letzten zwölf Monaten bin ich mindestens zehn Jahre älter geworden.«

»Ich denke, ich bin schuld daran, nicht wahr?«

»Wir sollten von der Zukunft reden.«

Wir setzen uns an den Tisch und begannen, langsam zu frühstücken. Ich muss sagen, kaum hatte ich mich ihr gegenüber gesetzt, fragte ich mich, wie ich in einem Raum, wo jahrelang mein Sohn gelebt hatte, mit jemandem frühstücken konnte, der für seinen Tod verantwortlich war.

Anderseits lobte ich innerlich die Kraft meiner Objektivität und den Mut, umzudenken.

Wie lange sollte ein Feind ein Feind bleiben? Nelson Mandela schrieb in seinen Memoiren:

„Als ich aus der Zelle durch die Tür in Richtung Freiheit ging, wusste ich, dass ich meine Verbitterung und meinen Hass zurücklassen musste, oder ich würde mein Leben lang gefangen bleiben."

Und als ich entschied, mit ihr zu frühstücken, hatte ich mir vorgenommen, mein Herz zu öffnen, von der Verbitterung und dem Hass Abstand zu nehmen und mit dem Leben wieder Freundschaft zu schließen.

Es klingt vielleicht merkwürdig, aber ich muss ganz offen gestehen, dass ihr zu vergeben mein Herz wärmte und gleichsam meine Wunde kühlte. Ich empfand, sie war nicht mehr mein Feind.

An diesem Tag kam sie mir ziemlich nervös vor. Bis zu diesem Zeitpunkt hatte sie keine Gelegenheit gehabt, mir gegenüber zu sitzen, in meine Augen zu blicken und sich für den von ihr angerichteten Schaden unwohl zu fühlen. Ihre bisherigen Gesprächspartner waren lediglich Lautsprecher und Mikrofon gewesen. Jetzt aber saß sie dem Mann gegenüber, der ihretwegen seine Familie verloren hatte. Ihr gehemmtes Verhalten und ihre zitternden Hände verrieten ihre innere Unruhe. Unauffällig beobachtete ich, wie sie langsam das Brot schmierte, wie vorsichtig und nachdenklich sie aß und jeden langen Blickkontakt mit mir vermied. Ich versuchte, die eisige Atmosphäre etwas zu lockern, und sagte lächelnd:

»Wenn jetzt Kommissar Schubert mit uns frühstücken würde, wäre unsere Vereinigung perfekt.«

Ein schwaches Lächeln zuckte um ihre Mundwinkel und sie erwiderte leise:

»Ich fürchte, wenn er hier wäre, müssten wir das nächste Frühstück im Gefängnis einnehmen. Aber ich hoffe, alles wird gut und wir werden unser Ziel unbeschadet erreichen.«

»Der Erfolg unseres Plans ist hauptsächlich abhängig vom Verhalten Ihrer Mutter gegenüber der Polizei, einer positiven Reaktion Ihres Mannes und vor allem meiner fehlerfreien Organisation.

Beginnen wir zuerst mit Ihrem Mann. Glauben Sie immer noch, dass er sich weigert, das geforderte Lösegeld zu zahlen?«

Sie blieb eine Weile nachdenklich und antwortete dann stockend:

»Ich weiß nicht. Ich hoffe, er wird sich nicht querstellen und Ihre Forderung akzeptieren.

Sie dürfen aber nicht vergessen, er ist kein einfacher Mensch. Er ist grundsätzlich stur, fanatisch und kaum kompromissbereit. Hinzu kommt noch, wie ich bereits erwähnte, er hat keine Ahnung, welches Motiv der Auslöser für diese Entführung ist.

Wie Sie wissen, ich habe ihm von meinem Unfall, vom Tod Ihres Sohnes und der Fahrerflucht kein Wort gesagt. Wie ich ihn kenne, glaubt er, das sei eine ›normale‹ Erpressung, und dafür ist die Polizei zuständig. Anderseits hoffe ich, im Hinblick auf die bevorstehenden Konzerte wird er sich vielleicht mäßigen, ja positiv reagieren.

Aber wenn er zahlen wird, hegt er sicher den Gedanken in seinem Kopf, dass die Polizei Sie während der Geldübergabe verhaften wird und er sein Geld zurückbekommt.«

Da konnte sie recht haben. Manfred Meister hatte keine blasse Ahnung, warum man seine Frau entführt hat und welche wirtschaftliche oder ideologische Absicht hinter den Millionen Lösegeld steckte.

Außerdem war es sehr ungewiss, wie ein so geiziger, vor allem aber erbarmungsloser Mann, wie sie ihn mehrfach beschrieben hatte, meine Forderung aufnehmen würde. Katharina unterbrach meine Gedanken:

»Nehmen wir doch an, alles läuft genauso, wie Sie es sich vorstellen. Was würden Sie machen, wenn alles problemlos und erfolgreich über die Bühne gegangen ist? Gibt es einen Plan für den Tag danach?«

»Ja, den gibt es. Wenn tatsächlich der ganze Prozess erfolgreich und ohne Zwischenfall laufen sollte, bin ich vollkommen zufrieden. In diesem Fall hätte ich erreicht, was ich mir vorgenommen habe.

Als erstes sorgte ich dafür, dass Sie sofort nach Hause kommen. Dann würde ich schnell alles, was ich besitze, Haus, Autos, Mobiliar verkaufen und Deutschland für immer verlassen.

Ich habe hier alles verloren; meine Frau, meinen Jungen und wenn ich ganz ehrlich bin, auch meine Würde. Ich werde versuchen, irgendwo weit von hier ein neues Leben aufzubauen.«

Sie sagte nichts mehr. Mit dem Essen hatte sie auch aufgehört. Ich bemerkte ihre unregelmäßige Atmung. Ein verstohlener Blick auf ihr Gesicht, und ich sah, dass sie weinte. Sie senkte ihren Kopf und die Tränen strömten über ihr blasses Gesicht.

»Was ist los? Warum weinen Sie? Habe ich etwas Verletzendes gesagt?«

Sie schüttelte ihren Kopf, starrte mir in die Augen und antwortete:

»Wissen Sie, egal, wie diese Geschichte zu Ende geht, ob Sie mit Ihrem Projekt erfolgreich sein werden oder wir beide uns mit der Polizei und Justiz auseinandersetzen müssen, ich werde Ihretwegen mein ganzes Leben lang leiden.

Seit mehreren Jahren habe ich mit meinen Liedern Millionen von Menschen glücklich gemacht. Nur bei Ihnen, ja, nur bei Ihnen habe ich Unglück, Leid und Elend herbeigeführt.

Ich weiß nicht, wie ich jemals in meinem Leben diesen unverzeihlichen Fehler wiedergutmachen kann.«

»Das können Sie nicht. Sie können weder meinen Jungen wieder lebendig machen noch meine Frau. Diese Katastrophen können wir nicht rückgängig machen.

Ich habe inzwischen öfter über diese Tragödie nachgedacht. Mir ist bewusst geworden, dass das erste Unglück ein dummer Zufall war und das zweite eine seelisch-krankheitsbedingte Entscheidung. Natürlich haben Sie ungewollt den ersten Dominostein in Bewegung gesetzt, aber diese Begebenheiten waren verfluchte Zufälle. Wäre mein Sohn auf dem gewohnten Fahrradweg gefahren, wäre er wahrscheinlich heute noch am Leben. Oder hätte Ihr Mann Sie nicht dermaßen mit Telefonterror schikaniert, wären Sie konzentriert gefahren und nicht in dieses Drama verwickelt worden.

Und schließlich, hätte meine Frau Ihre Gefühle und Nerven unter Kontrolle halten können, würde sie heute noch mit mir weiterleben.

Aber leider hat eine Kette von Zufällen und falschen Reaktionen dazu geführt, dass wir heute hier zusammensitzen und die Vergangenheit beklagen. Kann man alle diese tragischen Ereignisse zurückdrehen? Nein, leider kann man das nicht, es ist einfach passiert.

Nach diesen Katastrophen habe ich ständig über mein verlorenes Glück nachgedacht. In den ersten Monaten nach dem Freitod meiner Frau sperrte ich mich in einen Raum aus purem Zorn und Verzweiflung, ich schrie laut und verfluchte die ganze Welt. Wie ein Verrückter oder Betrunkener randalierte ich in meinem Haus, hin und wieder weinte ich verbittert und beneidete meine Frau, die mit ihrem Selbstmord sich von all diesen Schmerzen befreien konnte.

Aber allmählich erkannte ich, mit solchen irrationalen Verhaltensweisen komme ich nicht weiter.

Ob ich will oder nicht, mein Sohn und meine Frau existieren nicht mehr.

Ich bin verdammt, einen neuen Weg für den Rest meines Lebens zu finden, sonst habe ich keine Chance zu überleben.

Das Projekt Afrika-Hilfe ist für mich eine wichtige Aufgabe, eine heilige Mission. Ich dachte, wenn ich es schaffe, bin ich ein zufriedener Mensch, ich finde wieder einen Sinn im Leben. Denn mit diesem fantastischen Projekt werden Hunderte arme, kranke, hungernde Menschen einigermaßen leben können. Gleichzeitig werde ich die Seele meines Sohnes, des Initiators dieses Projekts, befrieden.

Ich bin davon überzeugt, wenn es funktioniert, können wir beide mit gutem Gewissen und Zuversicht in die Zukunft blicken. Sie werden frei von schlechtem Gewissen und ich, ich werde versuchen, wieder ein anständiger Mensch zu sein.

15

Katharina und ich blickten gespannt auf Samstag, den 10. August, den Tag, an dem Manfred Meister meine Forderung bestätigen sollte. Im Hinblick darauf, was sie über die mögliche Reaktion ihres Mannes erzählt hatte, hatte ich kein gutes Gefühl und war sichtlich unruhig.

In der Tat hatte ich keine Ahnung, was ich tun sollte, wenn ihr Mann meine Forderung ablehnen und mich eiskalt in die Leere laufen ließe. Im Gegensatz zu mir schien Katharina deutlich ruhiger, ja zuversichtlich zu sein.

Die Eisentür des Kellers war nicht mehr abgeschlossen. Theoretisch konnte sie jederzeit das Haus verlassen, wenn sie wollte. Täglich aßen wir zusammen und wenn sie allein war, führte sie ihren Tagesablauf etwas effektiver als bisher. Sie las viel, hörte fast den ganzen Tag Musik, machte mindestens eine Stunde Stretch-Übungen und zeigte große Freude, wenn ich ihr Gesellschaft leistete.

Einige Male beobachtete ich von meinem Arbeitszimmer aus, dass sie ein neues Lied summte und den Text auf ein weißes Blatt schrieb. Sie arbeitete leidenschaftlich, ja, sie war wieder in ihrem Element.

Mir schien, seit ich zum ersten Mal mit ihr gefrühstückt hatte, war sie erheblich ruhiger, hatte keine Angst, keine Langeweile und erstaunlicherweise vermisste sie gar nichts. Einmal beim Abendessen bestätigte sie meinen Eindruck und sagte:

»Mein Aufenthalt in diesem ziemlich gemütlichen Raum war, trotz meines verzweifelten Zustands, das beste Ereignis, das mir passieren konnte.

Hier fand ich auf einmal unbegrenzt Zeit, über mein Leben nachzudenken.

Diese Gelegenheit hatte ich bislang, wegen meines immer so stressigen Lebens noch nie. Hier habe ich genügend Zeit und Ruhe, um herauszufinden, welchen Sinn mein Leben mit Manfred hatte, seit ich ihn geheiratet habe. Vor allem, warum ich jahrelang alles so brav und widerspruchslos hingenommen habe, was er von mir verlangte.

Warum war ich die ganze Zeit eine hilflose Befehlsempfängerin und verlor dabei nicht nur meine Selbstachtung, sondern seinetwegen auch viele gute Freunde? Noch schlimmer, ich vernachlässigte ständig meine Mutter.«

Ich unterbrach sie und sagte:

»Mir ist aufgefallen, dass Sie immer von Ihrer Mutter reden und kaum von Ihrem Vater. Haben Sie keinen Kontakt zu ihm?«

Sie war von meiner Frage sichtlich überrascht. Nach einer Weile warf sie mir einen unruhigen Blick zu, als hätte sie Angst, jemand würde mithören. Sie erwiderte leise:

»Ich habe eine sehr gute Beziehung zu meinem Vater. Wir telefonieren oft miteinander und manchmal besucht er mich bei meinen Konzerten. Das Problem ist seine Beziehung mit Mutter; sie hassen sich gegenseitig. Ich habe oft versucht, zwischen ihnen zu vermitteln und zur Versöhnung zu ermutigen, aber leider mögen sie sich überhaupt nicht.

Sie sind völlig unterschiedliche Menschen; Mutter stammt aus einer noblen deutschen Familie. Sie ist gebildet, diszipliniert und legt Wert auf Ordnung und Sauberkeit. Vater ist hingegen ein dickköpfiger, unbeugsamer Mann, der sich oft wie ein Macho benimmt. Er kommt aus einer einfachen polnischen Arbeiterfamilie.

Während ich bei meinen Eltern wohnte, erinnere mich kaum an einen Tag, an dem es zwischen ihnen keinen Streit gab. Diese giftige Atmosphäre hat dazu geführt, dass ich zu Manfreds Heiratsantrag sofort ›Ja‹ gesagt habe.

138

Ich hielt diesen nervigen Zustand zu Hause nicht aus und wollte einfach weg. Ein Jahr danach wurden sie geschieden, sie blieb in Springe und Vater zog nach Hamburg um.« Sie verstummte eine Weile. Dann fuhr sie leise fort:

»Meine Mutter weiß nicht, dass ich mit Vater noch Kontakt habe und wir uns manchmal treffen. Dieser heimliche Kontakt ist für mich unbehaglich. Aber was soll ich tun? Er ist mein Vater und ich liebe ihn genauso wie Mutter.

Komischerweise haben beide dieselbe Meinung über meinen Mann; sie verabscheuen ihn. Wenn ich ganz ehrlich bin, so unrecht haben sie nicht. Er ist kein guter Mensch.

Tatsächlich war ich, seit ich Manfred kenne, selten mit ihm zufrieden. Er ist ein Egoist, rücksichtlos und benimmt sich wie ein Herrscher. Er bestimmt fast alles in meinem Leben, meinen Tagesablauf, meine Entscheidungen, meine Beziehung mit anderen, besonderes mit meinen Eltern.

Seit ich hier bin, ist mir klar geworden, dass ich jahrelang sein tyrannisches Verhalten widerspruchlos geduldet habe und dadurch die meiste Zeit passiv, unsicher, aber auch traurig war. Der einzige Trost in meinem Leben war die liebevolle Unterstützung meiner Fans. Jeden Tag bekam ich von ihnen zahlreiche Briefe, Geschenke und Anerkennung. Aber Sie stimmen mir sicher zu, das reicht nicht für ein glückliches Leben.

In den letzten Tagen habe ich öfter daran gedacht, warum ich so schwach war, warum ich solche Angst vor ihm hatte. Wie lange will ich noch diesen unglücklichen Zustand hinnehmen?

Verstehen Sie mich nicht falsch, ich möchte nicht undankbar zu sein. Natürlich verdanke ich ihm meine Reputation, Erfolg, Geld und ein Leben in der gehobenen Gesellschaft. In der Tat hat er viel für mich getan. Ohne ihn wäre ich vielleicht eine einfache Angestellte oder Hausfrau.

Er hatte mich vor zehn Jahren entdeckt, die Kosten für meine Gesangsausbildung und den Lebensunterhalt übernommen und mit seinen guten Beziehungen zu Presse und Showgeschäft mich dahin gebracht, wo ich heute stehe.

Aber anderseits musste ich ständig hart arbeiten und mich nach seinem Plan zur Verfügung stellen. Er legt immer fest, wann ich schlafen und wann ich aufstehen müsse. Täglich mindestens vier Stunden Probe und mindestens einmal im Monat vor einem Publikum über zehn- oder fünfzehntausend Menschen auftreten. Ja, er ist ein Programmierer und ich bin sein Roboter.

Wir haben bis heute nie ein liebevolles Leben geführt. Nie zusammen einen Urlaub gemacht. Nie einmal ein Kino besucht. Er redet immer von seinem Programm. In Wirklichkeit sind wir wie eine Firma, die immer funktionieren muss und Geld verdienen.«

Sie holte etwas Luft und sagte kopfnickend weiter: »Eine weitere seiner negativen Eigenschaften ist seine Beziehung zum Geld. Er ist ungemein geizig. Am Anfang unserer Beziehung konnte ich ihn einigermaßen verstehen; wir mussten mit dem Geld vorsichtig umgehen. Aber in den letzten Jahren verstehe ich ihn überhaupt nicht mehr. Immer, wenn es großen Streit zwischen uns gibt, geht es um das verdammte Geld.

Seit mehreren Jahren verdienen wir wahnsinnig viel Geld. Jedes Jahr verkaufen wir Millionen Tonträger, jedes Jahr veranstalten wir mehrere Konzerte und Fernseh-Shows.

Ich habe wenig Ahnung von Buchführung und Einkommensteuererklärung. Ich weiß nur, aus steuerlichen Gründen laufen die meisten Konten unter meinem Namen. Das heißt, alle Einkommen einschließlich der Mieteinkünfte von mehreren Häusern, Dividenden von Wertpapieren bucht er auf meinen Konten. Offiziell ist er mein Angestellter. Er bekommt von mir als Manager ein Jahresgehalt über zehn Millionen DM. Dieses Geld überweist er an seine Scheinfirma in Basel.«

Sie schüttelte ihren Kopf befremdet und fügte wütend hinzu:

»Mir ist in den letzten Tagen bewusst geworden, dass wir bis heute nicht einen Pfennig irgendeiner Wohlfahrtsorganisation gespendet haben.«
Plötzlich traten Tränen in ihre Augen und dann versagte ihr die Stimme. Sie blieb eine lange Weile still und schien angestrengt nachzudenken; dann sagte sie stockend weiter: »Ich habe entschieden, wenn ich diese Krise überstehe, werde ich mein Leben radikal ändern. Ich werde weniger arbeiten, um mehr von meinem Leben zu haben. Ich werde meiner Mutter ein schönes Haus kaufen und für sie zwei professionelle Haushälterinnen einstellen. Ich werde regelmäßig arme Menschen unterstützen. Und wenn mein Mann mich an meinem Vorhaben hindert, werde ich mich von ihm trennen. Ja, glauben Sie mir, das werde ich tun.
Diese eigenartige Gefangenschaft hat mich neu generiert. Ich habe mich endlich wiedergefunden. Ich kann frei denken und konsequent entscheiden. Ja, lieber Herr Wartenberg, seit ich bei Ihnen wohne, weiß ich, was ich will.
Dafür möchte ich mich bei Ihnen bedanken. In diesem abgeschlossenen und ruhigen Raum haben Sie mir ermöglicht, meinen Lebenszustand gründlich zu analysieren. Ich weiß, das war nicht Teil Ihres Plans, aber das hat sich so ergeben.« Sie blieb wieder schweigsam und nach einer Weile schaute sie in meine Augen und sagte mit ernstem Antlitz weiter:
»Lassen Sie uns hoffen, dass alles planmäßig laufen wird und unsere Wünsche in Erfüllung gehen.
Sie sollen das Projekt von Martin verwirklichen und ich mein Leben in Ordnung bringen.«

16

Am Samstag, den 10. August, schon um acht Uhr, setzte ich mich ins Auto und fuhr zum Hauptbahnhof, um eine Süddeutsche Zeitung zu besorgen. Ich war außerordentlich gespannt, ob ich von Manfred Meister eine positive Rückmeldung erhalten würde.

Ich kaufte die Zeitung, hatte aber keinen Mut, die Seite „Kleinanzeigen" an Ort und Stelle aufzuschlagen und zu prüfen, ob er auf meine Forderung reagiert hatte.

Zuhause ging ich ins Arbeitszimmer und mit wachsender Neugier suchte ich zwischen zahlreichen Inseraten nach der ersehnten Mitteilung.

Ich weiß nicht, war es wegen meiner Nervosität, dass ich eine Weile das gesuchte Inserat nicht finden konnte. Aber dann blieb mein Blick plötzlich auf einer kleingeschriebenen Zeile haften. Die Antwort auf meine Forderung lautete: *Achtung: 2.3000.021 DM. Ich zahle keinen Pfennig!*

Diese negative Mitteilung lähmte mich erst einmal eine ganze Weile. Ich saß fassungslos auf meinem Stuhl und musterte das Inserat von Manfred Meister wie eine Nachricht über den Weltuntergang.

Unbegreiflich, er wollte keinen Pfennig zahlen. Damit wären all mein Aufwand und alle Bestrebungen wirkungslos. War meine Erwartung illusorisch? Müsste ich meinen Plan jetzt widerstandslos aufgeben?

Fast eine halbe Stunde saß ich in dem dunklen Raum, schweigend und mit hängendem Kopf, und wusste überhaupt nicht, wie ich diese Niederlage verkraften sollte.

Plötzlich flog mein Blick hinüber zu dem Laptop, dass auf dem Schreibtisch lag. Ich sah, wie Katharina angespannt und ungeduldig in ihrem Zimmer hin und her lief.

Offenbar wartete sie unruhig auf meine Rückkehr. Ich nahm die Zeitung und besuchte sie in ihrem Zimmer.

Ich brauchte gar nichts zu sagen, ein kurzer Blick auf mein Gesicht und sie erkannte, was los war.

»Er zahlt nicht, nicht wahr?«, fragte sie stockend. Ich bestätigte mit einem Kopfnicken und sie sagte weiter: »Das wird für ihn harte Konsequenzen haben. Ich hatte schon geahnt, dass Geld für ihn wichtiger ist als seine Frau. Obwohl das Geld mir gehört. Was mich traurig macht, ist, dass er keinerlei Interesse daran hat, zu wissen, wer hinter dieser Entführung steckt. Er fragt sich nicht einmal, ob die Entführer russische, italienische, balkanische Mafiosi sind oder vielleicht ein Gentleman wie Sie?

Es muss ihm doch klar sein, wenn die Mafia hinter dieser Entführung stecken würde und sie von ihm eine solche knallharte Absage erhielte, würde sie ihm eine deutliche Lektion erteilen. Sie würden mich gnadenlos erschießen und ein neues Opfer suchen.«

Sie war sichtlich sehr aufgeregt. Ich spürte, wie tief in ihr Wut aufkeimte. Sie fügte hinzu: »Ich wusste, dass er gefühllos und arrogant ist. Mir war auch klar, dass er durch und durch ein Geizhals ist. Dennoch hatte ich ein wenig Hoffnung, dass er es sich wegen der bevorstehenden Konzerte anders überlegen würde. Ich dachte, er würde mit dem Entführer verhandeln und versuchen, diese Krise zu überwinden. Aber im Gegenteil, er hat ganz bewusst versucht, seinen Kontrahenten zu provozieren und nimmt jedes Risiko in Kauf. Es ist ihm egal, was die Entführer mit mir machen.«

Langsam beruhigte sie sich und kam zu mir, umarmte mich gefühlvoll und fügte hinzu: »Zum Teufel mit ihm. Wir werden nicht den Mut verlieren und weitermachen.

Wir müssen Geduld haben und dürfen nicht aufgeben. Ich bleibe hier, egal wie lange. Ich werde ihn zappeln lassen.

Wir haben Zeit, und wie es aussieht, hat niemand auch nur die geringste Ahnung, wo ich stecke. Ich denke, die Polizei hat keinen Anhaltspunkt, wer der Entführer ist.

Ja, wir werden warten und sehen, ob er bei seiner Haltung bleibt. Ich bin sicher, wegen der geplanten Konzerte wird er vor Wut kochen. Meine Mutter hat manchmal einen schönen Satz von Konfuzius zitiert:

„Ist man in kleinen Dingen ungeduldig, bringt man die großen Vorhaben zum Scheitern.‹

Wir werden geduldig ausharren."

Ihre motivierende Ansprache tat mir gut. Ich war froh, dass unsere Kommunikation nicht mehr durch Mikrofon und Lautsprecher lief. Im Gegenteil, wir konnten einander tief in die Augen blicken und offen miteinander sprechen. In der Tat, wäre ich nur auf mich allein angewiesen gewesen, hätte ich erhebliche Probleme gehabt. Ich weiß nicht, wie ich mit dieser Niederlage zurechtgekommen wäre.

An diesem Samstag blieb ich die meiste Zeit in ihrem Zimmer. Sie wollte mehr über mein Leben wissen, und ich war interessiert zu erfahren, wie eine intelligente und mutige Frau jahrelang – wie sie es einmal formuliert hatte – die Befehlsempfängerin ihres Mannes gewesen sein konnte.

Sie hatte dafür keine logische Erklärung. Sie meinte, sie habe sich die ganze Zeit nur auf ihre Musik konzentriert, genoss den großen Jubel ihrer Fans, das schmeichelhafte Lob und die Anerkennung durch die Presse, und was daneben lief, war für sie fast gleichgültig. Sie kümmerte sich noch nicht einmal um die Verwaltung ihres Vermögens, das war die Aufgabe ihres Mannes und seiner cleveren Steuerberater gewesen. Katharina gab zu:

»Vielleicht klingt es naiv oder kindisch, aber ich muss gestehen, es war mir egal, wie viel Geld auf meinen zahlreichen Konten festgelegt wurde. Was nützte mir dieser Reichtum?

Wenn ich mal etwas Geld ausgeben wollte, musste ich meinen Mann um Erlaubnis bitten!« Sie hielt inne und sagte mit ernster Stimme weiter: »Sie müssen mir glauben, das ist jetzt vorbei. Wie ich gestern gesagt habe, die schwache, ängstliche Frau, die jahrelang alles geschluckt hat und den Mund hielt, existiert nicht mehr. Ich weiß inzwischen, was ich will und wie ich mich in Zukunft durchsetzen werde.

Wir müssen nun diese Krise überstehen und unbeschadet davonkommen. Und dazu brauchen wir eine neue Strategie. Unsere unterschiedlichen Ziele sind bestimmt erreichbar, wenn wir zusammenhalten und nicht nervös werden.«

Sie schien mir jetzt viel selbstbewusster und charakterfester als in der ersten Woche. Ihr scharfsinniges Verständnis und die aufrichtige Entschlossenheit waren beeindruckend. Sie hatte recht, wir mussten gemeinsam versuchen, uns aus dieser gefährlichen Lage zu befreien, ohne erwischt zu werden.

Nachmittags, während wir uns über unser privates Leben miteinander unterhielten, bereiteten wir zusammen ein leckeres indisches Gericht zu.

Nach dem Essen sang sie für mich ihren sehr gefühlvollen letzten Hit. Sie hatte tatsächlich eine tolle Stimme. Ich konnte mir vorstellen, dass jeder ihrer Fans blass vor Neid würde, wenn er dieses private Konzert gesehen und gehört hätte.

Katharina schlug vor, am späten Abend irgendwo spazierzugehen und frische Luft zu schnappen. Sie wollte eine dunkle Brille und eine Mütze anziehen, sodass niemand ihr Gesicht erkennen könnte. Aber diese Idee mussten wir gleich fallenlassen. Denn zum ersten Mal brachten gegen neunzehn Uhr fast alle TV- und Radio-Sendungen eine Nachricht, die uns noch mehr beunruhigte.

Sie berichteten von der Entführung von Blue Emotion und den Millionen Lösegeldforderung. Mit einem dramatischen Appell wurden die Zuschauer bzw. Zuhörer gebeten, sich sofort mit der Polizei in Verbindung setzen, wenn jemand den Hergang dieser Entführung gesehen hatte oder die Hintergründe kannte. Für eine zutreffende Information hatte man eine Belohnung in Höhe von zwanzigtausend DM ausgelobt.

Offenbar sah die Polizei, nachdem Manfred Meister sich geweigert hatte, das geforderte Lösegeld bereitzustellen, keine andere Möglichkeit, als dieses Ereignis publik zu machen und die Öffentlichkeit um Mithilfe zu bitten.

»Die Bombe ist geplatzt!«, sagte Katharina mit ängstlichem Gesicht. Sie fügte nachdenklich hinzu: »Ich vermute, in den nächsten Tagen wird die Polizei wegen der Proteste meiner Fans und der Spekulationen der Presse noch intensiver nach mir suchen. Das bedeutet, wir müssen höllisch aufpassen, keinen Fehler zu machen, und geduldig abwarten.«

Ich war fest davon überzeugt, dass uns nichts passieren könnte. Die einzige Schwachstelle war nach wie vor Katharinas Mutter. Wenn sie weiterhin den Mund halten würde, hatten wir nichts zu befürchten.

Dennoch wollten wir unser Schicksal nicht dem Zufall überlassen. Wir mussten, wie Katharina sagte, eine neue Strategie erarbeiten. Als ich den Fernseher ausschaltete, sagte sie entschlossen:

»Wie es aussieht, muss ich weiterhin hierbleiben. Von mir aus, wenn es sein muss, bleibe ich Monate, vielleicht sogar ein Jahr. Allerdings hat ein so langer Aufenthalt in diesem Raum zwei Nachteile. Der erste Nachteil ist die Verzögerung des Projekts Afrika-Hilfe. Aber diese Aktion ist nur vorläufig aufgeschoben und auf keinen Fall aufgehoben. Ich verspreche Ihnen, bei der ersten Gelegenheit werde ich dieses Projekt, genau wie Sie es geplant haben, realisieren. Sie haben mein Wort.

Der zweite Knackpunkt ist das Verhalten meiner Mutter, das ist ein großes Risiko. Wenn nun in Radio und Fernsehen dramatische Berichte laufen und Polizei oder Presse massiv Druck

146

machen, wird sie vielleicht an meinem Schreiben zweifeln und bei einem Verhör Dinge erzählen, die für die Polizei aufschlussreich sein könnten.

Wir müssen eine Lösung finden, dass ich meine Mutter kontaktieren, sie beruhigen und meine Bitte, mit niemandem zu sprechen, wiederholen kann.

Was halten Sie davon, wenn ich sie gleich mit Ihrem Festnetzanschluss anrufe?«

»Ich halte das für keine gute Idee. Ich weiß nicht, ob mein Telefon abgehört wird, aber ich habe keine Zweifel, dass das Telefon Ihrer Mutter von der Polizei belauscht und jeder Anruf protokolliert wird. Da sich nun Ihr Mann von der Verhandlung mit dem Entführer zurückgezogen hat, geht die Polizei bestimmt davon aus, dass die Entführer mit ihrer Mutter Kontakt aufnehmen. Wir sollten, wie Sie schon sagten, nicht die Nerven verlieren und jeden Fehler vermeiden.

Ich halte es allerdings für angemessen, wenn Sie noch einmal mit einem Brief versuchen, sie zu beruhigen. Wie vor einer Woche werde ich Ihren Brief unter ihrer Haustür hindurchschieben.«

»Okay, ich ziehe mich zurück und schreibe einen neuen Brief. Wann können Sie meine Nachricht überbringen?«

»Heute Abend, wenn es dunkel ist. Vorausgesetzt, weder Polizei noch Presse stehen in die Nähe ihres Hauses herum.«

»Einverstanden.« Sie sah mich eine Weile nachdenklich an und fragte mit sanfter Stimme: »Würden Sie mir noch einen Gefallen tun? Heute Abend habe ich Lust, mit Ihnen ein Glas Wein zu trinken. Ich bin ziemlich aufgeregt und traurig. Ein Glas Wein könnte mich ein bisschen aufmuntern.«

»Oh ja, das ist eine exzellente Idee. Ich gebe zu, mein seelischer Zustand ist auch erholungsbedürftig. Wir werden uns bei einem Glas Wein und guten Gesprächen regenerieren und uns auf die bevorstehenden Herausforderungen vorbereiten.«

17

Am Sonntag, den 11. August, ich glaube, es war kurz vor zehn Uhr, riss mich ein Dauerklingeln an der Haustür aus einer angenehmen Träumerei.

Seit fast einer Stunde war ich schon wach, aber von der vergnüglichen Geselligkeit der letzten Nacht noch berauscht.

Katharina und ich erlebten einen feurigen gemeinsamen Abend, der sehr lange dauerte. Wie von ihr gewünscht, öffnete ich eine Flasche Rotwein und versuchte, mit dem Erzählen einiger lustiger Episoden aus meinem Leben unser Zusammensein aufzulockern und die bedrückte Verzweiflung etwas aufzulösen. Zu Beginn entschieden wir spontan, uns zu duzen.

Zum ersten Mal brachte ich sie zum Lachen. Nach und nach wirkte sie entspannt und wohlgemut. Zugegeben, ich hatte selbst auch das Bedürfnis, nach mehr als einem Jahr melancholischer Stimmung, meine Seele ein bisschen aufzumuntern.

Gegen dreiundzwanzig Uhr musste ich sie eine Stunde allein lassen und den Brief an ihre Mutter zustellen. Als ich zurückkam, wartete sie gespannt, ja ungeduldig auf meine Rückkehr. Sie gab mir ein Glas Wein und wollte jedes Detail von meiner heiklen Mission erfahren.

»Ich hatte das Gefühl, dass die alte Lady auf deine Botschaft geradezu gewartet hat«, sagte ich, trank einen Schluck Wein und fügte hinzu: »Denn nachdem ich kurz geläutet und mich dann schnell hinter einem Baum versteckt hatte, öffnete sie die Tür aufgeregt, entdeckte den Brief auf dem Boden, nahm ihn und machte die Haustür zu.«

»Ja, ich glaube schon, dass sie auf meine Nachricht gewartet hat. Ich habe irgendwo gelesen, die Telepathie zwischen Mutter und Kind funktioniere fast wie moderne Telekommunikations-

Systeme. Ich bin froh, dass sie meinen zweiten Brief erhalten hat. Heute Abend wird sie sorglos schlafen und wenn sie meine Anweisung befolgen wird, haben wir ein Problem weniger.«

»Dann lass uns auf das Wohl deiner Mutter trinken«, sagte ich und nahm ihr gegenüber Platz. Es blieb nicht bei einer Flasche Wein, wir hatten Entspannungsbedarf, wir wollten unsere kritische Situation einfach verdrängen.

Der Wein war köstlich, die leise Musik romantisch und wir beide waren ausgehungert nach mehr Fröhlichkeit.

An diesem Abend bekam unsere Beziehung eine neue Dimension. Wir vergaßen, welche Ereignisse unsere Wege zusammengeschweißt hatten, wer das Opfer war und wer der Täter.

Wir empfanden große Zuneigung zueinander und diese Gefühle enthüllten wir nach und nach, ohne uns zu verschließen. Ja, wir erlebten einen fabelhaften und unvergesslichen Abend zusammen.

Ich muss zwar sagen, ab und zu störte ein schwacher Kitzel meines Gewissens diese – ja, unmoralische Geselligkeit. Manchmal dachte ich, was meine Frau dazu sagen würde, wenn sie uns beobachten könnte.

Andererseits versuchte ich, mich mit den Argumenten zu überzeugen, dass sie kein Recht hatte, sich in mein neues Leben einzumischen. Denn als sie mich mit ihrem unsinnigen Selbstmord allein ließ, hatte sie auch kein Interesse daran gehabt, zu wissen, was aus mir wird.

Dieser feierliche Abend tat uns richtig gut; wir gewannen neue seelische Kräfte und mehr Vertrauen zueinander.

Irgendwann waren wir beide müde, ziemlich beschwipst und ruhebedürftig. Es war Zeit, zu schlafen.

Was ich am nächsten Tag nicht brauchte, war ein neues Problem, schon gar nicht einen unerwünschten Besuch.

Zuerst wollte ich das Läuten an der Haustür ignorieren und weiter im Bett liegen bleiben. Aber wer vor der Tür stand, war unnachgiebig; er klingelte unablässig weiter.

Langsam stand ich auf, zog meinen Bademantel an, und mit wachsender Wut ging ich zur Haustür.

Als ich die Tür öffnete, erschrak ich. Ich konnte meinen Augen nicht trauen; mir gegenüber stand Kommissar Schubert. Hatte man herausgefunden, wo Katharina Nowakowski versteckt war? Das war mein erster Gedanke.

»Ich bitte um Entschuldigung für meine Sonntagsstörung«, sagte Schubert verlegen. Ohne mich anzugucken, fuhr er fort: »Ich muss dringend mit Ihnen sprechen. Dieser eilige Besuch ist für mich sehr wichtig, denn die Zeit läuft mir davon.«

Ich begriff nicht, was er von mir wollte. Welche Zeit lief ihm davon?

»Kommen Sie bitte rein,« sagte ich ziemlich unwillig und ließ ihn in den Flur eintreten. Er trug unter dem Arm einen blauen Ordner und trotz warmem Wetter hatte er wie immer seinen dicken grünen Tweed-Anzug angezogen.

Sein erregtes und ungeduldiges Auftreten machte mich unruhig. Ich führte ihn ins Wohnzimmer, das war der einzige Raum, der noch ordentlich aussah. Die Spuren von der Feier der letzten Nacht waren in allen anderen Räumen zu sehen.

»Ich bitte nochmals um Entschuldigung, dass ich Sie mit meinem spontanen Besuch am Sonntag störe«, wiederholte er und setzte sich steif auf einen Sessel, stellte den Ordner auf den Tisch und fügte hinzu: »Ich werde versuchen, Ihre Zeit nicht lange in Anspruch zu nehmen. Ich bin hier, um Sie um einen Gefallen zu bitten; eine Gefälligkeit, die absolut in Ihrem Sinne ist.«

Plötzlich fiel mir ein, dass möglicherweise Katharina die Klingel nicht gehört hatte und daher nicht wusste, wer im Wohnzimmer war.

Sie war bis vier oder fünf Uhr in meinem Schlafzimmer gewesen, aber dann in den Keller gegangen, um in ihrem eigenen Bett zu schlafen. Sie hatte allerdings einige Kleidungsstücke im Schlafzimmer liegen gelassen.

Ich dachte, wenn sie etwas davon brauchte, müsste sie wohl am Wohnzimmer vorbeigehen, und bei dieser Gelegenheit würde Schubert sie sehen.

»Bitte bleiben Sie hier, ich komme gleich zurück«, sagte ich hastig und lief eilig in den Keller, um Katharina zu warnen. Sie stand unter der Dusche und hatte, wie ich vermutete, keine Ahnung, dass wir ein Besuch hatten.

Als ich die Duschkabine öffnete, schaute sie mich mit einem süßen Lächeln an und fragte herausfordernd, ob ich mit ihr duschen wolle.

»Nein, leider ist das nicht möglich. Wir haben oben einen seltsamen Gast; Herr Schubert ist hier. Ich weiß nicht, was er von mir will. Bleib ruhig und unauffällig im Keller, bis ich mich wieder melde.«

Sie schien mir nicht ganz aufnahmefähig zu sein.

»Wer ist Schubert?«, fragte sie befremdet, aber dann leuchteten ihre Augen, sie sah mich verängstigt an und bestätigte mit einem Kopfnicken, was ich verlangte. Daraufhin kehrte ich schnell zu meinem kuriosen Besucher zurück, trat ins Wohnzimmer und fragte mit fast schon übertriebener Freundlichkeit, ob er etwas trinken wolle.

»Wasser! Wenn Sie mir ein Glas Wasser geben, bin ich Ihnen sehr dankbar.«

Ich lief in die Küche, hier sah es auch chaotisch aus. Ich erinnerte mich, es war ca. ein Uhr morgens gewesen, als wir Hunger bekommen haben. Ich hatte ein ziemlich scharfes mexikanisches Omelett bereitet. Überall lagen Eierschalen, Paprika und offene Gewürz-Dosen. Ich holte ein Glas Wasser und eilig ging ich ins Wohnzimmer zurück.

Während ich ihn fragend anstarrte, stellte Schubert das Glas neben seinen Ordner. Kopfnickend bedankte er sich und sagte mit gedämpfter Stimme:

»Sie wissen schon, ich werde bald pensioniert. Aber haben Sie eine Ahnung, wie viele Arbeitstage mir noch zur Verfügung stehen? Können Sie schätzen? Ganze verdammte zehn Tage! Nur zehn mal acht Stunden Büroarbeit, dann bin ich ein nutzloser Pensionär. Dann bin ich kein Polizist mehr und habe keine Befugnis, irgendeine Untersuchung durchzuführen. Schrecklich, nicht wahr? Es bedrückt mich sehr, dass ich so wenig Zeit habe, um zwei ungelöste Fälle ordentlich zu Ende zu führen. Einer ist nicht so wichtig, es handelt sich um eine Schlägerei. Aber der zweite Fall, ich meine den Fall Martin Wartenberg, ist mir äußerst wichtig und leider konnte ich bis heute nicht die erforderlichen Beweise für die Staatsanwaltschaft zusammenstellen.

Ich denke die ganze Zeit, ich kann unmöglich meine Tätigkeit bei der Polizei beenden und in Rente gehen, ohne diesen rätselhaften Fall erfolgreich aufgeklärt zu haben.« Er trank das Wasser bis auf den letzten Tropfen aus, stellte das Glas auf den Tisch und starrte mich eine Weile scharf an. Offenbar wollte er wissen, ob ich ihm folgte.

Nein, ich hatte keine Ahnung, worauf er hinaus wollte. Er setzte seinen nebulösen Vortrag fort: »Stellen Sie sich vor, vor Kurzem war ich fast am Ziel. Ich erfuhr eine interessante Neuigkeit im Fall Martin, die mir ein Licht am Ende des Tunnels zeigte.

Zugegeben, das Licht war ziemlich dämmrig, aber immerhin ein blasses Indiz, das mir enthüllte, wer möglicherweise am 23. Juli letzten Jahres die Fahrerflucht begangen haben könnte.«

Er blieb eine Weile stumm und schien angestrengt nachzudenken. Dann sagte er weiter:

»Sie haben wahrscheinlich inzwischen gehört, dass die bekannte Schlagersängerin Blue Emotion während ihres Joggings in Springe entführt wurde. Die Entführer verlangen mehrere Millionen DM für ihre Freilassung. Wer hinter dieser kriminellen Tat steckt, ist bis heute nicht bekannt.

Warum die Entführung in unserer Stadt stattfand, dafür habe ich keine Erklärung und das ist auch nicht der Grund meines Besuchs bei Ihnen.

Eigentlich hat die Polizei Springe, abgesehen von der Spurensicherung und allgemeiner Informationsbeschaffung, mit diesem Fall nichts direkt zu tun. Viele Spezialisten des BKA Niedersachsen und Bayern geben ihr Bestes, um sie zu finden und die Entführer zu verhaften.

Dennoch, während der Informationsbeschaffung zum Hergang der Entführung protokollieren wir die Aussagen der Familienangehörigen des Opfers, und dabei bin ich auf einen Verdachtspunkt gestoßen, der erstaunlicherweise mit dem Fall Martin Wartenberg zu tun haben könnte. Das ist, was ich mit ›dämmerigem Licht am Ende des Tunnels‹ meinte.

Während der Ermittlung zu der Entführung von Blue Emotion besuchte ich zwangsläufig Frau Ida Nowakowski, die Mutter von Blue Emotion. Ich wollte herausfinden, wer vom Besuch ihrer Tochter und ihrem gewöhnlichen Morgen-Jogging wusste. Bei meinem zweiten Gespräch stellte sich heraus, dass ihre Tochter, wohnhaft in Südbayern, sie mindestens zweimal im Jahr besucht. Einmal an ihrem Geburtstag und einmal zu Weihnachten.

Laut Aussage von Ida Nowakowski fährt ihre Tochter normalerweise mit ihrem eigenen Auto vom Tegernsee nach Springe und zurück.

Letztes Jahr, aus Anlass ihres 70. Geburtstags, kam sie wie immer mit ihrem eigenen Auto, blieb fünf Tage in Springe und fuhr aber mit dem Zug nach Bayern zurück.

Jetzt raten Sie, wann Frau Nowakowski Geburtstag hat! Schätzen Sie! Sie werden es nicht für möglich halten: Die alte Dame hat am 23. Juli Geburtstag! Ich denke, dieses Datum, besonders der 23. Juli 1995, markiert ein schmerzliches, aber auch unvergessliches Ereignis in Ihrem Leben. Für mich, als leitender Ermittler, ist es ebenfalls sehr prägnant. Diese interessante Information hat mich angestachelt, bei Frau Nowakowski weiter zu recherchieren.

Wie gesagt, die Entführung ihrer Tochter ist nicht mein Thema. Ich bin sicher, die LKA-Kollegen in Niedersachsen und Bayern wissen, was sie tun müssen. Meine Gedanken beziehen sich auf ihren letzten Aufenthalt in Springe, und zwar im Juli 1995.

Am Anfang war die alte Dame ungemein kooperativ und erzählte mir so viele Dinge, die eigentlich mit der Entführung nichts zu tun hatten. Zum Beispiel schilderte sie den Verlauf des Aufenthalts ihrer Tochter im letzten Jahr. Sie erzählte, dass ihre Tochter einen weißen Mercedes Benz fährt. Haben Sie verstanden? Sie fährt einen weißen Mercedes Benz!

Als ich ins Büro zurückkam, suchte ich den Namen ihrer Tochter in der Autozulassungsdatei und stellte fest, dass sie tatsächlich bis letzten Oktober einen weißen Mercedes Benz besessen hat.

Ich fragte mich, wenn die Aussage von Frau Nowakowski stimmt, warum kam sie im Juli 1995 mit ihrem Auto nach Springe, fuhr aber mit der Bahn nach Hause zurück? Wo war der Wagen bis Oktober und wo befindet er sich jetzt? Denn nach der Abmeldung im Oktober 1995 wurde das Auto nicht wieder angemeldet.

Ihre Mutter sagte, dass sie zu ihrem 71. Geburtstag nicht wie gewöhnlich mit ihrem eigenen Auto gekommen sei, sondern mit der Bahn. Das heißt, sie hat das Auto entweder verkauft oder irgendwo abgestellt.

Ich weiß nicht, ob Sie meinen Gedanken folgen können. Ich möchte damit andeuten, möglicherweise hat die Tochter am 23. Juli 1995 den Unfall herbeigeführt, das Auto in der Garage ihrer Mutter versteckt und ist dann mit der Bahn nach Bayern zurückgefahren.

Nach meinem Bauchgefühl ist diese beliebte Schlagersängerin, die leider zurzeit irgendwo entführt worden ist, möglicherweise die Fahrerin des weißen Mercedes, die Ihren Sohn überfahren hat. Ach, schauen Sie mich nicht so skeptisch an.«

Ich muss ihn sehr böse angeschaut haben. Irgendwie hatte ich Angst, dass er alles wusste. Er redete aufgeregt weiter auf mich ein: »Überlegen Sie logisch. Warum ließ sie während unserer umfangreichen Fahndung ihr Auto in der Garage ihrer Mutter stehen und fuhr mit der Bahn zurück? Warum meldete sie einige Monate später das Auto ab? Wo ist das Auto eigentlich jetzt? Vielleicht immer noch in Springe? Und wenn ja, wo? Leider befindet es sich nicht mehr in der Garage ihrer Mutter. Die habe ich heimlich geprüft.«

Ich dachte, wenn er wüsste, dass das Auto nicht einmal zehn Meter weit von ihm stand, nämlich in meiner Garage, würde er mich auf der Stelle erschießen. Er sage etwas leiser weiter: »Eigentlich weiß mein Chef nicht, dass ich während meiner Freizeit in diesem Fall weiter ermittle. Man hat mich für den Rest meiner Tätigkeit bei der Polizei mit viel Papierkram beschäftigt. Die neuen Kollegen dürfen richtige Polizeiarbeit machen und ich soll nur Akten archivieren.

Aber, lieber Herr Wartenberg, sie können mich nicht einfach so abservieren. Nein, nein, ich gehöre zur alten Schule. Wenn ich mit einem Fall beginne, muss ich ihn ordnungsgemäß zu Ende führen. Und das habe ich auch bei diesem Fall vor.

Letzte Woche, besuchte ich wieder Frau Nowakowski, ohne Wissen meines Chefs. Ich hatte vor, in dieser Sache weiter zu bohren und herauszufinden, was sie noch über den Verlauf des

Aufenthalts ihrer Tochter vom letzten Juli wusste. Ich wollte wissen, in welcher seelischen Verfassung sie war, warum sie ihr Fahrzeug in ihrer Garage stehen ließ und mit dem Zug nach Bayern zurückfuhr. War sie nervös, abgespannt? Ich wollte auch herausfinden, ob sie wusste, wo seit Oktober letzten Jahres der weiße Mercedes Benz steckt.

Frau Nowakowski ist eine körperlich behinderte alte Frau, aber nach meiner Einschätzung ist sie geistig noch in sehr guter Verfassung. Sie wohnt allein in einem alten Haus, nicht weit von hier.

Komischerweise war sie dieses Mal, im Gegensatz zu meinem vorletzten Besuch, bei dem sie sehr lebhaft und redselig wirkte, total verschlossen. Sie widersprach sogar dem, was sie mir letztes Mal gesagt hatte, und wollte nicht eine Frage beantworten.

Ich hatte den Eindruck, dass ihre Unzugänglichkeit taktisch bedingt war. Sie versuchte mich einfach loszuwerden. Im Hinblick auf die kritische Situation ihrer Tochter ließ ich sie für ein paar Tage in Ruhe und hörte auf, sie mit meinen Fragen zu belästigen. Ich entschied, sie einige Tage später zu besuchen und herauszufinden, was sie noch wusste.

Ich komme gerade von ihrem Hause. Ich musste fast fünfzehn Minuten lang klingen, bis sie endlich die Tür öffnete. Bei meinem letzten Besuch war sie reserviert, aber heute war sie feindselig. Sie war taub, aggressiv und völlig abweisend. Sie beantwortete überhaupt keine Frage. Plötzlich rollte sie ihren Stuhl in das Badezimmer und ließ mich eine halbe Stunde herumsitzen. Und schließlich warf sie mich aus ihrem Haus.

Ich kann verstehen, dass sie wegen der Entführung ihrer Tochter besorgt ist, aber ihr Verhalten war irgendwie unecht, ja, sie taktierte herum. Das habe ich deutlich gespürt.

Bevor ich sie verließ, sagte ich ihr deutlich, dass sie bald in unsere Polizeistation vorgeladen werde und dass sie dann alle meine Fragen beantworten müsse. Ich will sie unbedingt verhören und herausfinden, was ihre Tochter am 23. Juli 1995 getan hat. Wo steckt der weiße Mercedes Benz jetzt?«

Eine Weile sah er mich mit einem eindringlichen Blick an, als ob er mir bis in die Seele greifen wollte. Trotz meines konfusen Zustands strengte ich mich an, mich interessiert zu zeigen und gleichzeitig herauszufinden, was er von mir wollte.

»Eines habe ich nicht richtig verstanden«, sagte ich und setzte mich ihm gegenüber. »Sie haben ganz zu Beginn gesagt, dass ich ihnen einen Gefallen tun soll. Verstehe ich Sie richtig, dass Sie von mir erwarten, mit Frau Nowakowski Kontakt aufzunehmen und herauszufinden, wo der weiße Mercedes steckt? Ist es das, was Sie von mir wollen?«

»Nein! Um Gottes willen, nein! Sie dürfen nicht die Aufgabe der Polizei übernehmen. Ermittlung ist unsere Sache.

Erinnern Sie sich, letztes Jahr habe ich Ihnen versprochen, alles daranzusetzen, dieses Verbrechen aufzuklären. Es ist mir verdammt wichtig, meine Versprechen zu halten. Leider aber stelle ich erbittert fest, dass mir die Zeit davonläuft. Ich habe noch zehn Tage zu arbeiten und der Fall ist immer noch nicht geklärt. Zehn Arbeitstage, und dann ist Schluss, aus, verdammt noch mal, dann bin ich machtlos und der Fall ist noch nicht aufgeklärt.

Noch schlimmer, mein Vorgesetzter erwartet von mir, mich die letzten Tage in meinem Dienst ausschließlich für die Übergabe der laufenden Ermittlung an meinen Nachfolger zur Verfügung zu stellen. Der Fall von Martin Wartenberg gehört nicht zu den laufenden Ermittlungen.

Wie Sie schon wissen, hat man als ungeklärten Fall zurückgestellt.« Er versuchte wieder Wasser zu trinken, aber bemerkte enttäuscht, dass das Glas leer war. Er fügte kopfschüttelnd hinzu: »Meiner Meinung nach, muss man, wenn der zurückgestellte Fall von Martin nicht weiterverfolgt wird,

157

davon ausgehen, dass diese traurige Geschichte für immer vergessen wird.

Keiner in unserer Polizeistation hat genug Zeit, die Untersuchung weiter voranzutreiben.

Wir sind total unterbesetzt, und leider nimmt in unserer Stadt die Kriminalität ständig zu.« Er blieb eine Weile stumm. Sein Gesicht bekam einen bekümmerten Ausdruck. Ein paarmal versuchte er zu reden, aber die Stimme versagte ihm. Ich sagte auch nichts, bis er endlich seine Rede fortsetzte:

»Ich bin absolut sicher, der Fall Martin könnte bald gelöst werden, wenn man Frau Nowakowski massiv unter Druck setzten würde. Sie weiß viel mehr, als sie bereits angedeutet hat. Ich spüre es mit meinem sechsten Sinn. Ich brauche daher Ihre Hilfe.

Ich möchte, dass Sie gleich morgen in das Polizeirevier kommen und einen Antrag auf Wiederaufnahme des Falls Martin stellen. Sie können sich auf meine Aussage beziehen und darauf bestehen, dass Frau Nowakowski offiziell verhört wird.

Lassen Sie sich nicht von meinem Chef mit dem Argument abservieren, dass sie wegen der Entführung ihrer Tochter nicht vernehmungsfähig sei. Bleiben Sie hart!

Sie, als Nebenkläger, können darauf bestehen, dass die neuen Indizien sorgfältig geprüft werden müssen. Ich habe einen Musterantrag mitgebracht. Sie sollten einen ähnlichen Antrag handschriftlich schreiben und dem Polizeichef in die Hand drücken.« Mühsam holte er aus dem Ordner ein Formular, legte es auf den Tisch und schaute mich herausfordernd an.

Ich blieb fast eine Minute nachdenklich. Ich stellte fest, dass ich ihn die ganze Zeit unterschätzt hatte.

Dieser Mann war in der Tat gewissenhaft und pflichtbewusst. So einen Menschen findet man nur noch sehr selten.

Leider musste ich ihn aber enttäuschen, ich konnte weder seine Hilfe brauchen noch ihm helfen.

Die Situation hatte sich inzwischen vollkommen verändert. Ich strebte danach, meinen eigenen Plan zu realisieren. In meinem Plan musste Katharina unbeschadet davonkommen. Denn sie war die Sponsorin für das Projekt Afrika-Hilfe. Außerdem, wenn sie für ihre Tat schuldig gesprochen würde, müsste auch ich für ihre Entführung bestraft werden. Eine Gefälligkeit für Schubert war gleichzeitig mein eigener Untergang.

Was ich seiner interessanten Erzählung entnommen hatte, war eine gute Neuigkeit. Ida Nowakowski befolgte ganz brav die Anweisungen ihrer Tochter und kooperierte nicht mit der Polizei. Sie hatte uns beide mit ihrem Schweigen gerettet. Ich sagte mit ernster Stimme:

»Lieber Herr Schubert, ich möchte mich für Ihren energischen Einsatz und die Aufklärung des Unfalls meines Sohnes herzlich bedanken. Ich finde, Sie sind wirklich ein vorbildlicher und qualifizierter Polizeibeamter. Sie stehen für Recht und Ordnung. Schade, dass Sie aus Altersgründen Ihre Tätigkeit bei der Polizei beenden müssen.

Erlauben Sie mir eine juristische Frage: Welche Strafe bekommt jemand für fahrlässige Tötung und Fahrerflucht?« Er war auf einmal verblüfft. Er sah mich eine Weile verwirrt an, als ich ihn mit meiner zweiten Frage, wie damals Dr. Ostermann, provozierte: »Lebenslänglich?«

»Was haben Sie gesagt? Lebenslänglich? Wir leben nicht in einem diktatorischen Staat.« Ich bemerkte, meine Frage hatte ihn durcheinandergebracht. Er musste etwas nachdenken und sagte weiter: »Es kommt immer darauf an, was die Unfallursache war. War die Fahrerin während der Fahrt betrunken?

War sie irgendwie abgelenkt? Gab es technische Probleme mit dem Auto und vor allem, warum hat sie heimlich die Unfallstelle verlassen?

Es wird natürlich das Verhalten von Martin ebenfalls berücksichtigt. Denn Sie dürfen nicht vergessen, trotz eines gut gebauten Fahrradweges fuhr Ihr Sohn leichtsinnig auf der zweispurigen Straße. Das heißt, bei einem Prozess werden alle Aspekte geprüft und berücksichtigt.

Ich denke, Sie können davon ausgehen, wenn man beweisen kann, dass sie Ihren Sohn überfahren und sich unerlaubt von der Unfallstelle entfernt hat, wird sie auf jeden Fall zu ein bis drei Jahren Freiheitsentzug und einer hohen Geldstrafe verurteilt. Außerdem wird sie ihren Führerschein für eine lange Zeit los sein.«

»Wie wollen Sie in den nächsten zehn Tagen beweisen, dass eine sehr bekannte und vor allem reiche Persönlichkeit wie Blue Emotion in den Autounfall meines Sohnes verwickelt war?

Sie haben richtig erkannt, ich bin ziemlich unsicher, ja skeptisch. Angesichts der Tatsache, dass der Fall ein Jahr zurückliegt, es keine Zeugen gibt, keine Beweise, dass sie während der Fahrt betrunken oder abgelenkt war, glaube ich, wenn es zu einem Prozess käme, würde sie keine gerechte Strafe bekommen. Denn eine reiche Frau wie sie würde für ihre Verteidigung die besten Anwälte engagieren. Ich schließe nicht aus, dass sie behaupten würde, dass sie letzten Juli keine Lust hatte, mit ihrem Auto nach Bayern zurückzufahren und das Auto daher in der Garage ihrer Mutter stehenließ. Und wenn die Frage kommt, wo Ihr Auto jetzt steckt, würde sie möglicherweise antworten, dass sie es an einen Ausländer verkauft habe und das Auto inzwischen irgendwo in Osteuropa oder Afrika sein müsse.

Also kein Auto, keine Zeugen und kein Geständnis. Wie wollen Sie das Gegenteil beweisen?

Besteht nicht die Gefahr, dass sie das Spiel umdreht und wegen Verleumdung und Rufschädigung mich, Sie oder die ganze Polizeimannschaft in Springe verklagt?

Vielleicht ist das der Grund, warum Ihr Chef etwas vorsichtig ist und diesen Fall behutsam behandeln möchte.«

Ich sah, dass Herr Schubert meinen Standpunkt nicht hören wollte. Er schien von Sekunde zu Sekunde ungeduldiger zu werden und sagte plötzlich ziemlich laut:

»Das ist Unsinn, was Sie sagen. Wenn man einen Fall von Anfang an so pessimistisch behandelt, kommt man nie zu einem gerechten Ergebnis.

Die Aufgabe eines pflichtbewussten Polizisten liegt darin, unabhängig von gesellschaftlicher Position und Vermögen eines Verdächtigen den Sachverhalt gründlich zu prüfen und für den Staatsanwalt ausreichende Beweise zu ermitteln. Mir ist vollkommen egal, was diese Dame in einem Gerichtssaal behauptet. Ich muss als Polizist sorgfältig arbeiten und glaubwürdige Beweise liefern.

Wie gesagt, leider mir läuft die Zeit davon. Ich bin überzeugt, wenn ich ihre Mutter in einem Verhörraum unter Druck setze, wird sie auspacken. Dazu brauche ich Ihre Hilfe, dazu brauche ich Ihren Antrag.«

Ich muss gestehen, innerlich fühlte ich mich nicht wohl, dass ich die ganze Zeit beharrlich versuchte, Schubert zu widersprechen und ihn indirekt dahin zu lenken, den Fall fallenzulassen.

Nach meiner Einschätzung war er tatsächlich kurz vor der Aufklärung beider Tatbestände. Wie er selbst formulierte, spürte er es mit seinem sechsten Sinn. Aber ich konnte ihm unmöglich zustimmen. Ich entschied mich für einen faulen Kompromiss:

»Ich schlage vor, wir warten ab und sehen, was aus der Entführung von Blue Emotion wird.

Viele ähnliche Entführungen hatten bis heute leider kein Happy End. Ich meine: vorläufig keine Ermittlung und einfach abwarten.

Denn es ist mir unangenehm, eine behinderte alte Frau, die wegen ihrer entführten Tochter völlig verzweifelt ist, zu einem Verhör zwingen zu lassen. Ich muss auch die rechtliche Lage prüfen. Daher werde ich morgen meinen Anwalt besuchen und mit ihm über Ihre Forderung beraten.« Ich ignorierte seine wütenden Blicke und sagte weiter: »Unabhängig davon, wenn ich Ihnen einen Rat geben darf, Sie sollten die weitere Untersuchung ihren Kollegen überlassen und mit großer Freude und Zuversicht Ihren neuen Lebensabschnitt optimal gestalten. Sie haben mehr als dreißig Jahre für diese Stadt ausgezeichnete Arbeit geleistet und hoffentlich wird Ihr Nachfolger genauso für Recht und Ordnung sorgen. Meinen Sie nicht?«

Ich mochte nicht, wie er mich ansah. In seinen Blicken steckten jede Menge Misstrauen und Vorwürfe. Ich merkte schon, er legte wenig Wert auf mein Lob und meine Anerkennung, er wollte seinen Job erfolgreich beenden und dazu brauchte er meine Hilfe. Offenbar hatte er keine Unterstützung im Büro, weder von seinem Chef noch von Kollegen. Mein Antrag könnte für ihn ein Vorschub sein. Er schüttelte seinen Kopf und sagte verärgert:

»Ich kann Sie nicht verstehen, Herr Wartenberg. Warum sind Sie in der Sache Ihres Sohnes auf einmal so passiv, ja interesselos? Das ist eine einmalige Chance, herauszufinden, wer Ihr Leben zerstörte. Sie helfen nicht nur mir, sie schaffen für sich auch Klarheit.

Sie müssen Ihren Antrag morgen dem Polizeichef in die Hand drücken. Bestehen Sie darauf, dass das, was ich bereits herausgefunden habe, geprüft werden muss.

Ich möchte Sie dringend bitten, lassen Sie sich nicht von meinem Chef mit den Argumenten ›wir haben nicht genügend Personal‹ oder ›die Beweislage ist dünn‹ ausbooten. Es ist Ihr gutes Recht, vom Staat Gerechtigkeit zu verlangen.

Die Beweislage ist nicht dünn, und was die Personalsituation betrifft, ich bin bereit, auch nach meiner Pensionierung ohne Entgelt diesen Fall weiterzuverfolgen. Die Schuldige muss bestraft werden. Das habe ich Ihnen versprochen und das will ich unbedingt erfüllen.« Er stand auf, kam ganz nah zu mir und sagte mit fester Stimme weiter: »Wissen Sie, ich möchte für meine bisherige Arbeit einen Sinn finden. Wenn Sie wüssten, was ich in den letzten Monaten in Sachen Martin getan habe, wie viel Arbeit ich da reingesteckt habe, wie viele Nächte ich wegen fehlender Beweise nicht schlafen konnte, würden Sie vielleicht meine unnachgiebige Haltung verstehen.

Bitte, seien Sie vernünftig, kommen Sie gleich morgen ins Polizeirevier und geben Sie Ihren Antrag dem Polizeichef persönlich. Bestehen Sie darauf, dass aufgrund neuer Indizien der Fall Martin weiter geprüft werden müsse. Diesen Akt schulden Sie Ihrem Sohn und vor allem Ihrer Frau.«

Er ließ das Musterformular auf dem Tisch liegen und stand auf, um mich zu verlassen. Ich hätte gern gewusst, was sein sechster Sinn bezüglich meines passiven Verhaltens sagte. Hatte er das Gefühl, dass ich ihm absichtlich widersprochen hatte? Konnte er ahnen, dass ich eine völlig andere Gerechtigkeit ausgesucht hatte?

Vor der Haustür drückte ich seine Hand und dankte ihm für seinen Besuch. Er nickte stumm mit dem Kopf. Aber als er sich in sein Auto setzte, hob er seinen Zeigefinger in meine Richtung und sagte mahnend:

»Nicht vergessen, morgen erwarte ich Sie im Polizeirevier Springe.«

18

An diesem Sonntag hatte mich der unerwartete Besuch von Kommissar Schubert durch und durch aufgewühlt.

Logischerweise fand ich sein Engagement unerwünscht und für meine neue Situation sehr problematisch, ja, kontraproduktiv. Ich empfand ihn sogar als Gegner. Tatsächlich kam seine Hilfe zu spät.

Ich hatte allerdings keine Antwort auf die Frage, wie ich die Flamme seines Erkenntniseifers löschen könnte, ohne bei ihm Verdacht zu erwecken.

Als er mein Haus verließ, duschte ich schnell, zog meine Sachen an und besuchte Katharina im Keller, wo sie ungeduldig auf mich wartete.

»Ich hatte Angst, dass er alles über uns herausgefunden haben könnte und dich mitnehmen will«, sagte sie mit verzweifelter Stimme.

»Gott sein Dank, er weiß noch nicht viel und tastet immer noch im Dunkeln. Wie es aussieht, hat er jede Menge logischer Theorien, aber keine beweisbaren Fakten. Dank deiner Mutter, die deine Anweisung befolgt und nichts mehr sagt, was für uns problematisch sein könnte.« Dann erzählte ich ausführlich von unserem Gespräch und schließlich, was er von mir erwartete.

»Was hast du jetzt vor? Wirst du seinen Wunsch erfüllen?«

»Ich denke, um Kommissar Schubert einigermaßen zu beruhigen, muss ich doch morgen mit seinem Chef sprechen. Ich will gleichzeitig herausfinden, was er von Schuberts Theorie hält. Ist er auch scharf darauf, die Untersuchung fortzusetzen? Wenn ich Schubert richtig verstanden habe, glaube ich eigentlich nicht, dass er in der jetzigen Situation deine Mutter vorladen möchte, da die Polizei unterbesetzt ist und unzählige neue Ermittlungen laufen.

Dennoch dürfen wir Schubert nicht unterschätzen; er ist besessen davon, vor seiner Pensionierung, und wenn es sein muss, auch noch nachdem er den Dienst quittiert hat, freiwillig diesen Fall weiter zu untersuchen. Ich kann auch nicht ausschließen, dass er mit seiner Theorie die LKA-Ermittler beeinflussen wird.

Ihm ist der seelische Zustand deiner Mutter gleichgültig, er möchte sie unbedingt verhören und herausfinden, ob du die gesuchte Autofahrerin bist.

Anderseits denke ich, solange du nicht erreichbar bist und der wichtigste Beweis, nämlich das Auto, nicht gefunden wird, kann er mit seiner Theorie nicht weiterkommen. Denn im Prinzip haben sie, abgesehen von Schuberts Hypothese, keine brauchbaren Beweise in der Hand. Aber wer weiß, die Situation kann sich jederzeit zu unserem Nachteil verändern. Wir müssen alles daransetzen, das Hauptbeweisstück, nämlich das Auto, so schnell wie möglich loszuwerden.

Jedes Mal, wenn ich das Garagentor öffne, habe ich Angst, Schubert gegenüberzustehen. Anderseits weiß ich nicht, wie man ein Auto einfach verschwinden lassen kann.«

Ich sah, wie Katharinas Gesicht einen bekümmerten Ausdruck bekam. Sie schenkte mir eine Tasse Kaffee ein und sagte:

»Es ist nicht lange her, dass ich entschlossen ankündigte, noch ein Jahr hierzubleiben, wenn es sein muss. Aber allmählich habe ich Sorge, dass meine Anwesenheit hier für uns beide gefährlich sein könnte. Während der unendlichen Zeit, die du oben bei Schubert warst, überlegte ich intensiv, wie wir dieses Katz-und-Maus-Spiel beenden können.

Ich bin inzwischen ganz sicher, dass im Gegensatz zu meiner Hoffnung und deiner Erwartung, Manfred für meine Freilassung nicht einen Pfennig zahlen wird, auch in einem Jahr nicht. Ihm geht es um sein stures Prinzip und seine geizige Handlungsweise.

Es ist ihm völlig egal, wer der oder die Entführer sind und was sie mit mir machen könnten, wenn ihre Forderung unerfüllt bleibt.

Angesichts der Tatsache, dass wir uns fast von Beginn unserer Ehe an nie richtig geliebt haben und unsere Beziehung einen rein geschäftlichen Charakter hat, wird er meiner Meinung nach nicht wirklich traurig sein, wenn die Entführer mich umbringen. Er ist in vielerlei Hinsicht gefühllos und denkt nur an seinen eigenen Vorteil. Mit meinem Tod wird er noch reicher und noch berühmter.

Meiner Meinung nach muss ich bald nach Hause gehen und diesen unerträglichen Druck reduzieren. Ja, wir müssen unseren Plan radikal ändern.« Sie blickte in meine Augen, als wollte sie ihre Ansicht bestätigt sehen. Ich konnte ihr nicht richtig folgen. Sie fügte mit ernstem Gesicht hinzu: »Bevor wir über eine Planänderung diskutieren, möchte ich noch einmal ein Thema ansprechen, das mir ans Herz gewachsen ist.

Egal, wie diese Geschichte zu Ende geht, ob wir unbeschadet davonkommen oder für unsere strafbaren Taten ins Gefängnis gehen müssen, ich werde mit all meinen Möglichkeiten dafür sorgen, dass das Projekt Afrika-Hilfe schon in diesem Jahr realisiert wird. Dafür hast du mein Wort. Das ist keine erzwungene Absichtserklärung, nein, glaub mir, das ist meine feste Überzeugung.

Ich bin eine reiche Frau, dennoch sind 2,3 Millionen DM keine Peanuts, was du einmal angedeutet hast. Aber da es um den Traum eines jungen Mannes geht, für dessen Tod ich verantwortlich bin, und darüber hinaus um die Rettung von Hunderten armer und kranker afrikanischer Menschen, werde ich mein Wort halten und das Geld dafür zur Verfügung stellen. Aber zuerst muss ich weg von hier, um einen Anschluss an meine Welt zu finden. Dort habe ich mein großes Vermögen und meine Leute, die mich trotz massiven Widerstands von Manfred unterstützen werden. Im Klartext, wenn du einverstanden bist, werde ich dich verlassen und nach Bayern zurückfahren, nachdem wir eine sichere Lösung zur Beseitigung des Autos gefunden haben.«

Ich sah sie verwundert an und erwiderte ungeduldig:

»Ich kann deine überstürzte Entscheidung nicht verstehen. Was heißt, du fährst nach Hause zurück? So einfach kannst du dich nicht dort blicken lassen. Sobald du in Bayern bist, werden dich die Spezialisten vom BKA mit Hunderten gut durchdachter Fragen bombardieren. Wir müssen bedachtsam eine glaubhafte Erklärung für deinen Aufenthaltsort während der Entführung sowie eine Beschreibung der Entführer und schließlich den Grund deiner Freilassung ohne Lösegeld ausarbeiten.

Ich bin mir sicher, die Spezialisten des BKA werden versuchen herauszufinden, ob das eine echte Entführung war oder eine Vortäuschung, vielleicht sogar ein Werbegag.

Die betroffenen Staatsdiener wollen sicherlich für ihren großen Aufwand eine überzeugende Erklärung haben. Weiterhin darfst du nicht die Recherchen der Presse unterschätzen. Du brauchst nur eine widersprüchliche Aussage zu machen, dann bist du verloren, sie werden dich brutal auseinandernehmen.

Mir ist inzwischen klar geworden, dass mein Plan für deine Entführung und die Erpressung gut ausgeführt, aber nicht erfolgversprechend ist. Ich habe den Charakter deines Mannes und seine Reaktion nicht berücksichtigt.

Ich stimme dir zu, bevor die Situation weiter eskaliert, müssen wir dieses Spiel beenden und du musst nach Hause zurückgehen. Aber zuvor müssen wir mehrere Szenarien für die Verhöre durch die Polizei und Interviews mit der Presse durchspielen.

Ich werde die Rolle eines Inspektors oder eines Reporters übernehmen und dir zahlreiche Fangfragen stellen, und du sollst alle meine trickreichen Fragen ruhig und glaubhaft beantworten. Mit einer Kamera nehmen wir den Verlauf des inszenierten Verhörs und einer Pressekonferenz auf, und dann bewerten wir kritisch den Inhalt und besonderes deine Körpersprache.

Wenn wir deine Reaktion oder deine Antworten als unglaubhaft empfinden, müssen wir es solange wiederholen, bis wir von ihrer Glaubwürdigkeit überzeugt sind.

Ich denke, ohne gute Vorbereitung und kritische Analyse deiner Aussagen bei Polizei und Presse darfst du dieses Haus nicht verlassen. So absurd es klingt, die Vorbereitung für deine Rückkehr nach Hause ist noch schwieriger als deine Entführung.« Sie sah mich zustimmend an und sagte:

»Du hast recht. Ich muss alle erforderlichen Maßnahmen ergreifen, bevor ich in Bayern wieder auftauche. Wir müssen aber zuerst eine Lösung zur Beseitigung des wichtigsten belastbaren Beweises, nämlich des Autos, finden. Die gute Vorbereitung für Verhöre nützt mir gar nichts, wenn sich das Auto noch in Deutschland befindet.« Sie überlegte eine Weile und sagte weiter: »Ich hatte mir vorgenommen, bei dieser Angelegenheit meine Eltern nicht zu involvieren. Aber leider ist meine Mutter längst mittendrin und ich denke, ich muss auch meinen Vater einbeziehen. Denn was die Beseitigung des Autos betrifft, ist er der Einzige, der uns helfen kann.

Ich habe schon erwähnt, dass er eine große Autoverwertungs-firma in Hamburg besitzt. Ich war ein paarmal in seiner Firma und habe fasziniert beobachtet, wie seine Leute ein großes Auto in einen Kubikmeter Metall Würfel verwandelten.

Ich werde ihn bitten, den Wagen unkenntlich zu verschrotten. Selbstverständlich werde ich dich dafür entschädigen.«

»Das ist keine schlechte Idee. Würde er denn diese rechts-widrige Aufgabe für dich übernehmen?«

»Ich denke schon. Mein Vater liebt mich über alles. Er würde sogar sein Leben für mich opfern.

Wenn du einverstanden bist, werde ich ihn von hier aus anrufen, die ganze Geschichte erzählen und ihn bitten, mir zu helfen.«

»Ich sagte schon einmal, ich halte das telefonische Gespräch von meinem Apparat nicht für eine gute Idee.

Schreib ihm einen Brief, erläutere verständlich, was passiert ist, und bitte ihn um seine Unterstützung. Dann werde ich überlegen, ob ich den Brief per Post schicke oder selbst nach Hamburg fahre und ihm deinen Brief aushändige.«

Katharina sah mich eine Zeit lang an. Ihre Augen glänzten vor Rührung. Dann sagte sie zögernd:

»Es ist unglaublich, was zwischen uns läuft und wie wir diesen harmonischen Umgang miteinander als Selbstverständlichkeit betrachten. Wenn man bedenkt, dass du meinetwegen deine Familie verloren hast, mit großem Aufwand und Kosten versucht hast, mich gefangen zu nehmen und nach deinem Ermessen zu bestrafen, und jetzt … jetzt nimmst du jedes Risiko in Kauf, um mich zu retten.«

»Den Grund kennst du wohl. Unsere Schicksale sind auf einmal abhängig von einander. Wenn man herausfindet, dass du die gesuchte Autofahrerin bist und ich, aus welchem Grund auch immer, dein Entführer, haben wir beide mächtige Probleme.

Es bleibt uns nichts anderes übrig, als alles daran zu setzen, nicht erwischt zu werden.

Lassen wir die Vergangenheit außen vor, wir haben jede Menge Arbeit zu erledigen. Wir sollten gleich damit beginnen.«

Nach dem Frühstück setzen wir uns getrennt voneinander an unsere Schreibtische. Während Katharina einen Brief an ihren Vater schrieb, begann ich, eine Liste mit zahlreichen Fragen, die nach ihrer Rückkehr möglicherweise von Polizei oder Presse gestellt werden könnten, zu verfassen. Zu jeder Frage notierte ich eine oder mehrere Antworten, um später die beste, logischste und glaubhafteste Antwort auszuwählen.

19

Am Montag, den 12. August 1996, gegen zehn Uhr stand ich in der Empfangshalle der Polizei Springe. Ich meldete mich bei einer jungen Polizistin, stellte mich vor und fragte nach Kommissar Schubert.

Es sah aus, als habe man schon auf mich gewartet. Die Beamtin begrüßte mich respektvoll und teilte mir mit, in welcher Etage und in welchem Zimmer Schubert arbeitete.

Kaum klopfte ich an seine Bürotür, da öffnete er sie hastig und sagte mit freundlicher Stimme:

»Kommen Sie rein, Herr Wartenberg. Ich bin sehr froh, dass Sie meiner Empfehlung gefolgt sind. Um ehrlich zu sein, ich habe mit Ihrem Besuch nicht gerechnet. Gestern hatte ich den Eindruck, dass Sie abgeneigt sind, den Fall Ihres Sohnes weiterzuverfolgen.

Offenbar habe ich mich geirrt. Das ist gut, dass Sie hier sind.«

Er drückte meine Hand fest und fügte hinzu: »Glauben Sie mir, ich bin nicht weit von der Aufklärung dieses Falls entfernt. Ich brauche lediglich einen Auftrag, um meine bisherige Untersuchung offiziell fortzusetzen. Ich bin ziemlich sicher, in einer Woche wissen wir, wer in einem Mercedes Benz Ihren Jungen getötet hat.« Er musterte mich verwundert und fragte: »Haben Sie den ausgefüllten Antrag mitgebracht?«

Ich wich seiner Frage aus und erwiderte:

»Ich habe Sie so verstanden, dass ich zuerst mit Ihrem Vorgesetzten sprechen sollte. Wo finde ich ihn?«

»Sein Büro ist gegenüber von meinem. Warten Sie, ich werde ihn erst anrufen und wenn er frei ist, wird er Sie bestimmt empfangen.«

Die Art und Weise, wie er mit seinem Chef sprach, machte den Eindruck, dass er seiner Sache nicht ganz sicher war.

Erst erklärte er peinlich berührt, wer ich war, was ich wollte, was er davon hielt und betonte dann mehrere Male, dass ich auf eigene Initiative gekommen sei. Schließlich fragte er, ob er mich begleiten dürfe, was offensichtlich nicht gestattet war. Ich sollte sofort und allein herüberkommen.

Kommissar Schubert hielt meine Hand so fest, als ob er alle seine Gedanken in meine Seele transferieren wollte. Er sagte mit leiser, aber eindringlicher Stimme:

»Seien Sie entschlossen und unnachgiebig. Bestehen Sie darauf, dass die Untersuchung des Autounfalls Ihres Sohnes fortgesetzt werden muss. Sie können ihm schon sagen, dass ich interessante Verdachtsgründe entdeckt habe, die möglicherweise zu dem Täter oder der Täterin führen könnten.

Nicht vergessen, es ist Ihr gutes Recht, darauf zu bestehen, dass die Polizei alle Verdachtspunkte gründlich prüft.«

Ich bestätigte mit Kopfnicken, was er leidenschaftlich von mir verlangte, verließ seinen Arbeitsplatz und klopfte an die Bürotür seines Vorgesetzten.

Wenn man sein ganzes Leben in einer kleinen Stadt mit höchsten dreizehntausend Einwohnern verbringt, kennt man fast jeden Einwohner. Aber das Gesicht von Herrn Niemeyer war mir völlig unbekannt. Wie ich nachher erfuhr, war er in Oldenburg zu Hause und vor drei Monaten als neuer Leiter der Polizei Springe eingesetzt worden.

Er war schätzungsweise fünfzig Jahre alt, mit spärlichem, blondem, an den Schläfen ergrauendem Haar und einem scharf geschnittenen mageren Gesicht. Die ganze Zeit machte er einen freundlichen und verbindlichen Eindruck. Ich setzte mich ihm gegenüber, stellte mich vor und sagte:

»Ich bin hier wegen des Autounfalls meines Sohnes vor einem Jahr. Herr Kommissar Schubert sagte mir, dass er, obwohl die Untersuchung offiziell eingestellt worden ist, in dem Fall weiter ermittelt habe und dass er zu wissen glaube, wer der Autofahrer beziehungsweise die Autofahrerin sein könnte. Ich möchte, bevor ich mir wieder große Hoffnungen mache, Ihre ehrliche Meinung dazu hören.«

Er hielt inne, schüttelte seinen Kopf resigniert und erwiderte: »Ich habe die Untersuchungsakten zum Unfall Ihres Sohnes schon gelesen. Ich bedaure sehr, was passiert ist und, glauben Sie mir, als Vater von zwei Töchtern kann ich Ihr Leid sehr gut verstehen.

Leider kann ich die Aussage von Herrn Schubert nicht bestätigen. Fakt ist, dass bei der Untersuchung dieses Falls nicht nur Herr Schubert und seine Mannschaft ihr Bestes gegeben haben, sondern auch viele Beamte des LKA Niedersachsen.

Fakt ist auch, dass wir trotz umfangreicher Ermittlungen und umfassender Analysen bis heute nicht einen einzigen Beweis finden konnten, der zu irgendeinem Täter oder Täterin führen könnte. Es gibt keine DNA, keine Fingerabdrücke und vor allem keine Zeugen. Und noch schlimmer, der Fall ist inzwischen ein Jahr alt; das heißt, inzwischen besteht kaum Hoffnung, ein brauchbares Indiz zu finden.

Wir mussten daher wegen zahlreicher neuer Fälle diese aussichtslose Untersuchung einstellen und den Sachverhalt als ›Ungeklärten Fall‹ einstufen.

Dennoch hat mein Kollege Schubert, der in der nächsten Woche pensioniert wird, noch nicht aufgegeben. Ich möchte seine Bemühungen nicht bagatellisieren, aber offensichtlich kann er diesen Misserfolg nicht ertragen.« Ein Anflug von Wut schlich sich in seine Stimme, und er fügte hinzu: »Ohne meine Erlaubnis untersucht er in alle Richtungen weiter, und zwar während seiner Freizeit.

Leider hat er mit seinen inoffiziellen Recherchen zahlreiche Einwohner dieser Stadt verärgert; es gab schon mehrere Beschwerden dazu. Man beklagte, dass er ohne Einwilligung, ja ohne gerichtlichen Beschluss ein Garagentor geöffnet habe, um sich zu vergewissern, ob dort ein weißer Mercedes Benz steht. Er hat sogar eine schwerbehinderte alte Frau, die seit einigen Wochen wegen der Entführung ihrer Tochter stark traumatisiert ist, maßlos belästigt. Offensichtlich glaubt Herr Schubert, dass die entführte Tochter der behinderten Frau die gesuchte Autofahrerin ist.

Vor einer Stunde rief mich diese alte Dame völlig aufgeregt an und bat flehentlich, dass ich Herrn Schubert von ihr fernhalte. Das war für mich eine peinliche Situation.

Ich habe daher Herrn Schubert ausdrücklich untersagt, in dieser Sache weiter zu ermitteln sollte. Ich habe gehofft, dass er sich daran hält und sich ausschließlich auf seine aktuelle Arbeit konzentriert. Aber wie es aussieht, kann er es nicht lassen. Offenbar braucht er für seinen Standpunkt Unterstützung und hat daher Sie angestachelt, hierherzukommen und mich aufzufordern, den Fall weiter zu untersuchen. Habe ich recht?«

Ich hätte ihm sicherlich scharf widersprochen, wenn ich selbst nicht daran interessiert gewesen wäre, Schubert in die Leere laufen zu lassen. Ich antwortete kopfnickend:

»Ja, stimmt, was Sie sagen. Ich wusste nicht, welche Methode er für seine Ermittlung anwenden würde. Ich finde es beschämend, dass wegen dieses Unfalls unschuldige Einwohner dieser Stadt in Verdacht geraten.

Wie Sie sagten, der Fall ist ein Jahr alt. Auch wenn die Polizei einen Verdächtigen finden würde, müsste man ihn wohl wegen mangelnder Beweise laufenlassen.

Vor einem Jahr, unmittelbar nach dem Unfall, habe ich mir gewünscht, dass die Polizei zügig an die Arbeit geht und versucht, den Autofahrer zu finden. Aber ein Jahr danach und ohne Beweise halte ich es für illusorisch, einen Schuldigen zu finden.«

Ich sah Herrn Niemeyer an und bemerkte eine freudige, nicht unterdrückbare Erleichterung in seinem Gesicht.

Ich sagte weiter: »Herr Schubert erwartet von mir, bei Ihnen und der Staatsanwaltschaft Druck auszuüben, um ihm zu erlauben, den Fall weiter zu untersuchen. Er sagte, er sei bereit, auch nach seiner Pensionierung an diesem Fall weiter zu ermitteln.

Ich halte ihn für einen ausgezeichneten Polizeibeamten. Er ist pflichtbewusst und zielstrebig. Aber anderseits möchte ich nicht, dass er unbeteiligte Leute belästigt, schon gar nicht sie verhört. Was meinen Sie?«

»Ich bin froh, dass Sie den Sachverhalt so realistisch und gerecht einschätzen. Es ist in der Tat fast aussichtslos, ohne irgendeinen Beweis oder Zeugen jemand zu verdächtigen. Mit Ausnahme der Reifenspur von einem Mercedes Benz gibt es keine brauchbaren Indizien, um dafür eine alte, traumatisierte und behinderte Frau in einem Verhörraum unter Druck zu setzen. Als Chef dieses Hauses werde ich das auf keinen Fall zulassen.«

»Herr Kommissar Schubert möchte, dass ich bei Ihnen einen Antrag für Wiederaufnahme des Falls stelle. Was soll ich ihm sagen, wenn er nachfragt?«

»Sie brauchen ihm gar nichts zu sagen. Ich werde selbst mit ihm sprechen.

Ich weise ihn an, dass er in dieser Sache nicht mehr ermitteln darf; weder in den letzten Tagen seiner Tätigkeit bei der Polizei noch in seiner Freizeit. Ich werde ihm untersagen, Sie noch einmal zu Hause zu besuchen. Wenn er Sie doch noch einmal in dieser Sache belästigt, rufen Sie mich bitte an.«

Ich verabschiedete mich mit einem kräftigen Händedruck. Als ich die Treppe hinunter gehen wollte, öffnete Schubert seine Bürotür und warf mir einen verwunderten Blick zu. Ich glaube, er hat die ganze Zeit fieberhaft auf meine Rückkehr gewartet. Ich ließ ihn nicht zu Wort kommen und sagte mit ernstem Ton:

»Herr Schubert, vergessen Sie es einfach, es hat keinen Sinn. Ihr Chef ist absolut dagegen. Wenn ich ihn richtig verstanden habe, erwecken Sie bei mir unrealistische Hoffnungen und schaffen für sich und Ihre Kollegen unnötigen Stress.

Sprechen Sie mit Herrn Niemeyer, er wird Ihnen bestätigen, dass der Fall meines Sohnes nicht weiterverfolgt wird. Er will nichts unternehmen und ist auch nicht einverstanden, dass Sie weiter recherchieren.

Bitte lassen Sie mich in Zukunft mit Ihrem Optimismus in Ruhe. Ich wünsche Ihnen alles Gute. Genießen Sie den nächsten Abschnitt Ihres Lebens.«

Er blickte mich mit enttäuschtem Blick an, und bevor er etwas sagen konnte, lief ich die Treppe hinunter.

Ich muss ehrlich sagen, innerlich fühlte ich mich erbärmlich. Ich hatte solch ein schlechtes Gewissen. Ich hasste mich, dass ich ihn mit meiner heuchlerischen Handlungsweise grundlegend enttäuscht hatte. Er verdiente für seinen nachhaltigen Einsatz Lob und Anerkennung. Aber anderseits hatte ich keine andere Wahl. Ich war verdammt, die bedrohliche Lage zu entschärfen und dafür zu sorgen, dass diese Krise bald zu Ende ging.

20

Es vergingen weitere zwei Wochen, ohne dass etwas Außergewöhnliches passierte. Während Katharina und ich uns geduldig und unauffällig zu Hause aufhielten und uns die meiste Zeit mit dem Thema Verhör von Polizei und Pressekonferenz nach ihrer Rückkehr in Bayern beschäftigten, lief draußen eine hektische und intensive Fahndung nach dem Entführer, jedoch ohne Erfolg.

Jeden Tag erschienen in den Zeitungen Berichte über gründliche Durchsuchungen der Polizei bei mehreren bekannten oder verdächtigten Verbrechern, aber ohne eine winzige Spur von Blue Emotion. Inzwischen hatte man die Belohnung für einen zutreffenden Hinweis auf den Aufenthaltsort von Blue Emotion auf hunderttausend DM erhöht.

In der Presse, besonderes bei den meisten Boulevardzeitungen, beschimpfte man Manfred Meister wegen seiner provokativen Kommunikation mit dem Entführer. Man beschuldigte ihn, mit seiner ablehnenden Haltung die Situation erheblich verschlechtert zu haben. Es gab sogar einen Zeitungsbericht, nach dem ein Fan von Katharina ihm vor seiner Haustür eine Ohrfeige verpasst habe.

Einmal versuchte ich, Alfons Nowakowski, den Vater von Katharina, in Hamburg zu besuchen und ihm ihren Brief auszuhändigen, aber ich kam enttäuscht nach Hause zurück. Seine Mitarbeiter sagten, dass er sich in Polen aufhalte und erst am 16. September nach Hamburg zurückkomme.

Eines Abends, als Katharina und ich entspannt vor dem Fernseher saßen, schaltete ich zufällig auf das Bayerische Fernsehen um, und wir bemerkten interessiert, dass seit fünf Minuten eine Talkshow mit dem Titel: „Wir wollen unsere Blue Emotion zurück" lief.

Zwei der Teilnehmer waren Katharina wohl bekannt; einer war Herr Hildebrandt, Generalmanager eines großen Medienkonzerns, und der andere Herr Sellhorn, ein bekannter Musikproduzent. Die anderen Teilnehmer waren Frau Schmidt, Sprecherin des LKA Bayern, Herr Klaus, ein Psychologe, und Herr Busemann, ein bekannter Journalist.

Zu Beginn kritisierte Herr Busemann die Polizei und das LKA für ihre amateurhafte Ermittlungsmethode und mangelhafte Kommunikation. Aber langsam bekam das Gespräch eine Nuance von Objektivität. Dafür sorgte Frau Schmidt, als sie sagte:

»Dieses Phänomen, was uns in die letzten Wochen in Angst und Fassungslosigkeit versetzte, ist keine normale Entführung, und das geforderte Lösegeld, was Herr Meister ohne Absprache mit der Polizei ablehnte, scheint unseren erfahrenen Profilern sehr merkwürdig.

Die Frage, die wir bis heute nicht eindeutig beantworten können, ist doch die: Sind die Entführer professionelle Verbrecher oder steckt hinter dieser Entführung doch etwas anderes? Zum Beispiel politische, religiöse oder ideologische Zielsetzungen?

Es ist offensichtlich, dass die Entführer genau wussten, wann und wo sie ihr Opfer überwältigen konnten, beziehungsweise wo sie ohne Begleitung ihres Bodyguards unterwegs war. Sie müssen umfangreiche Informationen bezüglich ihrer Gewohnheiten und ihres Tagesablaufs gesammelt haben und über gute Ortskenntnisse verfügen.

Weiterhin wurde festgestellt, dass sie sich viel Mühe gegeben haben, nirgendwo Spuren zu hinterlassen. Und gerade diese Anstrengung führte dazu, dass wir bis heute noch nicht wissen, wo sich die Entführer befinden und wo sie ihre Geisel versteckt haben.

Außerdem kann man keine logische Erklärung dafür finden, warum sie trotz dieses großen Aufwands seltsam zurückhaltend sind. Abgesehen von zwei kurzen Briefen haben sie nicht weiter versucht, ihre Forderung energisch durchzusetzen. Dieses Verhalten scheint unseren erfahrenen Kriminalbeamten äußerst merkwürdig. Offensichtlich haben sie alle Zeit der Welt.« Sie beobachtete ihre Gesprächspartner, ob sie ihr folgten. Dann fügte sie nachdenklich hinzu: »Noch kurioser finden wir ihre Lösegeldforderung. In ihrem kurzen Brief verlangten sie einen Betrag in Höhe von zwei Millionen dreihunderttausend und einundzwanzig DM.

Wir haben uns den Kopf zerbrochen, warum diese krumme Summe? Warum nicht glatte zwei oder drei Millionen DM?

Schuldet Herr Meister oder seine Frau jemandem genau diese Summe? Das wäre in der Tat ein Motiv. Wir sind auch dieser Frage gründlich nachgegangen: negativ, keine Anzeichen, die auf einen solchen Zusammenhang hindeuten könnten.

Diese Zahl muss daher eine symbolische Bedeutung haben. Oder möglicherweise beabsichtigen die Entführer doch, die Polizei irrezuführen?

Das zweite taktische Manöver ist ihr indirekter Hinweis über ihren Standort. Die Polizei sollte annehmen, dass sie irgendwo im Bundesland Bayern oder Hessen ansässig sind, obwohl die Entführung in Niedersachsen stattfand. Sie warfen Ihre schriftlichen Mitteilungen in Briefkästen der Städte Fulda und Würzburg.

Mein Vorgesetzter ist der Meinung, sie können überall sein, aber nicht in Bayern oder in Hessen. Trotzdem haben wir jede verdächtigte Person in Bayern, Hessen, Baden-Württemberg und Niedersachsen geprüft, ohne Erfolg.«

»Glauben Sie, dass Blue Emotion noch am Leben ist?«, fragte Herr Busemann.

»Ja, ich bin ziemlich sicher, sie lebt noch«, die Antwort kam von Herrn Klaus. Er fügte nachdenklich hinzu: »Aufgrund der interessanten Erklärung von Frau Schmidt kann man davon ausgehen, dass Blue Emotion für die Entführer nur Mittel zum Zweck ist. Sie wollen nur das Geld, sonst nichts. Eigentlich haben sie, solange sie sich sicher fühlen, keinen Grund, jemanden zu töten und sich unnötig in Schwierigkeiten zu bringen.

Dennoch sollte man diese Verbrecher, egal welche Motive dahinterstecken, nicht zu lange warten lassen. Denn die Menschen haben unterschiedliche Geduldsreserven und gehen mit Risiken unterschiedlich um. Ich weiß nicht, wie viele Leute an dieser Entführung beteiligt sind. Schon ab dem zweiten Mann ist die Situation problematisch. Man muss sich in die Lage von Entführer versetzen und erkennen, dass sie in der Regel nervös und ungeduldig sind. Sie wollen das Lösegeld einkassieren und unerkannt verschwinden. Denn sie wissen, im Laufe der Zeit wächst die Möglichkeit, Fehler zu machen und erkannt zu werden.

Die Ablehnung ihrer Forderung durch Herrn Meister muss für sie eine tiefgreifende Niederlage sein. In solchen Fällen verlieren sie leicht ihre Geduld, rasten aus, beschimpfen ihren Boss oder den Planer. In einigen ähnlichen bekannten Fällen hat man sogar gegenseitig Gewalt angewandt oder die Geisel misshandelt.

Ab diesem Zeitpunkt, meine ich, wenn sie keine Hoffnung auf Erfolg haben, könnte die Situation für Blue Emotion bedrohlich werden.

Meiner Meinung nach muss man entweder ihre Forderung akzeptieren und das Lösegeld zahlen oder, wenn man auf Zeit spielen will und eine durchdachte Rettungsstrategie hat, niemals den Kontakt mit dem Entführer abbrechen. Was Herr Meister...«

»Entschuldigen Sie, dass ich Sie unterbrechen muss«, sagte Herr Hildebrand, der die ganze Zeit seinen Gesprächspartnern aufmerksam zugehört und nach und nach nervös und ungeduldig gewirkt hatte. Er fügte hinzu: »Ich kann weder die abstruse Analyse von Frau Schmid hören noch Ihre düstere Schilderung. Ich bin nicht hierhergekommen, um über die Fähigkeit oder den schwachen Charakter der Entführer zu spekulieren. Ich kam hierher, um eine praktikable Lösung zu finden, um meine Geschäftspartnerin aus dieser entsetzlichen Situation zu befreien, und zwar sofort.

Ich bedaure sehr, dass Herr Meister unüberlegt die Forderung der Entführer abgelehnt hat. Seitdem stehen wir vor einer bedrohlichen Situation.

Ich stelle fest, dass die Polizei keine Ahnung hat, wer die Entführer sind, und vor allem, wo sich Blue Emotion befindet. Das ist ein nicht akzeptabler Zustand.

Ich bin seit mehreren Jahren Geschäftspartner des Ehepaars Meister und ich fühle mich verpflichtet, mich hier einzumischen. Wenn Herr Meister sich weigert, das geforderte Lösegeld zu zahlen, muss er seine Gründe zu haben. Aber ich, als ihr Geschäftspartner, kann diesen Zustand nicht tatenlos hinnehmen. Ich bringe es einfach nicht über das Herz, herumzusitzen, abzuwarten und das Leben dieser jungen Frau in Gefahr zu bringen.

Heute bin ich hier, um verbindlich zu bekunden, dass ich das geforderte Lösegeld zahlen will. Ob ich später das Geld von Blue Emotion zurückbekomme, spielt hier und heute keine Rolle.

Ich möchte in dieser Sendung und ab morgen in allen Zeitungen den Entführern mitteilen, dass ich die ganze Summe, wie sie gefordert hatten, in welcher Währungen auch immer, vollständig zahlen will. Ich bin auch bereit, ihnen das Geld persönlich in die Hand zu drücken.

Sie brauchen mich nur anzurufen oder mir schriftlich mitzuteilen, wann und wo die Übergabe stattfinden soll. Darüber hinaus, verlange ich von der Polizei und dem LKA, die gesamte Aktion der Geldübergabe nicht zu überwachen, um das Leben dieser hilflosen Frau nicht zu gefährden. Von mir aus, können sie weiter ermitteln, wenn sie wieder frei ist.

Mir geht es ausschließlich darum, ihr Leben zu retten, und ihre Millionen Fans von Angst und Sorge befreien.« Dann schaute er direkt in die Kamera, wandte sich mit einem dramatischen Appell an die Entführer und sagte wörtlich:

»Bitte, bitte, wenn Sie diese Sendung sehen, lassen Sie unsere Blue Emotion frei. Ich gebe Ihnen mein Wort, dass das geforderte Lösegeld in jeder gewünschten Währung an jedem beliebigen Ort, den Sie bestimmen, sofort zur Verfügung gestellt wird. Ich garantiere Ihnen, bei der Geldübergabe wird keine Polizei, keine Presse anwesend sein. Wir wollen dieses Problem friedlich lösen.« Dann hielt er mit zittrigen Händen einen Firmenflyer vor die Kamera und fügte flehend hinzu:

»Bitte schreiben Sie Ihre Forderung direkt an diese Adresse oder rufen Sie mich einfach an. Ich versichere Ihnen, ich werde die Sache persönlich in die Hand nehmen und mit Ihnen Kontakt aufnehmen. Ab morgen erscheinen in mehreren Zeitungen meine verbindliche Zusage und die Adresse, unter der Sie mich direkt erreichen können.«

Am meistens war Katharina von seiner emotionalen Aufführung beeindruckt. Ich sah, wie nach und nach Tränen in ihren Augen schimmerten. Ihr erster Kommentar war:

»Ich hoffe, dass auch Manfred diese Sendung sieht und sich schämt, was er angerichtet hat. Es ist unfassbar, dass er sich die ganze Zeit schweigend zurückhält und stattdessen unser Geschäftspartner versucht, mein Leben zu retten.« Sie schaltete den Fernseher aus und sagte weiter: »Ich finde, trotzdem ist es eine gute und ermutigende Neuigkeit.

Ich würde an deiner Stelle sofort diese Gelegenheit nutzen und ihm schriftlich mitteilen, wie er das Geld für das Projekt Afrika-Hilfe zwischen drei Wohlfahrtsorganisationen verteilen soll. Das ist im Prinzip, worauf du gewartet hattest. Greif sofort zu! In diesem Fall brauche ich keine Ausrede, warum die Entführer mich freigelassen haben.«

»Ja, ich finde auch, es ist eine gute Botschaft. Wenn es funktioniert, werde ich überglücklich sein. Das Projekt Afrika wird realisiert und wir werden endlich diese bedrohliche Situation los.

Wie weit kannst du Herrn Hildebrand vertrauen?«

»Er ist eine anständige und vertrauensvolle Persönlichkeit. Ich bin sicher, er hält sein Wort und befolgt genau, was du von ihm verlangst.«

»Dann sollten wir keine Zeit verlieren. Ich ziehe mich in mein Arbeitszimmer zurück und schreibe ihm, was er tun muss.«

Ich hielt in meiner Mitteilung an ihn fest, dass in Anwesenheit von verantwortlichen Vertretern von Rotem Kreuz, THW, Ärzten ohne Grenzen und katholischer Kirche mein Brief in einer Fernsehsendung gelesen werden müsse. Ich verlangte, dass alle Teilnehmer dieser öffentlichen Sitzung zusichern müssten, das Lösegeld gemäß beigefügtem Aufteilungsplan anzuwenden. Der Vertreter der katholischen Kirche müsste zusätzlich öffentlich versprechen, die Ordnungsmäßigkeit des Verfahrens zu überwachen. Die genannten Wohlfahrts-organisationen sollten verbindlich bekunden, wann sie welche Leistung in welchem afrikanischen Staat erbringen wollen.

Ich teilte weiterhin mit, nur wenn dieser Forderung von allen Beteiligten glaubhaft zugestimmt würde, käme Blue Emotion innerhalb von 24 Stunden frei.

Vorsichtig steckte ich den Brief in einen Umschlag, frankierte ihn ausreichend und verpackte ihn dann in einer Plastiktasche.

Gegen Mitternacht setzte ich mich in mein Auto und fuhr dieses Mal nicht nach Bayern, sondern dreißig Kilometer weit von Hannover, nach Hildesheim, und warf den Brief in einen Briefkasten.

Als ich nach Hause zurückfuhr, wünschte ich mir glühend, dass diese nervenaufreibende Situation endlich zu Ende ginge. Ich hatte keine Kraft mehr, dieses gefährliche Spiel weiter voranzutreiben.

Unabhängig von der Reaktion Hildebrands – ob und wie er auf meine Forderung reagieren würde – war es für uns langsam Zeit, alle erforderlichen Maßnahmen für Katharinas Rückkehr nach Bayern vorzubereiten.

Am nächsten Tag, nach dem Frühstück, schaltete ich alle Kameras ein, und wir begannen, den Fragenkatalog durchzuarbeiten; Fragen wie: Wo war sie eingesperrt, wie sah dieser Raum aus, wie sahen die Entführer aus, waren die Entführer Deutsche oder Ausländer, wie wurde sie behandelt usw.

Sie musste auch die Fragen beantworten, ob sie während ihres Aufenthaltes in ihrem Gefängnis etwas Außergewöhnliches gehört hatte, zum Beispiel Kirchenglocken, Verkehrsgeräusche, Baumaschinen, Kindergeschrei etc. Und schließlich: Wie wurde sie freigelassen, wie lange dauerte der Transport von ihrem Versteck bis zu dem Ort, an dem die Entführer sie abgesetzt haben? Oder konnte sie nach der Freilassung einen der Entführer richtig sehen und ihn beschreiben?

Wir waren beide verblüfft, wie dringend erforderlich dieses inszenierte Verhör für ein glaubwürdiges Gespräch mit der Polizei war. Denn ihre spontanen Antworten zu einigen Fragen waren unlogisch, teilweise unglaubhaft und widersprüchlich.

Wir haben uns geeinigt, dass sie die Gesichter von vier Entführern nicht gesehen hatte, weil sie die ganze Zeit maskiert waren.

Die Entführer hatten akzentfrei Deutsch gesprochen und benahmen sich sehr streng. Der Raum war ziemlich dunkel, bestand aus einem Bett, einem kleinen Tisch, und in einem Nebenraum gab es eine kleine Toilette und Duschkabine. Nur während der Lösegeldforderung hatten sie den Raum stark beleuchtet, um ihr Gesicht und das Gespräch auf Video deutlich aufzunehmen. Sie musste die ganze Zeit einen alten Overall tragen und zweimal in der Woche war es ihr erlaubt, sich zu duschen.

Um ihre Aussage in ihren Kopf einzuprägen, formulierte ich bei jeder Wiederholung die Fragen etwas trickreicher und unterstellte manchmal absichtlich, dass sie vorher die Frage anders beantwortet hätte. Diese raffinierte Methode machte sie wütend und sie schrie: »Das habe ich nicht gesagt! Als sie merkte, dass das ein Teil des Spiels war, lächelte sie mir versöhnlich zu und blieb wieder bei der Sache.

Nach drei Tagen und jeweils ein paar Stunden Übung fühlten wir uns etwas erleichtert, ja sicherer. Doch als wir das aufgenommene Video kritisch betrachteten, gefiel mir ihre Körperhaltung nicht. An der Art und Weise, wie sie ihre Hände bewegte, ihre Füße auf den Boden drückte und ihre Blicke auf den Boden richtete, konnte man leicht erkennen, dass sie alles auswendig gelernt hatte; so würde ihre Erklärung kaum überzeugend erscheinen. Sie musste lernen, die Fragen nicht sofort zu beantworten, manchmal nachzudenken, grundsätzlich sich etwas benommen zeigen und vor allem musste sie sich trauen, direkt in die Augen ihrer Gesprächspartner zu schauen. Diese Übungen nahmen viel Zeit in Anspruch, aber sie waren unerlässlich.

21

ie Herr Hildebrand in der Fernsehsendung angekündigt
hatte, erschien einige Tage später eine große Anzeige in
zahlreichen Zeitungen mit dem Text: ›Bitte lassen Sie Blue
Emotion frei und kassieren Sie mühelos das Lösegeld!‹
In seinem Inserat gab Herr Hildebrand an, wie man mit ihm
kommunizieren konnte. Er versprach, dass er den ganzen
Prozess diskret behandeln und dafür sorgen würde, dass die
Polizei von der Vereinbarung nichts erfahren werde. Man
brauche nur anzugeben, wann und wo die Geldübergabe
stattfinden solle und wann und wo die Geisel freigelassen werde.
Diese Annonce von Herrn Hildebrand sorgte in der Presse für
kontroverse Diskussionen. Viele hielten ihn für einen guten und
einfühlsamen Menschen, aber es gab auch zahlreiche Krimi-
nalisten oder Journalisten, die die Meinung vertraten, er sei
naiv, ja realitätsfremd. Sie glaubten nicht, dass diese leicht-
sinnige Methode zum Erfolg führen könnte.
Obwohl die Polizei dazu schwieg, glaubte kaum jemand, dass sie
sich bei diesem riskanten Deal neutral verhalten würde. Und
ich, ich hatte keine Vorstellung, wie Herr Hildebrand auf meine
ungewöhnliche Forderung reagieren würde, zumal das von mir
verlangte Verfahren nicht seinen Erwartungen entsprechen
dürfte.
Jeden Tag besorgte ich verschiedene Zeitungen, und abends
schauten Katharina und ich gemeinsam die Fernseh-
nachrichten, um herauszufinden, ob Herr Hildebrand
inzwischen auf meine Forderung reagiert hatte.
Aber zuerst gab es keinerlei Reaktion von ihm. Ich wusste nicht,
ob er seine Absicht geändert hatte oder ob er sich bemühte, die
von mir benannten Teilnehmer zu einer öffentlichen Fernsehsendung einzuladen.

Jedenfalls empfand ich diesen Stillstand als positiv.

Ich redete mir ein, dass die Einladung so vieler Personen aus verschiedenen Organisationen und die Beschaffung mehrerer Millionen DM Bargeld etwas Zeit bräuchte. Aber ich hatte keine Ahnung, dass das die Ruhe vor dem Sturm war. Es kam viel schlimmer, als ich es mir hätte vorstellen können.

Wie zahlreiche Kritiker geahnt hatten, sorgten der emotionsgeladene Auftritt von Herrn Hildebrand im Fernsehen und seine Inserate in den Zeitungen für Chaos. Denn laut einem Fernsehbericht bekam er innerhalb einer Woche zwölf anonyme Briefe von verschiedenen Betrügern, die behaupteten, sie seien die Entführer von Blue Emotion. Aus diesem Grund gab er sein Vorhaben auf, und die Polizei setzte ihre Ermittlung offiziell wieder fort.

Ich kann das enttäuschte Gesicht von Herrn Hildebrand in der Fernsehsendung immer noch nicht vergessen. Er sah richtig niedergeschlagen aus.

Enttäuscht und wütend sagte er, dass er mit seiner Rettungsaktion lediglich diese unerträgliche Situation beenden wollte. Er könne sich nicht vorstellen, dass es Menschen gibt, die ungeachtet der lebensbedrohlichen Situation des Opfers diese Gelegenheit ausnützen wollen, um leicht in den Genuss von Millionen DM zu kommen.

Jeder diese Gauner hatte in seinem Brief behauptete, dass sie Blue Emotion in Gewahrsam hätten. Um sie freizulassen, müsse Hildebrand allein an einem bestimmten Abend und bestimmten Ort das Geld in einem Koffer aus dem Fenster eines Zuges werfen, ein anderer verlangte, das Geld in einem bestimmten Müllcontainer zu deponieren, und der dritte forderte, dass er allein das Geld zu einem Rastplatz an einer bestimmten Autobahn bringen müsse und so weiter und so fort. Schon nach dem vierten Brief hatte er begriffen, dass er mit seinem verlockenden Angebot die Geldgierigkeit vieler Krimineller angestachelt hatte.

Er hatte tatsächlich ungewollt zahlreiche Verbrecher eingeladen, ihn eiskalt zu betrügen. Er musste sich enttäuscht an die Polizei wenden und seinen Fehlgriff und die damit eingetretene Niederlage einräumen.

In einem Fernsehinterview entschuldigte er sich bei der Polizei und bekundete, dass er nach wie vor bereit wäre, das Lösegeld zu zahlen, aber an den richtigen Entführer und nur unter der Regie der Polizei.

Ich habe seinen Auftritt im Fernsehen gesehen, wie viele interessierte Zuschauer auch, und ich muss sagen, er tat mir leid. Er schien die ganze Zeit geknickt, traurig und fassungslos. Was mich allerdings wunderte, er war am meisten über meinen Brief verärgert.

In dieser Fernseh-Talkshow beschimpfte er den Absender des Briefs und meinte, wer diese Forderung gestellt habe, müsse entweder ein Genosse der Linken bzw. der kommunistischen Partei sein oder möglicherweise ein Mitglied einer Sekte oder Kirchengemeinschaft, die mit ihrer sogenannten Humanitätsaktion oder Nächstenliebe diese Situation ausnützen wolle.

Als der Moderator ihn fragte, wie er auf eine solche Behauptung komme, warum Mitglied der Kommunisten oder einer Kirchengemeinschaft, antwortete er lapidar: »Wer sonst? Diese sogenannten Antikapitalisten oder Weltverbesserer versuchen immer, sich auf Kosten anderer zu profilieren. Diese merkwürdige Forderung muss wohl von solchen Chaoten sein. Welcher normale Mensch würde sonst mehrere Jahre Gefängnis in Kauf nehmen, um seine ideologische Vorstellung durchzusetzen und Millionen fremden Geldes irgendwohin zu spenden?«

Der freimütige und hilfsbereite Hildebrand hatte keine blasse

Ahnung, dass der einzige echte Brief meiner war und nicht der eines Chaoten, den er unberechtigterweise beschimpfte.

Während der einstündigen Talkshow hatte man nebenbei berichtet, dass die bayerische Polizei anhand von DNA oder Fingerabdrücken fünf der sogenannten Entführer festgenommen hatte. Sie gaben zu, dass sie mit der Entführung nicht zu tun hatten, sondern lediglich das Lösegeld kassieren wollten.

Wie es aussah, gab es nach der eiskalten Ablehnung von Manfred Meister und der gescheiterten Intervention von Hildebrand keine Chance mehr, meine Forderung in dieser Form durchzusetzen. Ich musste wohl dem Versprechen von Katharina glauben und dafür sorgen, dass sie so schnell wie möglich nach Hause ging und das Geld den jeweiligen Wohlfahrtsorganisationen zur Verfügung stellte.

Dieser Misserfolg zwang mich, die Rückkehr von Katharina nach Bayern so schnell wie möglich vorzubereiten, denn die Situation schien inzwischen noch bedrohlicher zu sein. Laut Presseberichten setzte die Polizei mehr Personal ein, um noch intensiver nach dem echten Entführer zu ermitteln.

22

Am Montag, den 16. September, verließ ich schon um sieben Uhr das Haus und fuhr mit dem Zug nach Hamburg, um noch einmal zu versuchen, Katharinas Vater den Brief seiner Tochter auszuhändigen. Wir mussten die Hauptlast, nämlich das Auto, so schnell wie möglich loswerden.
Seine große Werkstatt befand sich zwischen Hamburg und Schleswig-Holstein in einem menschenleeren Gebiet.
Ich musste im Hamburger Hauptbahnhof in einen Regionalzug umsteigen und am Ende der Strecke mit einem Taxi weitere zehn Kilometer fahren.
Es war knapp elf Uhr, als der Taxifahrer seinen Wagen vor Alfons' Autoverwertungsbetrieb anhielt.
Ich brauchte fast zehn Minuten, bis ich ihn zwischen Bergen von Metallschrott auf dem Autofriedhof aufspüren konnte. Als ich endlich vor ihm stand, grüßte ich höflich, stellte mich vor und fragte fast flehend:
»Können wir irgendwo ungestört miteinander sprechen?«
Eine lange Weile betrachtete er mich feindselig und fragte dann mit seiner rauchigen Stimme:
»Um was geht's? Was wollen Sie hier? Wenn Sie ein Auto verschrotten wollen, müssen Sie nächste Woche kommen. Meine Leute sind krank und ich selbst habe keine Zeit. Gehen Sie!«
»Ich komme im Auftrag von Katharina«, antwortete ich rasch. »Es ist besser, wenn wir ganz diskret und ungestört miteinander sprechen.«
Der Name Katharina bewirkte bei ihm deutliche Erregung. Er starrte mich eisig an und fragte:
»Wer sind Sie? Bulle?«

»Nein, ich bin kein Polizist. Ich bin ein Freund. Wie gesagt, ich komme im Auftrag Ihrer Tochter.«

»Im Auftrag von Katharina? Wissen Sie, wo sie steckt?«

»Ja, ich weiß, wo sie ist. Bitte lassen Sie uns in einen ruhigen Raum gehen und miteinander reden. Es ist sehr wichtig.«

Er drehte sich um und befahl: »Kommen Sie mit,« dann ging er mit festen Schritten in ein kleines, mit braunem Holz getäfeltes Gebäude, und ich lief ihm nach.

Alfons Nowakowski war ein großer, kraftvoll gebauter Mann mit dichten weißen Haaren und einem bereiten, grimmigen Gesicht. Sein starker Mundgeruch und die lilafarbenen Wangen verrieten, dass er auch während der Arbeit gern harte Sachen trank.

Mein erster Eindruck von ihm war nicht ermutigend. Seine kleinen, geröteten Augen, die aus dicken Augenlidern hervorblickten, machten keinen freundlichen Eindruck, im Gegenteil, wenn er seinen Gesprächspartner mal direkt anblickte, hatte man das Gefühl, dass er jeden Augenblick vor Bitterkeit oder Abneigung ausrasten würde.

Sein Büro roch nach allem, was man sich vorstellen kann: nach Öl, Zigarren, Schnaps, verbranntem Papier, Bleistiftspänen etc.

Er setzte sich an seinen Schreibtisch, und mit einem Handzeichen forderte er mich auf, auf dem Besucherstuhl Platz zu nehmen. Dann schaute er mich herausfordernd an und fragte:

»Also, was ist mit Katharina? Wo steckt sie?«

Ich holte aus meiner Tasche ihren Brief, überreichte ihn und sagte:

»Erst lesen Sie, was sie geschrieben hat, dann reden wir darüber.«

Er setzte seine randlose Lesebrille auf die Nase, schnappte den Brief aus meiner Hand und begann ungeduldig, ihn zu lesen.

Mit verstohlenem Blick beobachtete ich seine Reaktionen. Mit jeder Zeile wurde sein Antlitz trüber, verschlossener, und die

Stirnfalten vertieften sich. Ab und zu schüttelte er seinen Kopf befremdet und oft zuckte er erschreckt zurück.

Ich konnte mir vorstellen, wie er sich als besorgter Vater fühlen musste.

Er las in dem Brief, dass seine Tochter am 23. Juli 1995 mit ihrem Auto einen jungen Mann getötet hatte und ihn bat, um nicht wegen fahrlässiger Tötung und Fahrerflucht verklagt zu werden, das wichtigste Beweisstück, nämlich das Auto, aus der Stadt Springe abzuholen und in seinem Werk zu verschrotten. Er wurde auch eingeweiht, dass der Mann, der ihm gegenübersaß, der Vater des Opfers war. Sie sicherte ihm zu, dass sie, anders als in der Presse behauptet wurde, nicht entführt worden war, sondern sich seit ein paar Wochen bei Herrn Wartenberg, dem Vater des Opfers verstecke. Sie fügte eindringlich hinzu, erst wenn das Auto für immer ver- schwunden sei, könne sie ohne Angst und Sorge nach Bayern zurückfahren und den Vorfall vergessen.

Tatsächlich war der Brief nicht informativ genug, das hatte ich im Zug nach Hamburg bereits festgestellt.

Wer in aller Welt sollte eine solche lückenhafte Schilderung richtig verstehen? Jedenfalls hatte ich den Eindruck, je mehr er las, desto konfuser wurde er.

Während er sich anstrengte, den Inhalt des Briefs seiner Tochter zu verstehen, warf ich einen Blick auf die Einrichtung seines Büros. Mehrere staubige Regale mit zahlreichen Ordnern, Bilder von unterschiedlichen Autos, ein alter Wandkalender, und in einer Ecke stand ein ziemlich lauter Kühlschrank, der offenbar seine letzten Tage in diesem warmen und muffigen Büro verbrachte. Plötzlich bemerkte ich, dass er mich schweigend und perplex anstarrte.

»Haben Sie alles gelesen?«, fragte ich mit einem freundlichen Lächeln. Er antwortete nicht. Er stand auf, holte aus dem Kühlschrank eine Flasche polnischen Wodka und stellte zwei

Gläser auf den Tisch. Er füllte beide Gläser voll und, ohne auf mich zu warten oder einen Toast ausbringen, kippte er seines in sich hinein. Dann sah er mich eine Weile verdutzt an und sagte: »Ich bin nicht sicher, ob ich alles kapiert habe, was Kathy geschrieben hat. Können Sie mir mit Ihren eigenen Worten erklären, was zum Teufel los ist?« Kaum begann ich etwas dazu zu sagen, da fügte er ungeduldig hinzu: »Ich kann nicht begreifen, wieso meine Tochter einen jungen Mann überfährt und dann einfach abhaut. Wenn ich richtig gelesen habe, war er an Ort und Stelle tot. Was mir aber nicht einleuchtet, Sie sollen der Vater des Opfers sein?« Er schenkte sich ein zweites Glas Wodka ein und sagte kopfschüttelnd weiter: »Dann habe ich gelesen, dass im Gegenteil zu dem, was die ganze Welt behauptet, sie nicht entführt wurde, sondern bei Ihnen zu Gast ist.

Wie um Gottes Willen soll ich dieses Kuddelmuddel verstehen? Das macht für mich keinen Sinn.«

Bei den letzten Worten war Alfons Stimme zu einem lauten, erregten Flüstern übergegangen. »Wieso hieß es in der Presse, dass sie von der Mafia entführt worden ist und die Entführer Millionen DM Lösegeld verlangen?

Und was mir am meisten unbegreiflich ist, wenn sie mit ihrem Auto Ihren Sohn überfahren und getötet hat, wieso wollen Sie ihr helfen? Und was für ein Auto soll ich abholen und verschrotten?«

Ich nippte vorsichtig an meinem Wodka, um seine Gastfreundschaft zu würdigen, auch wenn ich kein Wodkatrinker bin. Ich erwiderte ganz ruhig:

»Sie haben recht, man kann diese Geschichte nicht in ein paar Zeile lesen und verstehen; es ist in der Tat zu kompliziert. Um Ihre letzte Frage zu beantworten, es handelt sich um Katharinas Auto, einen weißen Mercedes Benz.

Wenn Ihre Tochter und ich für Beseitigung dieses Auto eine sichere Lösung hätten, würden wir Sie mit Sicherheit nicht in diese Sache involvieren und dieses Geheimnis für uns behalten. Aber leider haben wir bis heute keine Idee, wie man ein Auto ohne Zulassung ins Ausland bringen kann. Hinzu kommt noch, dass für uns die Situation von Tag zu Tag bedrohlicher wird.«
Von seinem grimmigen Gesicht las ich ab, dass meine Erklärungen ihm die Sache nicht klarer gemacht hatten; er schwebte immer noch in seiner anhaltenden Verwirrung.
Dann begann ich, wie er es wünschte, die Geschichte etwas verständlicher, und zwar in einer Kurzfassung zu erzählen.
Während ich von der illusorischen Spende von Martin an afrikanische Menschen, seinem tödlichen Unfall mit dem Auto von Katharina, der Depression und dem Suizid meiner Frau, der Entdeckung des Unfallautos in Würzburg, der Entführung von Katharina, der Reaktion ihres Mannes, der polizeilichen Untersuchung und schließlich unserem neuen Plan berichtete, schaute er mich schweigend an, und allmählich hatte ich den Eindruck, dass mit meiner einfachen Erklärung der Inhalt von Katharinas Brief für ihn etwas verständlicher wurde, aber gleichsam beunruhigend. Am Ende meiner Erzählung kam ich noch einmal zu dem Grund meines Besuchs und fügte hinzu:
»Wenn Sie es schaffen, das Auto unkenntlich zu verschrotten, bestehen keine belastenden Beweise mehr gegen Katharina. Die Polizei hat dann keine Chance, die Fahrerin dieses Auto zu identifizieren und für ihre gesetzwidrige Handlung anzuklagen. In diesem Fall kann sie machen, was sie vorhat. Sie möchte nach Bayern zurück, sich von ihrem Mann scheiden lassen und ein neues Leben beginnen. Vor allem will sie als Sühne für ihre fahrlässige Tötung das Projekt meines Sohnes realisieren. Ich versuche daher, sie zu unterstützen und diese riskante Situation zu entschärfen.« Er schenkte sich noch einen weiteren Wodka ein, kippte ihn auf einmal und sagte kopfschüttelnd:

»Ich habe immer noch nicht richtig verstanden, was Sie mir erzählen. Ihr Sohn ist durch einen Autounfall tot, die Autofahrerin war meine Tochter und Ihre Frau hat sich deswegen das Leben genommen. Richtig?«

»Korrekt.« Er sah mich eine Weile herablassend an und fragte weiter:

»Wie zum Teufel können Sie mir gegenüber so gelassen, so verständnisvoll sitzen, als ob nichts geschehen wäre?

Meine Tochter hat fast eine ganze Familie vernichtet, selbstverständlich nicht gewollt, aber immerhin, sie war schuld daran. Und Sie wollen ihr helfen? Was für ein Mensch sind Sie? Wenn dieses grauenvolle Ereignis mir passieren wäre, würde ich Amok laufen.

Verstehen Sie mich nicht falsch. Wenn es einen Menschen in meinem Leben gibt, den ich von ganzem Herzen liebe, ist das Katharina. Dennoch hätte ich es irgendwie verstehen können, wenn Sie aus purer Rache meine Tochter getötet hätten.« Ein Anflug von Zorn schlich sich wieder in seine Stimme ein und er sagte lauter weiter: »Der zweite Knackpunkt, der für mich schwer zu verstehen ist, Sie wollen für Ihre Verluste, ja, zwei tote Familienmitglieder, Material, Zeit und gewaltigen Aufwand keine Entschädigung für sich selbst in Anspruch nehmen. Nein, das wollen Sie nicht, so habe ich Ihre Ausführungen verstanden. Stattdessen erwarten Sie von meiner Tochter als Wiedergutmachung, mit einer Millionen-DM-Spende den faulen und nutzlosen Afrikanern beizustehen. Und als Gegenleistung wollen Sie alle Beweise, die Sie mühsam gesucht und gefunden haben, unkenntlich machen und vernichten. Verdammt noch mal, das macht mir keinen Sinn.

Wer sind Sie eigentlich? Der Sohn von Mutter Teresa? Oder haben Sie Ihren Verstand verloren?«

Seine verletzenden Worte taten mir richtig weh. Ich merkte, er war aus einem anderen Holz geschnitzt.

Offensichtlich störte ihn am meisten, dass seine Tochter für ihren verhängnisvollen Autounfall mehr als zwei Millionen DM, wie er so brutal formulierte, an ›faule und nutzlose Afrikaner‹ spenden wollte.

Ich hatte Lust, ihn wegen seiner rassistischen und herabwürdigenden Bemerkungen anzugreifen. Aber ich brauchte ihn, er war unsere letzte Chance. Ich musste mich anstrengen, ruhig und sachlich zu bleiben. Ich sagte zuerst nichts. Und er, kaum blieb seine scharfe Zunge tonlos, holte hastig eine Kiste Zigarren aus der Schublade seines Schreibtischs, nahm eine, während er mich böse anstarrte, schnitt die Spitze ab und zündete sie an. Auf einmal ließ er mich in einer Wolke aus Zigarrenqualm fast verschwinden.

Er war unverkennbar aufgeregt und biss so fest auf seiner Zigarre herum, dass der Saft ihm braun über das Kinn rann. Der Anblick war ekelhaft, dennoch bemühte ich mich, ihn weiterhin bei Laune zu halten, meinen Husten und meinen Unmut zu unterdrücken. Aber er starrte mich herausfordernd an und wartete auf meine Antwort. Ich nahm mich zusammen und erwiderte mit ruhiger Stimme:

»Dass ihre Tochter noch am Leben ist, sogar bei mir Zuhause wohnt, verdankt sie vielen Zufällen. Hätte ich sie in der ersten Woche nach dem Unfall gefunden, hätte ich sie in kleine Stücke zerrissen. Oder hätte die Polizei sie nach dem Unfall erwischt, wäre sie verhaftet worden und ihre fantastische Karriere möglicherweise am Ende.

Aber sie hatte Glück. Es gab keine Zeugen bei dem Autounfall und kaum identifizierbare Spuren an der Unfallstelle. Sie war auch clever. Während der Fahndung der Polizei ließ sie ihr Auto in der Garage ihrer Mutter und fuhr mit dem Zug nach Bayern zurück.

Dennoch fand ich zufällig das Unfallauto, kaufte es, und anhand des Zulassungsdokuments konnte ich sie identifizieren.

Während dieser unerträglichen Zeiten überlegte ich krampfhaft, was ich mit meiner Information machen sollte. Die Beweise der Polizei überlassen? Nein, das war für mich keine gute Idee. Ihre Strafe laut Straßenverkehrsordnung war mir nicht hart genug. Ich habe entschieden, sie nach meinem Ermessen zu bestrafen. Ich beschloss, sie zu entführen, Millionen zu erpressen und das Lösegeld gemäß dem Projekt meines verstorbenen Sohnes armen Afrikanern zu spenden.

Ich weiß nicht, ob Sie meine Absicht verstehen können. Ich wollte für diese unsinnige Katastrophe eine sinnvolle Antwort kreieren. Nicht Amoklaufen, sondern Leben retten.

Mir war nach und nach bewusst geworden, dass mit dem Tod Ihrer Tochter mein Sohn nicht lebendig würde. Aber mit meiner Selbstjustiz wäre es mir möglich, vielen Menschen zu helfen. Das war für mich eine sinnvolle und gerechte Vergeltung.

Ob Sie es glauben oder nicht, Katharina ist auch von dieser Idee hellauf begeistert. Sie ist entschlossen, egal, ob wir doch erwischt und für unsere Straftaten verurteilt werden, sich energisch dafür einzusetzen, damit dieses humane Projekt schon in diesem Jahr realisiert wird. Sie sagte, mit dieser Aktion könne sie sich von ihrem unerträglich schlechten Gewissen befreien.

Das ist in der Tat für mich eine weitere Motivation, alles dranzusetzen, die belastenden Beweise aus der Welt zu schaffen und unsere Leben wieder zu normalisieren.

Der Hauptbelastungsbeweis ist das Auto. Dieses muss so schnell wie möglich verschwinden. Dafür bin ich hier und möchte Sie herzlich bitten, uns zu helfen.«

Nach einem kurzen Augenblick des Nachdenkens hob sich mir sein klarer Blick fragend entgegen.

»Sie haben in einem Nebensatz gesagt, Katharina möchtet sich von ihrem Mann scheiden lassen. Ist das wahr?«

»Ja, sie ist entschlossen, sich von ihrem gefühllosen Mann zu trennen.«

»Das ist eine gute Nachricht. Ich habe ihr schon oft gesagt, sie sollte diesen hässlichen Blutsauger loswerden. Er nützt sie aus und behandelt sie wie eine Sklavin. Zweimal habe ich ernsthaft daran gedacht, ihm eine Kugel in seinen hässlichen Schädel zu schießen. Aber ich dachte, vielleicht mache ich die Situation für sie noch schlimmer.« Unschlüssig drückte er seine Zigarre in den Aschenbecher. Er hatte schon bemerkt, dass ich mein Husten nicht länger unterdrücken konnte. Er sprach weiter: »Das ist in der Tat eine gute Neuigkeit; mein Kind wird frei. Und Sie, nachdem Sie alles, was Ihnen heilig war, verloren haben, was werden Sie machen, wenn diese Krise vorbei ist?«

»Ich werde nach Erledigung des Projekts Afrika-Hilfe versuchen, diese entsetzliche Geschichte aus meinem Gedächtnis auszulöschen, Deutschland für immer verlassen und irgendwo, vielleicht am Ende der Welt, ein neues Leben beginnen. Aber mein Leben, meine Zukunft steht hier nicht im Vordergrund.
Wir sollten Katharina helfen, keine Unannehmlichkeiten zu erfahren. Helfen Sie uns, so schnell wie möglich das Auto zu verschrotten.«

»Wo steht das Auto?« Zum ersten Mal fragte er mit milderem Ton.

»In meinem Haus in Springe.«

»Wissen Sie, wie alt das Auto ist?«

»Baujahr 1994. Laut Autopapieren hat es nur einen Vorbesitzer.«

»Baujahr 1994? Sie wollen ein fast neues Auto einfach verschrotten lassen?«

»Ja, denn wenn die Polizei es findet, werden Katharina und ich mächtige Probleme bekommen.«

»Die sachgerechte Verschrottung einer großen Limousine wie einem Mercedes Benz ist nicht in ein paar Stunden zu bewerkstelligen. Ich bin verpflichtet, die strenge Müllsortierung und die Recyclings Vorschriften stets zu beachten. Das heißt, die sorgfältige Ausschlachtung eines solchen Autos nimmt mehrere Tage in Anspruch.

Ich schließe nicht aus, dass während der Demontage des Autos einige Leute, seien es meine Mitarbeiter oder Besucher, sich wundern werden, warum man ein fast nagelneues Auto auseinandernimmt, um es zu entsorgen. Jeder würde denken, es handelt sich um Beweisvernichtung. Ich denke, diese Idee sollten Sie schlicht fallenlassen.«

»Das heißt, Sie wollen uns nicht helfen?«

»Das habe ich nicht gesagt. Ich kann das Auto ins Ausland exportieren. Ich habe mehrere Kunden aus baltischen, arabischen, aber auch afrikanischen Staaten. Sie kaufen regelmäßig gebrauchte Autos von mir. Die meisten davon sind Autos, die in gutem Zustand sind, aber in Deutschland keinen TÜV bekommen können.

Ich denke, ich kann das Auto an meine ausländischen Kunden verkaufen. Vorteil: Wenn es in irgendein arabisches oder afrikanisches Land geliefert wird, verliert die deutsche Polizei seine Spur für immer.«

»Das hört sich gut an. Wann können Sie das Auto abholen?«

»Langsam, es ist nicht so einfach, wie Sie denken. Meine Kunden stehen nicht vor der Tür, um einen fast neuen Mercedes Benz zu kaufen. Ich muss mit ihnen Kontakt aufnehmen, Termine vereinbaren und vor allem den Transport ins Ausland organisieren. Das wird einige Wochen in Anspruch nehmen.

Dennoch kann ich das Auto schon heute Abend abholen, in meine Werkstatt bringen und es in einem geschlossenen Raum aufbewahren.« Er bemerkte sofort, dass ich meine plötzliche Freude nicht unterdrücken konnte, und fragte weiter:

»Kann man einen großen Sattelschlepper gegenüber Ihrer Garage parken, um das Auto darauf zu laden?«

»Ja, es ist möglich, aber schwierig, weil die Straße ziemlich eng ist. Außerdem könnte diese Aktion bei meinen Nachbarn viel Aufmerksamkeit auf sich ziehen. Wir müssen sehr vorsichtig sein.

In letzter Zeit benutze ich öffentliche Verkehrsmittel, weil ich die Tür meiner Garage nicht öffnen möchte. Ich habe Angst, dass in dem Moment die Polizei vorbeigeht und das Auto entdeckt.«

Er überlegte eine Weile und sagte:

»Dann müssen wir eine andere Lösung finden. Sie fahren gleich nach Hause. Ich gebe Ihnen zwei rote Autokennzeichen, die Sie vorne und hinten an das Auto montieren. Legen Sie die Autoschlüssel und Autopapiere in das Handschuhfach.

Ich fahre gegen neunzehn Uhr von hier los und werde gegen zweiundzwanzig Uhr in Springe sein.«

»Sie meinen heute Abend?«

»Ja, klar! Ich dachte, Sie haben gesagt, das Auto muss so schnell wie möglich verschwinden.«

»Ja, ja, ich bin einverstanden. Ich dachte, sie waren von der Idee nicht ganz begeistert.«

»Ich habe immer noch ein unbehagliches Gefühl, dass ich mich an dieser gesetzeswidrigen Aktion beteilige. Anderseits freue ich mich, wenn ich für Kathy etwas tun kann.

Ich hole das Auto schon heute Abend ab. Sie sollen genau um zweiundzwanzig Uhr mit dem Benz zur Industriestraße fahren und das Auto gegenüber der Bison Metallfabrik parken. Wenn ich ankomme, stelle ich meinen Wagen hinter Ihr Auto. Ich steige aus, lade das Auto auf den Sattelschlepper und fahre gleich nach Hamburg zurück. Diese Aktion muss schnell und unauffällig durchgeführt werden. Sie können dann zu Fuß nach Hause zurückgehen.

Wenn keine unerwarteten Schwierigkeiten auftauchen, können Sie davon auszugehen, dass spätestens in vier Wochen Ihr Auto per Frachtschiff in irgendein arabisches oder afrikanisches Land unterwegs ist. Ich denke, damit wird euer Problem ein für alle Mal beseitigt.

Noch etwas: Ich betreibe diesen Laden seit knapp zehn Jahren. Ich habe mich immer an Gesetz gehalten und möchte mit den Behörden keinen Ärger haben. Wenn Sie mich verlassen, kennen wir uns nicht mehr. Ich erwarte, dass Sie über diese Angelegenheit mit niemandem sprechen. Wenn das Auto verkauft ist und sich auf einem Frachtschiff befindet, schicke ich Kathy eine Bestätigung und einen Scheck. Wie hoch der Preis sein wird, weiß ich nicht. Haben wir uns richtig verstanden?«

»Ja, ich habe Sie verstanden.«

Allmählich durchströmte ein Gefühl der Befreiung und Freude meinen ganzen Körper. Ich fragte mich, wie ich diesem exzentrischen Menschen für seine große Hilfe danken sollte. Am liebsten wollte ich ihn umarmen. Aber sein erbittertes Gesicht machte mich unsicher. Trotzdem ergriff ich seine Hand, drückte sie aufrichtig und sagte:

»Ich möchte Ihnen für Ihre großartige Hilfe danken. Mit Ihrem mutigen Beistand werden Sie nicht nur Ihrer Tochter helfen, Sie werden mich auch von vielen unangenehmen Problemen befreien.«

Er nickte verlegen und erwiderte leise:

»Danken Sie, wenn alles vorbei ist.«

Gegen achtzehn Uhr kam ich erschöpft, aber zufrieden nach Hause zurück, wo Katharina voller Spannung auf mich wartete und mich stürmisch umarmte.

Diese Geste erinnerte mich an Sabrina, wenn ich früher von einer Dienstreise zurückgekommen war.

Katharina schaute forschend in mein Gesicht und wollte sofort wissen, was das Resultat meiner schwierigen Bemühungen war. Je mehr ich von der Unterstützung ihres Vaters erzählte, desto wohlgelaunter war sie. Sie drückte mich aufgeregt an sich und sagte voller Freude:

»Gott sei Dank. Ich bin so erleichtert, dass diese schreckliche Episode langsam zu Ende geht.« Dann begleitete sie mich zu dem stilvoll angerichteten Abendessen-Tisch und fügte hinzu: »Ich wusste, dass mein Vater mir helfen würde. Hätte ich ihn schon letztes Jahr gebeten, das Auto zu verschrotten oder an seine ausländischen Kunden zu verkaufen, wäre dieses alles uns beiden erspart geblieben.

Du hättest das Auto nicht gefunden und möglicherweise deine Recherchen aufgegeben und ich wäre nicht in eine so beängstigende Situation hineingezogen worden. Aber leider ist es jetzt zu spät, sich darüber Gedanken zu machen.« Sie blieb eine Weile still und sagte mit sanfter Stimme weiter: »Anderseits, gab es auch positive Aspekte: Du hast jetzt mehr Klarheit über den Hergang des Unfalls und ich bekam genug Zeit, über mein düsteres Leben nachzudenken. Darüber hinaus werden mit der geplanten Spende viele arme und kranke afrikanische Menschen bald ein besseres und gesundes Leben genießen.«

Nach dem Abendessen montierte ich die roten Autokennzeichen an das Auto und deponierte die Schlüssel sowie die Autopapiere im Handschuhfach.

Zehn Minuten vor dem vereinbarten Termin setzte ich mich mit Herzklopfen ins Auto, startete den Motor, öffnete mit der Fernbedienung das Garagentor und fuhr langsam auf die Hauptstraße.

Alle meine Sorgen, dass das Auto sich vielleicht nicht einschalten ließe oder Kommissar Schubert – auch wenn er inzwischen pensioniert war – plötzlich vor meinem Garagentor stehen würde, trafen nicht ein.

Ich fuhr die Bahnhofstraße entlang, bog in Richtung Industriestraße ab und parkte vor dem Bison-Werksgelände. Es war kein Sattelschlepper zu sehen.

Auf dieser halbdunklen Straße zu parken, war eigentlich nicht sonderlich auffällig. Ich hatte dort öfter große Limousinen gesehen, die entlang des Werks parkten. Aber keine davon war mit einem provisorischen roten Nummernschild dekoriert und keine davon war der meistgesuchte Mercedes Benz in Springe. Es brauchte nur ein Polizeiauto vorbeizufahren und dieses Fahrzeug entdecken.

Ich saß angespannt im Wagen und dachte daran, wie trügerisch manche Ereignisse im Leben sein können. Als ich in Würzburg das Auto in der Werkstatt von Herr Borowsky entdeckte, hatte ich das Gefühl, dass ich den Gipfel des Everest erreicht hätte. Ich war so glücklich, so siegesgewiss, dass ich wünschte, meine Frau wäre noch am Leben und ich könnte ihr stolz diese Trophäe präsentieren. Und jetzt, jetzt strebte ich ängstlich danach, das Auto so schnell wie möglich loszuwerden.

Ich saß fast fünfzehn Minuten nervös und ängstlich im Auto und war versunken in meine wirren Gedanken, als plötzlich jemand an das Seitenfenster klopfte.

Ich schrak heftig zusammen, sah dann aber Alfons, der vor der Beifahrerseite stand. Mit seinem Finger deutete er an, ich sollte auszusteigen. Ich hatte gar nicht bemerkt, dass er bereits seinen Sattelschlepper hinter meinem Auto rückwärts geparkt hatte.

Ich stieg schnell aus, grüßte ihn voller Freude und fragte, ob ich etwas für ihn tun könne. Er achtete gar nicht auf mich, sondern hatte nur eines im Kopf, so schnell wie möglich das Auto aufzuladen.

Mit professioneller Geschicklichkeit fuhr er schnell die Auffahrrampe aus, dann befestigte er das Auto mit einem

Metallseil. Ohne Zeit zu verlieren, setzte er sich in das Führerhaus, startete den Motor und zog das Auto langsam auf die Ladefläche. Dann stieg er wieder aus, räumte seine Werkzeuge auf, kam zu mir und sagte:

»Das war's. Wenn alles vorbei ist, werde ich mit Kathy Kontakt aufnehmen.«

Ich wollte mich gerne noch einmal bei ihm bedanken, aber mit einer ungeduldigen Geste brachte er mich zum Schweigen. Mit entschlossener Miene kehrte er in das Fahrerhaus zurück und fuhr langsam in Richtung Bundesstraße 217.

Bevor ich nach Hause ging, warf ich einen prüfenden Blick in alle Richtungen. Wie es aussah, hatte kein Passant diese spektakuläre Aktion bemerkt, obwohl mein Bauchgefühl eine andere Wahrnehmung signalisierte. Tatsächlich hatte ich das Gefühl, dass jemand in einer dunklen Ecke die ganze Aktion beobachtet hatte.

23

Am. 17. September herrschte bei uns eine bessere Stimmung als in den letzten Tagen. Mit dem Verschwinden des Autos hatten wir berechtigten Grund, etwas optimistischer zu sein.

Während wir frühstückten, schenkte ich Katharina eine Tasse Kaffee ein und sagte:

»Wir haben deinen Auftritt bei der Polizei und der Presse genügend geprobt, du weißt inzwischen, was du ihnen sagen solltest und wie du dich bei einem Verhör oder Interview verhalten musst.

Es gibt nur noch einen Knackpunkt, den wir meiner Meinung nach bisher nicht ausführlich behandelt haben; nämlich: Warum ließen die Entführer dich ohne Lösegeld einfach gehen? Diese Großzügigkeit passt zu keinem Entführungsschema.«

»Doch! Ich habe dafür eine überzeugende Antwort. Die Antwort lautet«, sie schaute entschlossen in meine Augen und fuhr fort: »Die Antwort lautet: Ich habe den Entführern mein Wort gegeben, das Lösegeld, genau wie sie es bei ihrer Forderung an Herrn Hildebrand verlangten, zur Unterstützung bedürftiger Afrikaner den verschiedenen Wohlfahrtsorganisationen zur Verfügung zu stellen.

Dieses außergewöhnliche Statement werde ich sowohl bei einem Verhör mit der Polizei als auch bei einer Pressekonferenz bekräftigen.« Sie lächelte mich an und fügte hinzu:

»Das ist das einzige Statement über meine Entführung, dass der Wahrheit entspricht. Denn ich werde meinen Entschluss in die Tat umsetzen. Ich bin sicher, bei dieser Ansage werde ich weder meine Füße auf den Boden drücken noch verkrampft sitzen, und vor allem die ganze Zeit frech in die Augen aller Teilnehmer gucken.

Ich bin überzeugt, diese außergewöhnliche Ankündigung, ich meine mehr als zwei Millionen DM Spende an das Rote Kreuz, Ärzte ohne Grenzen und THW, ist das beste Ablenkungsmanöver. Sie wird jede weitere Frage in diesem Kontext überflüssig machen. Denn ich werde meine Ankündigung bei der ersten Gelegenheit wahr machen.«

»Glaubst du, dein Mann wird deine Entscheidung einfach hinnehmen? Schließlich hat er jahrelang dein Leben bestimmt.«

»Mit Sicherheit wird er einen großen Aufstand machen, wenn er eine Möglichkeit dazu findet. Ich werde ihm aber keine Gelegenheit geben, sich einzumischen. Denn sobald ich in München bin, werde ich für lange Zeit in ein Hotel ziehen und mich weigern, ihn zu empfangen.

Und wenn das nicht genügt, habe ich vor, in einer Pressekonferenz anzukündigen, dass ich meinen Anwalt beauftrage, die Scheidung am Landgericht München einzureichen. Darüber hinaus werde ich alle ihm erteilten Vollmachten außer Kraft setzen. Ich will mit ihm nichts mehr zu tun haben.

Vor einer Woche habe ich dir gesagt, dass ich mich in diesem Raum wiedergefunden habe. Ich hatte genug Zeit und Ruhe, über meine Ehe mit Manfred nachzudenken, meine Schwäche und Versäumnisse zu erkennen und schließlich für meine Zukunft eine neue Strategie zu erarbeiten. Ich habe tatsächlich erkannt, dass meine Ehe mit Manfred nichts anderes war als eine geschäftliche Beziehung; keine Liebe und keine Partnerschaft. Er hat kein bisschen Gefühl für mich, schon gar nicht für meine Familie. Seine Reaktion auf meine Entführung hast du miterlebt, und was meine Familie betrifft, habe ich schon erwähnt, was er davon hält. Dieses Jahr, als ich am 23. Juli zur Geburtstagsfeier meiner Mutter fahren wollte, stand er vor der Tür und sagte mit gehässigem Ton: ›Wie lange will diese alte Hexe noch leben? Ich kann nicht hinnehmen, dass du ihretwegen deine Aufgaben vernachlässigst.‹

Ich brenne jetzt vor Wut, dass ich in diesem Augenblick keinen Mut hatte, ihm eine Ohrfeige zu verpassen. Aber was soll's? Das war die Vergangenheit, das war die traurige Geschichte einer schwachen Frau, die inzwischen nicht mehr existiert. Hier vor dir sitzt ihre Nachfolgerin; ein neugeborener Mensch, voller Energie, zuversichtlich, und diese Frau weiß verdammt genau, was sie will. Du kannst davon ausgehen, dass ich alles tun werde, was ich jahrelang nicht machen durfte. Ich werde leben, wie ein freier und eigenständiger Mensch leben soll.«

Ich sah sie mit großer Bewunderung an, tatsächlich hatte sie sich in den letzten Wochen positiv verändert. Sie war nach wie vor emotional und empfindlich, aber jetzt wirkte sie stark, selbstbewusst und lebenshungrig.

Ich wechselte das Thema und kam wieder auf ihre Rückkehr nach Bayern zu sprechen. Nach gründlicher Überlegung entschieden wir, dass sie am nächsten Tag, am 18. September, nach Hause gehen sollte. Wir wollten gegen zehn Uhr mit dem Auto nach Würzburg fahren.

Ich kenne diese Stadt und ihre Umgebung sehr gut. Das Gewerbegebiet von Würzburg-Biebelried war eine ideale Stelle, um sie dort abzusetzen. Von hier aus konnte sie in zehn Minuten die nächste Polizeistation erreichen und um Hilfe bitten.

In dieser Gegend befinden sich unter anderem mehrere große Lagerhallen verschiedener Firmen, während des Tages sind hier immer ziemlich viele Lastwagen und unzählige Autos unterwegs. Außerdem machen dort viele Urlauber Pause, weil es mehrere Schnellrestaurants und Tankstellen gibt. Am Ende des Areals, am Mainfrankenpark, befindet sich das Gebäude der Verkehrspolizei.

Ihre Unterwäsche und den Jogginganzug hatten wir bereits in der Waschmaschine gewaschen und ihre Laufschuhe gründlich gereinigt.

Sie sollte während der Fahrt zusätzlich meinen Latex-Overall anziehen, um keinen Fussel oder irgendwelche analysierbaren Partikel aus der Wohnung oder dem Auto mitzunehmen. Ich war sicher, die Polizei würde alles daransetzen, um diese hoch brisante Entführung, die mehrere Wochen das Thema Nummer eins war, aufzuklären. Sie hatten bisher nichts Wesentliches in der Hand, nach Katharinas Rückkehr könnte die Analyse ihrer Kleidung für sie hilfreich sein.

Ich erinnere mich, ausgerechnet an unserem letzten Tag ging die Zeit sehr schnell vorüber.

Mittags kochte ich für uns italienisch und gegen Abend entschieden wir, in der verbleibenden Zeit unser Zusammensein ausgiebig zu genießen.

24

Am letzten Abend unseres Zusammenseins in meinem Haus wollten wir eine Abschiedsfeier im Garten veranstalten. Das Wetter war ziemlich warm und man konnte sich dort bis spät am Abend aufhalten.

Während ich unsere morgige Reise nach Würzburg vorbereitete und schließlich aus dem Weinkeller ein paar Flaschen Wein und Wasser holte, kümmerte sich Katharina um Abendbrot und gute Musik. Sie hatte wirklich einen guten Geschmack dafür. Wie immer richtete sie den Tisch stilvoll her, zündete Kerzen an, stellte eine große Auswahl an Käse, Brot und Beilagen auf den Tisch, schaltete den CD-Player an, und wollte uns mit einer leisen und romantischen Musik in Stimmung bringen.

Aber trotz der gefühlvollen Atmosphäre war die Stimmung doch ziemlich wehmütig. Wir waren beide stumm und nachdenklich. Manchmal trafen sich unsere Blicke, aber keiner sagte etwas.

Bevor die melancholischen Gefühle uns richtig niederdrückten, schenkte ich ihr ein Glas Wein ein und versuchte, sie in ein Gespräch zu ziehen. Ich sagte:

»Ich weiß sehr wenig von dir. Seit mehreren Wochen habe ich eine Frage im Kopf, aber traute mich nicht, sie zu stellen. Da wir morgen auseinandergehen und uns vielleicht nicht mehr wiedersehen werden, möchte ich doch jetzt meine Frage loswerden.« Sie sah mich verwundert an und ich fügte hinzu: »Ich nehme an, bevor du Manfred geheiratet hast, hattest du schon einen Freund, vielleicht sogar eine große Liebe. Ich denke, eine wunderschöne Frau wie du hat sicherlich nicht die ganze Zeit auf Manfred Meister gewartet.«

Ich spürte, dass mit meiner indiskreten Frage eine alte Wunde aufriss; denn plötzlich war sie sichtlich bewegt und blieb mehrere Minuten still wie benommen. Nach langem Schweigen sah sie mich hart, beinah vorwurfsvoll an, und ich bedauerte meine ungeschickte Frage. Dennoch begann sie langsam und zögerlich zu sprechen, ohne mich anzuschauen. Sie sagte verträumt:

»Cyrus. Der Prinz meiner Träume heißt Cyrus; er war der schönste, intelligenteste und liebenswürdigste Mensch, den ich in meinem Leben kennengelernt habe. Ja, er war jahrelang die Flamme meines Herzens.«

Der Ausdruck von Traurigkeit, den ich an ihr gewöhnt war, verschwand unter der wachsenden Herzlichkeit ihres Lächelns. Während ihre Augen wie im Fieber glänzten, sprach sie weiter:

»Du musst mir glauben, ich übertreibe nicht, Cyrus ist in der Tat ein ausgesprochen hübscher Kerl, sehr intelligent, aufrichtig und vor allem zielstrebig; leider zu zielstrebig.

Sein Vater ist Perser, ein bekannter Chirurg an der medizinischen Hochschule Hannover, und seine Mutter ist Deutsche, eine Lehrerin.

Wir waren die ganze Schulzeit, von der Grundschule, über das Gymnasium, bis zum Abitur unzertrennlich. Du kannst dir kaum vorstellen, wie viele Mädchen in unserer Schule und in der ganzen Siedlung hinter ihm her waren. Sie hassten mich, weil er sich kaum für irgendeine andere Frau interessierte.

Damals glaubte jeder, dass wir eines Tages heiraten würden. Aber leider hatte unser Schicksal etwas dagegen.«

»Das verstehe ich nicht. Euer Schicksal oder eure Eltern?«

»Die Beziehung zwischen unseren Familien, besonderes zwischen den beiden Müttern, war sehr harmonisch. Seine Mutter nannte mich immer ›Meine Schwiegertochter‹.

Eigentlich war mir das große Hindernis längst bekannt und nach dem Abitur wurde es dann eine bittere Tatsache.

Es war geplant, dass Cyrus seine Ausbildung in den USA fortsetzen sollte.

Sein Vater hatte gute Beziehungen zur Stanford University in California. Er bekam für ihn ein großzügiges Stipendium, um dort zu studieren.

Cyrus wünschte sich, dass ich ihn dorthin begleitete, wir würden zusammenleben und unmittelbar nach Abschluss seines Studiums heiraten.

Gerade zu dieser Zeit, als wir verzweifelt eine realistische Lösung für unser gemeinsames Leben suchten, gründete mein Vater seine neue Firma in Norddeutschland. Er hatte für die Anschaffung der teuren Maschine einen riesigen Kredit aufgenommen und konnte mich daher finanziell nicht unterstützen. Und ich, ich Dummkopf, wollte auf keinen Fall auf Kosten von Cyrus in den USA leben.

Es blieb uns keine Alternative; wir wollten uns das Leben gegenseitig nicht schwer machen, jeder sollte seinen Weg gehen und irgendwann, ja, vielleicht irgendwann, wenn unsere Wege sich wieder kreuzen würden, könnten wir ein gemeinsames Leben führen. Also keine Versprechung, keine Verpflichtung, keine Gewissenssache, nichts. Unsere Einigung war ein realistischer, aber schmerzhafter Kompromiss.

Es hat nicht lange gedauert, bis ich erkannte, dass ich mit dieser grausamen Vereinbarung nicht leben konnte. Aber es war leider zu spät, er war schon in den USA.

Das erste Jahr war am schlimmsten, wir beide litten stark unter dieser Trennung. Aber langsam oder zwangsläufig wurde die Flamme unserer Liebe schwächer und die Alltagsprobleme hatten uns voll im Griff. Er hatte jede Menge Lernstoff und ich war dabei, mich neu zu orientieren.

Eines Tages las ich zufällig in einer Zeitung, dass der berühmte Musikmanager Manfred Meister ein Song-Casting in München veranstaltete; er suchte eine junge Schlagersängerin.

Ohne Wissen meiner Eltern nahm ich an dieser Veranstaltung teil und, so unglaublich es klingt, nicht nur Manfred Meister, sondern auch alle seiner fünf Kollegen (einer davon war Herr Hildebrand) fanden meine Stimme und den Auftritt am besten. Die ausgewählte Teilnehmerin durfte ein Jahr in der Musikakademie in München studieren, kostenlos in einem sehr schönen Appartement wohnen und bekam ein Gehalt von dreitausend DM. Danach wurde ein langfristiger Vertrag abgeschlossen.

Damals empfand ich das als ein sehr glückliches Ereignis in meinem Leben. Das war genau der Beruf, von dem ich immer geträumt hatte. Außerdem war ich froh, endlich mein Elternhaus verlassen zu können; von einem ungeliebten Heim, in dem mein Vater und meine Mutter sich ständig gegenseitig beschimpften und mich mit ihrem peinlichen Verhalten in den Wahnsinn trieben.

Als ich noch mit Cyrus zusammen war, interessierte mich die kaputte Beziehung meiner Eltern überhaupt nicht. Sobald sie begannen, sich gegenseitig zu beschimpfen, verließ ich das Haus und blieb den ganzen Tag bei Cyrus. Aber seitdem mein Beschützer nicht mehr da war, sperrte ich mich in mein Zimmer und hörte laute Musik. Ich war daher überzeugt, dass das Leben in München für mich die beste Zuflucht sei.

Selbstverständlich hatte ich mit großem Widerstand meiner Eltern gerechnet. Meine Mutter war nicht ganz dagegen, sie mochte einfach Manfred nicht. Sie sagte, sie hätte so viele hässliche Geschichten über sein Leben in den Boulevard-zeitungen gelesen, er würde mein Leben ruinieren. Mein Vater war einfach dagegen, dass ich allein in München leben wollte. Aber ich musste endlich Mut fassen und ihnen klarmachen, dass ich mein Leben selbst bestimmen wollte.

Nach einer Woche die Diskussionen und harten Auseinander-setzungen setzte ich mich durch und zog nach München um. Ich unterschrieb alles, was man mir vorlegte, und begann dann voller Motivation, Musik einzuüben und das Show-Business zu erlernen. Knapp einen Monat nach der Ausbildung wurde ich in einer Fernsehshow als Newcomerin mit dem englischen Namen ›Blue Emotion‹ vorgestellt.

Ich hatte damals keine Ahnung, dass dieser Schritt in meinem Leben vielleicht zu großem Erfolg geführt hat, aber wenn ich heute zurückblicke, erkenne ich, dass es trotz eines luxuriösen Lebens, Reichtums und einer fast weltweiten Reputation kaum einen Tag gab, an dem ich mich richtig glücklich fühlte. Tief in meiner Seele fehlte mir meine große Liebe, Cyrus. Dennoch glaubte ich, dass ich da einfach durch müsste, ich hätte keine andere Wahl. Ich war inzwischen mit Manfred verheiratet und verpflichtet, unzählige Verträge mit Musikstudios, Fernseh-anstalten und Eventmanagern zu erfüllen.«

»Hast du Cyrus über dein neues Leben in München informiert?«

»Ja, das habe ich gemacht. Wie gesagt, am Anfang kommun-izierten wir fast jeden Tag miteinander. Aber im Laufe der Zeit wurde unsere Beziehung schwächer, und als ich Manfred geheiratet habe, hat er sich nicht mehr gemeldet.«

»Das heißt, du hast ihn nicht wiedergesehen?«

»Doch, sogar zweimal. Einmal, als er in Deutschland zu Besuch war, kam er gemeinsam mit seiner Schwester zu einem meiner Konzerte. Die Veranstaltung war in Dortmund. Ich hatte die erste Stunde nicht bemerkt, dass er nur fünf Meter weit von mir entfernt war.

Als ich dabei war, eine Ballade, die seit vier Wochen in den Charts vieler europäischer Länder Nummer eins war, leidenschaftlich zu singen, entdeckte ich ihn in der zweiten Reihe. Das Lied war ziemlich emotional, ja fast traurig. Es herrschte eine berauschende Stimmung im Saal. Plötzlich musste ich aufhören zu singen, denn mein verwunderter Blick stieß auf sein hübsches Gesicht und blieb fast eine Minute haften.

Da saß er, unglaublich, da saß mein Cyrus, da setzte sich meine große Liebe in die zweite Reihe und schaute mich begeistert an. Kannst du dir vorstellen, wie man sich fühlt? Mein Herz hämmerte in meiner Brust, ich war hingerissen und er, er erschien völlig mitgenommen, ergriffen und starrte mich wie immer voller Zuneigung an.

Auf einmal herrschte im Saal totale Stille, alle Anwesenden wunderten sich über mein unerklärliches Verstummen. Vielleicht dachten einige, dass ich den Text vergessen hätte. Langsam aber begriff ich, wo ich war, was ich machte und wie Tausende Fans ungeduldig auf die Fortsetzung meiner Show warteten.

Schuldbewusst warf ich einen Blick auf die rechte Seite der Bühne, wo gewöhnlich Manfred stand, um Regie zu führen. Er sah mich sehr böse an. Mit einer aggressiven Handbewegung forderte er mich auf, weiterzumachen; sein Roboter sollte brav performen. Und ich … ich machte weiter. Das Lied passte sehr gut zu unserer Begegnung. An der Stelle, wo ich sang ›... und du mit deinem Abschied mich hingeopfert hast...‹, schaute ich ihm direkt in die Augen.

Als die Show zu Ende war, versuchte ich, ungeachtet der feindseligen Blicke von Manfred, Cyrus zwischen den unzähligen Menschen im Saal zu finden. Aber er war schon weg, er war nirgendwo zu finden. Ich glaube, er war von dieser Begegnung genauso hingerissen wie ich.

Glücklicherweise war unser zweites Zusammentreffen ergiebiger. Wie ich von ihm erfuhr, hatte er zufällig auf einer Liste der nominierten Künstler für den Grammy 1992 meinen Namen gesehen.

Ich weiß nicht, mit wie viel Geld er es geschafft hat, ein Eintrittsticket zu besorgen. Er sagte mit einem süßen Lächeln, das Ticket nicht billig sei gewesen, aber es mache ihm nichts aus, in den nächsten Monaten sehr sparsam leben zu müssen.

Ich entdeckte ihn in der letzten Reihe des Veranstaltungssaals. Ich konnte meinen Augen nicht trauen, mein Cyrus war da, ich war entflammt und zitterte vor beglückter Erregung.

Dieses Mal war ich, trotz meiner großen Nervosität, etwas bedachtsamer und ließ ihm einen Umschlag in die Hand drücken. Darin waren meine Visitenkarte und der Schlüssel meines Hotelzimmers.

Leider habe ich den Grammy nicht gewonnen, aber was ich bekam, war Millionenmal mehr wert als ein Pokal. Ich hatte Cyrus für zwei Tage und zwei Nächte für mich allein.

Glücklicherweise hatte Manfred mich nicht in die USA begleiten können, er war krank und in Deutschland geblieben. Daher war ich frei, ohne lästige Aufsicht.

Zwei Tage und zwei Nächte schlossen wir uns in eine Luxussuite ein und genossen jede Sekunde unseres Zusammenseins.

Das Schild an der Tür: ›Bitte nicht stören‹, wurde nur zweimal vom Room-Service-Personal missachtet, sonst empfing ich keine Besucher, ich beantwortete keine Telefonanrufe; die Welt außerhalb unseres Raums existierte für mich nicht mehr.

Wie zwei verhungerte Seelen lösten wir uns gierig und sehnsüchtig ineinander auf. Als wir einmal nebeneinander lagen, wollte ich neugierig wissen, welche amerikanische Frau ihn schon erobert hatte.

Er war nicht redselig, wie damals in Springe. Er verlangte immer wieder, dass ich von meinem Leben erzählen sollte. Ich sollte von meinem Alltag, meinen Gefühlen und meinen Träumen erzählen. Das habe ich auch getan. Aber was war mit ihm? Hatte er eine feste Beziehung? Das wollte ich unbedingt herausfinden.

Zuerst glaubte ich ihm nicht, dass er noch solo war. Er meinte, dass er hier und da jemand kennengelernt hatte, aber es fehle ihm Zeit, sich in jemanden zu verlieben. Er hatte viel zu viel

Lernstoff zu bewältigen und musste viel Arbeit investieren, um alles zu verstehen.

Als er ausführlich von seinem Tagesablauf erzählte, dass er jeden Tag, auch am Wochenende, fast zwölf Stunden lernte, um besser als die anderen zu sein, war mir klar, ich hatte noch keine Konkurrenz. Er war immer noch in seinem Element, genau wie damals im Gymnasium, als er entschied, das Abitur mit 1,0 zu bestehen. Ja, er war immer noch die treue Arbeitskraft seines eisernen Willens.

In der letzten Stunde unseres Zusammenseins schlug ich ihm ernsthaft vor, gemeinsam von dort zu verschwinden, irgendwohin, weit, sehr weit weg, vielleicht nach Australien auszuwandern und für immer dort zusammenzuleben.

Er schüttelte seinen Kopf ablehnend und sagte, dass er niemals vor seinem Leben weglaufen wolle. Er möchte, was er mühsam begonnen hat, zu Ende führen. Außerdem legte er viel Wert auf klare Verhältnisse. Es gefiel ihm nicht, mit der Frau eines anderen auszubrechen.

Er hegte allerdings die Hoffnung, dass sich irgendwann eine rechtmäßige Gelegenheit ergeben würde, mich zu heiraten und mit mir zusammenzuleben. Ich sollte auf jeden Fall so lange geduldig warten, bis er mit seiner Ausbildung und Praxis fertig sei.«

Plötzlich blieb Katharina still und nachdenklich. Ich sagte auch nichts und ließ sie eine lange Weile in ihrem süßen Traum schweifen. Aber als sie sich besann, lächelte sie mir zu und sagte:

»Ach, vergiss es. Ja, vergiss es einfach. Wir haben beide genug dramatische Ereignisse erlebt. Lass uns nicht mehr über die Vergangenheit reden, das macht mich traurig. Ich möchte mit dir unsere letzte Nacht zusammen feiern. Denn ab Morgen beginnt ein neues Kapitel in unserem Leben. Ich werde versuchen, zuerst diese Krise zu überstehen, das Leben nach meiner Vorstellung umzustellen, weniger zu arbeiten und viel Zeit mit meinem ausgesuchten Umfeld zu verbringen. Und die Umstellung bei dir ist noch radikaler, du willst sogar in einem anderen Kontinent ganz von vorne beginnen. Es bleibt uns daher wenig Zeit. Lass uns unser Zusammensein einfach genießen.«

Ich erinnere mich nicht, wie lange wir in dieser Nacht wach blieben, wie viel wir getrunken haben, worüber wir noch gesprochen haben; aber ich erinnere mich ganz genau, die Stimmung war eine Mischung aus Erleichterung, diese Geschichte fast überstanden zu haben, aber auch Schwermut, dass wir bald auseinandergehen mussten.

Eines war mir schon seit mehreren Tagen klar, dass sie nicht mehr die Frau war, die ich einmal in kleine Stücke zerreißen wollte. Sie hatte mit ihrer charmanten und aufrichtigen Art viele Vokabeln wie Hass, Feindschaft, Rache aus dem Wortschatz meiner Sinnesempfindungen vollkommen aus-radiert. Ich war wieder weichherzig, beruhigt, beherrscht, und mir war es wieder möglich, sachlich zu denken und leidenschaftlich zu fühlen.

Irgendwann gingen wir müde und erschöpft ins Bett, und am nächsten Tag um acht Uhr rissen uns die Wecker aus einem tiefen Schlaf.

Während des Frühstücks waren wir beide auffällig still, trübsinnig, ja, gedankenvoll. Manchmal schweiften unsere lauernden Blicke zum Gesicht des anderen, aber keiner hatte Lust, etwas zu sagen.

Langsam mussten wir los. Wir wollten schon um zehn Uhr mit der letzten Etappe unseres Plans beginnen.

Sie verschwand ins Badezimmer und nach einer halben Stunde kam sie wieder zurück; sie hatte bereits ihren Jogginganzug und die Laufschuhe angezogen. Sie musste nur noch zusätzlich meinen Latex-Overall darüber anziehen.

Als sie mit dem Umkleiden fertig war und vor mir stand, sah ich sie belustigt an, sie sah jetzt aus wie eine Facharbeiterin in einer Chemiefabrik. Offensichtlich mochte sie nicht, wie ich sie anschaute. Missmutig sagte sie:

»Bevor ich es mir anderes überlege, lass uns an die Arbeit gehen. Sonst bleibe ich für immer hier.«

Ich kam ihr nah, umarmte sie und erwiderte:

»Wenn ich mindestens zwanzig Jahre jünger wäre, hätte ich dich bis ans Ende deines Lebens hier eingesperrt, aber Tag und Nacht vergöttert.«

»Das ist eine Ausrede. Mein Mann ist noch älter als du. Bevor wir uns gegenseitig unrealistische Versprechungen machen, lass uns gehen.«

»Okay, aber ich möchte schon hier von dir Abschied nehmen. Ich glaube, wenn alles gut geht, werden wir uns nicht mehr sehen.«

»Bitte keinen Abschied. Mit dieser miserablen Stimmung, in diesem hässlichen Outfit möchte ich dir nicht Lebewohl sagen. Ich gehe davon aus, dass du noch ein paar Monate in Deutschland bleibst.

Ich rufe dich spätestens in ein oder zwei Wochen an und wenn du Lust hast, werden wir bei mir wie zwei gute Freunde Abschied nehmen.«

Ich nickte zustimmend und begleitete sie zur Garage.

Sie musste die ganze Strecke unter der Decke bleiben, damit sie unterwegs kein Autofahrer oder Fußgänger sehen und möglicherweise erkennen konnte.

Kurz nach zehn Uhr legte sie sich auf den hinteren Sitz, zog die Decke über sich, und ich fuhr in Richtung Autobahn Süd.

Ich war die ganze Strecke äußerst vorsichtig; ich fuhr vorschriftsmäßig und versuchte, kaum ein anderes Auto zu überholen. Ich durfte keinen winzigen Fehler machen.

217

Einmal habe ich auf einem Rastplatz, weit von anderen Autos, kurz angehalten, um ihr etwas zu essen und zu trinken zu geben. Während der Fahrt wiederholte ich die Themen, die wir mehrfach geübt hatten, und versuchte, trotz ihrer eindrucksvollen Selbstsicherheit, ihr Gedächtnis aufzufrischen. Und sie erwiderte öfter genervt: »Ja, ja, ich weiß. Mach dir keine Sorge, ich werde mich nicht blamieren.«

Nach drei Stunden erreichten wir Würzburg. Während ich konzentriert alle Straßenseiten beobachtete, ob irgendwo vielleicht eine Überwachungskamera stand, verließ ich die Autobahn, fuhr in das riesige Gewerbegebiet und hielt das Auto am Anfang des Mainfrankenparks an. Hier war kaum jemand zu sehen. Ich sagte:

»Wir sind schon da. Du musst nun langsam den Latex-Overall ausziehen, vorsichtig aussteigen und dann geradeaus laufen.

Am Ende dieser Straße befindet sich das Haus der Verkehrspolizeiinspektion. Geh hinein, stell dich vor und bitte um Hilfe. Besteh aber darauf, dass sie für dich einen Transport nach München organisieren. Am besten beantwortest du vorläufig keine Frage bezüglich wann und wie du dort angekommen bist. Sag einfach, die Entführer haben dich mit geschlossenen Augen in die Nähe gebracht und sind weitergefahren. Am besten benimmst du dich völlig verwirrt und nicht vernehmungsfähig.«

»Du machst dir so viele Sorgen, mein Freund. Ich habe dir einmal gesagt, die neugeborene Frau weiß, was sie will, was sie sagt und was sie tut. Dank deiner guten Vorbereitung, schaffe ich es!«

Ich blickte in alle Spiegel, im Umkreis von hundert Metern gab es kaum jemanden zu sehen. Ich sagte:

»Los, die Luft ist rein. Viel Erfolg.«

Wie bei der Verwandlung einer Raupe in einen Schmetterling zog sie langsam den Latexanzug aus, öffnete die Tür, stieg vorsichtig aus und lief, ohne zurückzublicken, schnell geradeaus. Mein Herz schlug rasend, fieberhafter als damals, als ich sie entführen wollte.

Ich wendete das Auto und fuhr über einige Dörfer zu meinen Schwiegereltern. Das war die beste Möglichkeit, mich abzulenken.

Dort erlebte ich eine unerwartete Überraschung; meine Schwiegereltern sahen für ihr Alter und vor allem ihren Zustand sehr gut aus. Im Vergleich zu meinem letzten Besuch schienen sie nicht nur gesünder, sondern auch stark und energisch.

»Wir haben entschieden, uns dem Tod nicht zu beugen, sondern weiterzuleben«, sagte Peter mit einem triumphierenden Lächeln. »Das Leben ist einfach zu schön.«

Ich erfuhr, dass beide täglich ein medizinisches Trainingscenter für ältere Leute besuchten. Dort bekamen sie neben Gymnastik- und Schwimmkursen auch Körpermassagen. Ich war sehr beeindruckt, wie sie wieder einen Anschluss ans Leben gefunden hatten.

Peter hatte recht, warum sollten sie sterben? Sie waren vielleicht sehr traurig, aber nicht hoffnungslos krank.

Wir besuchten gemeinsam das Familiengrab und schmückten es mit vielen Blumen. Als ich allein am Grab von Martin stand, sagte ich:

»Mein lieber Martin, wenn in den nächsten Tagen alles gut läuft, ist dein Afrika-Projekt keine Illusion mehr, sondern erfreuliche Wirklichkeit. Bald werden, wie du immer gewünscht, Hunderte afrikanische Menschen gesund werden und müssen nicht mehr verhungern, jedenfalls in einigen Orten und für eine gewisse Zeitperiode.«

Gegen neunzehn Uhr kehrte ich nach Hause zurück.

25

Zuhause erlebte ich einen Zustand, der mir schon vertraut war; totale Ruhe, bedrückende Atmosphäre und unendliche Leere. Ohne den Lärm von Radio oder Fernseher konnte man diese tote Stille kaum aushalten. Ich muss gestehen, ich vermisste Katharina sehr. Mehrere Wochen des Zusammenlebens mit dieser großartigen Frau hatten tiefe Spuren in meiner Seele hinterlassen.

An diesem Abend dominierte die Nachricht über die Freilassung von Blue Emotion die meisten Rundfunk- und Fernsehsendungen.

Laut eines Pressesprechers der Polizei hatten die Entführer sie mit ihrem Wagen zum Gewerbegebiet der Stadt Würzburg gefahren und dort an einer abgelegenen Stelle abgesetzt. Sie habe sich bei der nächsten Polizeistation gemeldet und um Hilfe gebeten. Später sei sie mit einem Hubschrauber von Würzburg zu einer Münchener Privatklinik geflogen wurden. Bei der ersten Untersuchung stellte man fest, dass sie keine Verletzungen hatte, aber wegen zwei Monaten Gefangenschaft traumatisiert und erholungsbedürftig sei.

Drei Tage später ging es mit den Spekulationen der Boulevardzeitungen los. Obwohl es noch keine offizielle Stellungnahme der Polizei gab, spekulierte man, dass sie gegen Millionen DM Lösegeld freigelassen worden sei. Außerdem hatte eine Münchener Zeitung erfahren, dass sie sich geweigert hatte, ihren Mann in der Klinik zu empfangen, und noch denkwürdiger: Nach dem Verlassen der Klinik sei sie nicht nach Hause an den Tegernsee gebracht wurden, sondern ins Hotel Bayrischer Hof. Dort hatte sie eine Suite für unbestimmte Zeit reserviert.

In der laufenden Woche begann ich, alle Indizien, die mit der Anwesenheit von Katharina in meinem Haus in Verbindung gebracht werden konnten, spurlos zu beseitigen. Dies war eine mühsame Arbeit, aber auch die einzige Möglichkeit, mich von meinen bedrückenden Gedanken abzulenken.

Es dauerte zehn Tage, bis ich endlich einen Brief von Katharina bekam. Sie schrieb, dass sie neben umfangreichen Gesundheitstests zweimal bei der Polizei Fragen habe beantworten müssen. Sie bestätigte lobend: »Dein Fragenkatalog war noch raffinierter als das Verhör der Polizei.«

Ihre mehrfach angekündigte und immer wieder verschobene Pressekonferenz fand endlich am 30. September um achtzehn Uhr im Polizeipräsidium statt. Mehrere Rundfunk- und Fernsehsendungen übertrugen dieses spektakuläre Ereignis live. Das allgemeine Interesse war groß, der Saal war überfüllt von nationaler und internationaler Presse.

Auf dem Podium neben Katharina saßen der Polizeichef und der Leiter der Untersuchung.

Während der vierzig Minuten dauernden Sendung waren, egal wer sprach, die meiste Zeit die Kameras auf das Gesicht von Katharina fokussiert.

Ich war, wie Millionen Zuschauer, von ihrem Aussehen hellauf begeistert. Mein Gott, was für eine elegante und bildschöne Frau. Ich hatte sie völlig anders in meiner Erinnerung. Vielleicht lag es daran, dass sie während ihres Aufenthaltes in meinem Haus entweder einen Jogginganzug oder die alte Kleidung meiner Frau getragen hatte. Außerdem hatte sie keine Möglichkeit gehabt, sich zu schminken und kaum Lust, ihre Haare zu stylen.

Aber jetzt, jetzt war sie äußerst attraktiv, modisch gekleidet, anziehend geschminkt und vor allem war ihre neue Frisur ungemein verführerisch. In der Tat, kein Hollywoodstar könnte besser auftreten. Zu meiner großen Zufriedenheit strahlte sie – selbstbewusst und hoch konzentriert.

Der Untersuchungsleiter, ein sehr seriöser und penibler Beamter, berichtete, trotz umfangreicher Ermittlungen habe man bis zu diesem Zeitpunkt keine Indizien finden können, um die Entführer zu finden. Er fügte leidenschaftlich hinzu: »Wir sind jedoch alle erleichtert, ja, glücklich, dass Katharina Meister relativ gesund und unbeschadet davongekommen ist.

Nach der bisherigen Untersuchung kann man behaupten, dass die Entführer eine Gruppe um den sogenannten ›Wohltäter‹, eine Art Sekte oder ideologisch orientierte Vereinigung sein müssen. Ein Verein, der versucht, reiche oder berühmte Persönlichkeiten zu entführen, mit einem kurzen Brief ihre Familien zu erpressen und zu verlangen, dass das Lösegeld armen Menschen zugutekommt; eine Art Robin-Hood-Aktion.

Im Fall Blue Emotion sollte das Lösegeld für arme, hungernde Afrikaner angewendet werden.

Aufgrund der Tatsache, dass die Entführer das geforderte Lösegeld nicht selbst entgegennehmen wollen und seine Verwendung nur mit einem kurzen Brief delegieren, ist es fast unmöglich, herauszufinden, mit wem man es zu tun hat und wo und in welchem Milieu sie zu finden sind.

Dennoch ist die Ermittlung noch nicht abgeschlossen und es wird alles darangesetzt, diese Kriminellen zu fangen und hart zu bestrafen.«

Offensichtlich hatte die Presse kein Interesse an diesem Armutszeugnis der Polizei, sie wollten ihre Fragen direkt an Katharina richten. Denn was die Polizei erzählte, war längst bekannt. Nach ein paar weiteren Bemerkungen gab der Polizeichef das Wort an Katharina weiter.

Man merkte sofort, es herrschte eine gewisse Unruhe und Spannung im Saal. Katharina nahm das Mikrofon in die Hand und sagte mit fester Stimme:

»Ich möchte mich zuerst bei all meinen Fans herzlich bedanken, die mir mit ihren zahlreichen Briefen ihre Solidarität und ihr

Mitgefühl mitteilen wollten. Ich war von so viel ehrlicher und herzlicher Zuwendung überwältigt.

Ich möchte mich auch bei allen Mitarbeitern der Polizei bedanken, die im Rahmen ihrer begrenzten Möglichkeiten versuchten, meine Freilassung zu erreichen.

Ich weiß, Sie sind sehr interessiert, alles über meine acht Wochen Gefangenschaft zu erfahren. Bitte seien Sie mit mir etwas geduldig, ich bin physisch nicht soweit, ich kann lediglich ein paar kurze Statements zu meiner Entführung, dem Verhalten der Entführer, dem Grund meiner Freilassung und schließlich meiner Schlussfolgerung abgeben.

Ich hoffe jedoch, in einigen Monate bin ich in besserer Verfassung und mich mit Ihnen darüber ausführlich unterhalten zu können.

Erstens: Obwohl ich zwei Monate in einem ziemlich dunklen Keller eingesperrt war, möchte ich noch einmal bestätigen, dass die Entführer (vier maskierte Männer) mich die ganze Zeit anständig behandelt und versorgt haben und es keinen Anlass gab, mich bedroht zu fühlen. Meiner Einschätzung nach waren die Entführer Deutsche, jedenfalls haben sie akzentfrei Deutsch gesprochen.

Zweitens: Ich war zuerst zuversichtlich, dass mein Mann sich über meinen Zustand, vor allem meine Gesundheit, Sorgen machte und das geforderte Lösegeld widerstandslos zahlen würde. Aber er lehnte es ab und seitdem hört man von ihm überhaupt nichts mehr.

Leider hat die Intervention von Herrn Hildebrand zu Missverständnissen geführt und zu meiner großen Enttäuschung ist die Verhandlung sehr schnell gescheitert.

Die Entführer wollten mich solange bei sich behalten, bis irgendwann ihre Forderung akzeptiert würde. Sie sagten, ich könnte noch einige Monate dortbleiben, es mache ihnen nichts aus.

Aber ich konnte es nicht mehr aushalten. Ich habe daher den Entführern mein Ehrenwort gegeben, wenn sie mich freiließ, würde ich das Lösegeld bis auf den letzten Pfennig den gewünschten Empfängern auszahlen. Sie haben mir geglaubt und ließen mich frei.

Ich habe gestern meinen Rechtsanwalt beauftragt, zwei Millionen dreihunderttausend und einundzwanzig DM, wie die Entführer gefordert hatten, zu gleichen Teilen an Ärzten ohne Grenzen, Rotes Kreuz und THW auszuzahlen. Das Geld ist für kranke, hungernde Menschen in Afrika bestimmt. Darüber hinaus soll das THW in mehreren afrikanischen Dörfern Trinkwasserbrunnen errichten.

Um die Ordnungsmäßigkeit dieser Aktion zu überwachen, habe ich einen erfahrenen Wirtschaftsprüfer beauftragt, den ganzen Prozess zu überprüfen und seinen Verlauf zu dokumentieren.«

In diesem Augenblick stand ein Reporter auf und fragte laut: »Warum? Warum zahlen Sie das? Ich kann Ihre Entscheidung nicht verstehen. Sie müssen jetzt nicht zahlen. Sie sind frei und müssen lediglich in Zukunft etwas mehr auf sich aufpassen. Man kooperiert nicht mit Terroristen.«

Katharina hielt eine Weile inne und erwiderte dann mit entschlossener Miene:

»Heute Morgen hat auch der Polizeichef meine Entscheidung beanstandet. Er meinte wie Sie, dass ich mit meinem Vorhaben die Terroristen unterstützen würde.

Ich will ausdrücklich betonen, ich teile Ihre Meinung nicht. Sie dürfen nicht vergessen, dass ich keinen Pfennig direkt an die Entführer zahle. Es mag sein, dass ich mit der Auszahlung des geforderten Lösegelds das Konzept dieser sogenannten Terroristen unterstütze, aber ich denke, mit meiner freiwilligen Spende setze ich mich ausschließlich für hilfsbedürftige afrikanische Menschen ein, und sie sind weiß Gott keine Terroristen.

Ich wünschte mir sogar, dass alle wohlhabenden Menschen in der Welt freiwillig meiner Tat folgen.

Ich habe entschieden, mich auch in Zukunft für diese Art von Humanität nachhaltig zu engagieren.« Sie blieb wieder eine Weile still, betrachtete ihr Publikum und sagte weiter: »Als die Entführer mich gejagt und in einem ziemlich dunklen Keller eingesperrt haben, war ich auch der Meinung, dass ich mit einer Gruppe geldgieriger Krimineller zu tun hätte, aber nachdem ich von ihrer beispiellosen Bedingung für meine Freilassung erfuhr, war ich überzeugt, dass diese sogenannten Welt-verbesserer oder wie Sie formulierten, Terroristen, eine Art von Nächstenliebe-Ideologie verfolgten, und dass sie mir nichts Schlimmes antun würden.

Selbstverständlich man kann ihre Methode verabscheuen, ja ihr Vorgehen ist brutal, kriminell und unmenschlich. Dennoch sollte man angesichts der Tatsache, dass sie von dem Lösegeld keinen Pfennig für sich selbst in Anspruch nehmen und ihre Bestrebung auf die Unterstützung hilfebedürftiger Menschen gerichtet ist, überlegen, ob man sie in eine andere Kategorie einzustufen sollte als ›Terroristen‹. Denn Terroristen töten ihre Mitmenschen; diese Gruppe jedoch sorgt für gesundes Leben von Leidender.

Wie gesagt, ich habe den Entführern mein Wort gegeben und ich war zu keiner Zeit geneigt, mich von meiner verbindlichen Zusage zu distanzieren.« Sie schwieg wieder, um ihre Aussage in dem totenstillen Saal wirken zu lassen. Dann sagte sie, wieder mit ihrer selbstbewussten Haltung weiter: »Ich glaube, ich muss meine Entscheidung etwas verdeutlichen.

Wissen Sie, in den letzten zehn Jahren haben mein Mann und ich Millionen Euro verdient, jedes Jahr hat sich unser Vermögen verdoppelt, letztes Jahr sogar verdreifacht. Aber zu meiner Schande muss ich gestehen, dass wir bis heute nicht einen Pfennig irgendeiner Wohlfahrtsorganisation gespendet haben.

Tatsächlich öffnete diese Entführung meine Augen. Zwei Monate in einen kleinen Raum eingesperrt zu sein, war unangenehm, aber ich gewann wertvolle Erkenntnisse.

Ich will nicht groß über meine Tat philosophieren, jeder sollte sich seine eigene Meinung bilden. Dennoch muss ich sagen, wir sollten die Welt als Ganzes sehen und uns nicht nur auf das so gut versorgte und gesicherte Europa konzentrieren. Viele Länder außerhalb Europas, besonders in Afrika, haben enorme Probleme. Über fünfzig Prozent der Menschen dort haben keine Arbeit, kein Geld, sich zu versorgen. Sie sterben zu früh, weil sie krank sind oder verhungern.

Wie kann ich mit Millionen DM Vermögen von sowas erfahren, aber alles ignorieren und mit gutem Gewissen schlafen?

Ich bin fest davon überzeugt, wenn wir alle in Europa so gefühllos weitermachen und diese armen Menschen mit ihren immensen Problemen alleinlassen – das heißt, sie finden in ihrem eigenen Land keine Lebensperspektive – werden eines Tages Millionen von ihnen in Richtung Europa marschieren, um einen Teil von diesem Wohlstand in Anspruch zu nehmen, völlig egal, ob sie dabei ihre Leben aufs Spiel setzen; denn im Prinzip haben sie nichts zu verlieren.

Man muss die Welt als Ganzes sehen und freiwillig die Menschen in der Dritten Welt, die wegen Armut, Hunger, Umweltkatastrophen und daraus resultierender Perspektivlosigkeit Hilfe brauchen, unterstützen.«

Ich war von ihrem Auftritt sehr beeindruckt. Was für eine starke und imponierende Aufführung. Innerhalb kurzer Zeit konnte man augenfällige Bewunderung in den Gesichtern aller Teilnehmer, einschließlich des Polizeichefs, erkennen.

Eine lange Weile herrschte in dem Saal Stille, bis sie ihren beeindruckenden Vortrag fortsetzte:

»Zum Schluss möchte ich, bevor die Boulevardzeitungen über mein Privatleben spekulieren, etwas Wichtiges ankündigen: Mein Mann und ich haben einvernehmlich vereinbart, unsere Ehe zu beenden.

Heute habe ich meinen Anwalt beauftragt, einen Scheidungsantrag am Landgericht München einzureichen. In diesem Zusammenhang werde ich in diesem Jahr keine Konzerte oder Fernsehshows mehr veranstalten. Vielen Dank für Ihr Interesse und Ihre Aufmerksamkeit.«

Bevor jemand eine weitere Frage stellen konnte, stand sie auf und verließ schnell den Saal.

Ihr letztes Statement war für mich eine Sensation. Ich fragte mich verwundert, wie in aller Welt eine – wie sie sich einmal bezeichnet hatte – ›Befehlsempfängerin‹ es geschafft hatte, sich von ihrem Befehlshaber einvernehmlich zu trennen?

Bei unseren regelmäßigen Telefongesprächen im Monat Oktober überraschte sie mich immer wieder. Sie verlangte von ihrem Mann, aus ihrer Villa auszuziehen, was er widerstandslos tat. Sie blieb jedoch ein paar weitere Wochen im Bayerischen Hof. In dieser Zeit wurden unter Leitung eines bekannten Innenarchitekten sämtliche Räume der Villa renoviert bzw. neu eingerichtet.

Meine wiederholte Frage, wie es möglich war, dass ihr bockiger Mann alles getan hatte, was sie von ihm verlangte, wollte sie zuerst nicht beantworten. Aber einmal versuchte sie, meine Neugier mit folgenden Sätzen zu befriedigen:

»Ein Geizhals hängt mehr an seinem Vermögen als an seiner eigenen Frau. Dieses Verhalten hast du auch bei seiner Reaktion auf meine Entführung erlebt. Damals habe ich festgestellt, man kann ihn nur mit seiner Schwäche bekämpfen.

Manfred bewahrt mehr als neunzig Prozent seines Vermögens in der Schweiz auf. Ich habe öfter bei Gesprächen zwischen ihm und seinem Steuerberater mitbekommen, dass er mittels

227

verschachtelter Konstruktionen mehrerer Sub-Unternehmen sein Geld in die Schweiz schmuggelte. Ob er wirklich ein Steuersünder ist, weiß ich nicht. Du warst ein Finanzbeamter, das kannst du besser einschätzen.

Bei mehreren Gesprächen, die wir über Scheidung und die Aufteilung unserer Vermögen geführt haben, verlangte ich kompromisslos, dass das Geld, das er jahrelang in der Schweiz angehäuft hatte, in unserem Vermögensausgleich mitberücksichtigt werden müsse.

Zuerst versuchte er, mich mit seiner tyrannischen Methode kaltzustellen, aber als er merkte, dass ich inzwischen gegen sein aggressives Verhalten immun bin, schlug er vor, ich könne alle unter meinem Namen laufenden Konten und Immobilien einschließlich des Hauses am Tegernsee für mich behalten, wenn ich ihn mit seinem Schweizer Geld in Ruhe lasse. Er würde auch die Kosten der Scheidung übernehmen. Diese Vereinbarung haben wir schriftlich festgelegt.«

Wie es aussah, hatte Katharina fast alles geschafft, was sie sich vorgenommen hatte. Es war langsam Zeit, dass ich auch mein Vorhaben zu Ende führte.

Am 28. Oktober 1996 verkaufte ich mein Haus und mein Auto. Ich hatte schon im Juni '96 einen Makler informiert, dass ich mein Haus verkaufen wollte. Er hatte schon damals einen sehr interessierten Kunden, einen Herrn Dr. Meierhof, der mehrere Monate auf meine positive Antwort warten musste.

Der neue Hausbesitzer war ein Architekt, der feste Absicht hatte, den gesamten Keller als Büro zu benutzen und mit seiner Frau und zwei kleinen Kindern in den oberen Etagen zu wohnen.

Einige Einrichtungen hat er bedenkenlos übernommen, einiges habe ich verkauft, verschenkt oder entsorgen lassen. Meine persönlichen Sachen, fast einen Container voll, schickte ich per Frachtschiff nach Singapur.

Es gab jede Menge administrativer Aufgaben, wie Kündigung unzähliger Verträge und Abmeldung beim Einwohnermeldeamt. Aber auch eine anständige Abschiedsfeier mit Freunden, Kollegen und Verwandten stand auf meiner To-do-Liste.

Am 3. November war Schlüsselübergabe. Ich erinnere mich, nachdem ich Dr. Meierhof alle Schlüssel in die Hand gedrückt und mich aufrichtig verabschiedet hatte, hatte ich brennende Tränen in den Augen.

Wenn man sein Haus, das jahrelang die Bühne unzähliger Szenen von guten und schlechten Zeiten gewesen ist, endgültig verlässt, kommt man sich vor, als ob man tatsächlich seine eigene Seele verlassen will.

Ich warf noch einen innigen Blick auf mein Daheim, murmelte leise ›Addio, altes Haus‹, und setzte mich bedrückt in das wartende Taxi, um zum Flughafen zu fahren. Der einzige Trost bei diesem schmerzlichen Abschied war eine herzliche Umarmung mit Familie Meierhof; sie winkte mir freundlich zu, bis das Taxi in der Hauptstraße verschwand.

26

Katharina wusste schon, dass ich am sechsten November Deutschland verlassen und nach Singapur fliegen wollte. Bei unseren Telefonaten bestand sie immer wieder darauf, dass ich sie vor meiner Reise ein paar Tage besuchen und bei ihr wohnen sollte, um uns wie zwei gute Freunde zu verabschieden. Ich nahm ihre Einladung gern an und buchte meinen Flug Hannover – München – Singapur.

Am Flughafen Hannover besuchte ich nach dem Check-in ein Café. Ich hatte mehr als eine Stunde Zeit bis zum Boarding, also setzte ich mich an ein Fenster mit Blick auf die Landebahn und bestellte ein Bier.

Der Gedanke, dass ich nun meine Heimat endgültig verlassen wollte, bedrückte mich sehr. Einerseits fragte ich mich, was mich noch in Deutschland festhalten sollte. Ich hatte keine Familie und keinen Beruf mehr. Außerdem war ich überzeugt, dass ich meine schrecklichen Erlebnisse in einem anderen Land besser verarbeiten könnte.

Andererseits verunsicherte mich die Frage: Kann ich das? Habe ich überhaupt die Kraft dazu?

Ich wusste, dass Singapur ein wunderschöner Staat ist, der über alles verfügt, was man in einem modernen, demokratischen Land erwarten kann. Mein Problem war nicht meine neue Heimat, meine Sorge bezog sich ausschließlich auf mich selbst. Denn ich war kein zwanzig- oder dreißigjähriger junger Mann mehr, unbelastet, dynamisch und dem Leben gegenüber unkritisch. Ich hatte doch ein bisschen Zweifel an meiner Anpassungsfähigkeit.

Schon als ich begann, meine Reise nach Singapur zu organisieren, fragte ich mich öfter, ob ich in meinem Alter wirklich noch einmal von vorne beginnen könnte. Bin ich tolerant genug, in einem Land zu leben, das eine völlig andere

Kultur pflegt, in dem eine andere Sprache gesprochen wird und in dem ein ganz anders Klima herrscht? Und wenn ich dort nicht klarkommen würde, was dann? Hätte ich dann noch Kraft oder Lust, um nach Deutschland zurückzukehren?

Ich gestehe, ich hatte keine Antwort auf all diese lästigen Fragen. Wenn ich mich nicht selbst überzeugen konnte und die Zweifel überhandnahmen, sagte ich mir immer wieder: Augen zu und durch, egal, was passiert.

Ich war vertieft in meine Gedanken, als plötzlich jemand vor meinem Tisch stand:

»Guten Tag, Herr Wartenberg. Ich komme hierher, um Ihnen eine schöne Reise zu wünschen.« Ich hob meinen verwunderten Blick; vor mir stand Kommissar Schubert, in seinem gewohnten Outfit. Aber verglichen mit unserem letzten Treffen wirkte er etwas ruhiger, entspannter und zeigte mir sogar ein strahlendes Lächeln. Ich war von dieser seltsamen Begegnung sehr überrascht. Er fragte: »Darf ich Ihnen kurz Gesellschaft leisten oder müssen Sie gleich in den Boardingbereich gehen?«

»Bitte nehmen Sie Platz, ich habe noch ein bisschen Zeit«, antwortete ich ziemlich nervös. Er setzte sich mir gegenüber und sah mich mit seinem typisch lauernden Blick an.

»Woher wussten Sie, wann und von wo ich fliege?«, fragte ich immer noch verwirrt.

»Ich bin kein Polizist mehr, aber mein Informationsapparat funktioniert immer noch. Wie gesagt, ich bin hier, um Ihnen alles Gute zu wünschen und ein kleines Abschiedsgeschenk zu überreichen.«

Er griff in seine Ledertasche, holte eine kleine, geschmackvoll verpackte Schachtel hervor und legte sie auf den Tisch.

Ich war sehr bewegt, gleichsam erschien mir die Situation zwiespältig. Solche Herzlichkeit habe ich von ihm nicht erwartet. Mein schlechtes Gewissen hinderte mich daran, ihm direkt in die Augen zu gucken.

Ich dachte, wenn er mit seinem Informationsapparat meine Gedanken lesen könnte, würde er sofort sein Geschenk zurücknehmen. Denn ich war ihm gegenüber selten ehrlich gewesen und hatte ihn sogar ein paarmal gegen die Wand laufen lassen. In letzter Zeit hatte ich ihn sogar als Gegner empfunden. Was war sein Geschenk? Am liebsten wollte ich es gleich öffnen.

Er verstand, was ich vorhatte:

»Das ist ein kleines Andenken aus unserer Heimatstadt. Ich möchte Sie herzlich bitten, das Päckchen erst in Singapur zu öffnen. Es soll eine ulkige Überraschung sein«, sagte er lächelnd.

Ich fragte mich irritiert, woher er wusste, wann und wohin ich reiste. Wieso hatte er sich so viel Mühe gemacht, meine Reisedaten herauszufinden, rechtzeitig zum Flughafen zu kommen und mich mit einem Geschenk zu überraschen? Hatte er mich die ganze Zeit bespitzelt?

»Darf ich für Sie ein Getränk bestellen? Ich habe noch knapp eine Stunde Zeit«, ich bemühte mich freundlich zu wirken.

»Aber gerne. Ich trinke auch ein Bier.«

Als der Kellner sein Getränk auf den Tisch stellte, nahm er das Glas, hob es feierlich hoch und sagte:

»Auf Ihre Gesundheit und eine glückliche Zukunft in Singapur. Ich hoffe, dass Sie alle Unannehmlichkeiten, die Sie in der letzten Zeit erfahren mussten, einfach vergessen und sich in Ihrer neuen Welt glücklich fühlen.«

Allmählich versuchte ich, ein bisschen positiver zu sein. Ich dachte, vielleicht ist er doch einfach nur aufmerksam und will mir eine Freude machen. Was auch immer seine Absicht war, ich entschied, seine Verbindlichkeit zu honorieren. Ich sagte:

»Ich muss gestehen, dass ich von Ihrer freundlichen Geste angenehm überrascht bin. Ich danke Ihnen für Ihren Abschiedsbesuch und das Geschenk, auch wenn ich noch nicht wissen darf, was es ist.« Dann legte ich noch eine Schippe drauf

und fügte hinzu: »Sollten Sie irgendwann die asiatischen Länder bereisen, würde ich mich sehr freuen, wenn Sie mich in Singapur besuchten. Ich würde gern Ihr Gastgeber sein. Ich nehme an, meine Adresse werden Sie bestimmt in ihrem funktionstüchtigen Informationsapparat finden. Oder?«
Ein amüsiertes Lächeln flog über sein Gesicht, als hätte meine Bemerkung ihn erheitert. Er schüttelte seinen Kopf und erwiderte:
»Vielleicht komme ich irgendwann auf ihr freundliches Angebot zurück. Aber ich denke, in den nächsten Jahren werde ich keine Zeit für Urlaub oder andere Vergnügungen finden. Ich bin wieder voll beschäftigt.«
»Was? Sind sie wieder bei der Polizei?«
»Nein, ich bin keine Bulle mehr. Ich werde im Januar nächsten Jahres gemeinsam mit einem alten Freund ein Unternehmen für Sicherheitstechnologie in Hameln öffnen. Das ist für mein Alter eine schwierige, aber gleichzeitig reizvolle Herausforderung. Zudem freue ich mich sehr, dass ich mein eigener Boss sein werde. Ich brauche nicht für jede kleine Entscheidung die Zustimmung eines Vorgesetzten oder des Staatsanwalts. Sie verstehen, was ich meine?«
Ich verstand, was er indirekt sagen wollte. Ich erinnerte mich, wie er bei meinem letzten Besuch in seinem Büro sehr enttäuscht war; enttäuscht von mir, aber auch vom beleidigenden Verhalten seines Vorgesetzten.
Nach dreißig Minuten banaler Gespräche, als ich meine Armbanduhr sorgenvoll anblickte, trank er den Rest seines Biers, stand auf und bedeutete mir, dass er gehen wollte.
Zum Abschied drückte er meine Hand kräftig und wünschte mir noch einmal eine gute Reise. Er begleitete mich sogar wie ein guter Freund bis zum Grenzkontrollbereich und kehrte dann zum Ausgang zurück.

Sein unerwarteter Besuch hatte mich so durcheinander-gebracht, dass ich meinen Flug fast verpasst hätte. Denn ich setzte mich verwirrt, ja fassungslos in den Warteraum eines anderen Flugs, bis ich plötzlich meinen Namen durch die Lautsprecher hörte. Ich sollte mich sofort an Gate A2 melden. Das war peinlich, ich traute mich nicht, dem Bodenpersonal in die Augen zu schauen.

Während des Flugs von Hannover nach München war ich recht aufgewühlt. Ich konnte nicht begreifen, wieso Schubert gekommen war. War das wirklich ein freundlicher Abschied oder war es etwas mehr? Und was war sein Geschenk?

Zu meiner Schande muss ich gestehen, ich konnte seinen Wunsch nicht erfüllen; ich hielt es nicht mehr aus und öffnete das kleine Päckchen schon im Flugzeug. In der kleinen Schachtel befanden sich ein Brief und drei Fotos. Er schrieb:

„Lieber Herr Wartenberg,
ich halte Sie für einen guten Menschen und einen ehrenwerten Bürger unserer Stadt, auch wenn Sie in der letzten Zeit, bedingt durch einen Interessenskonflikt, mir gegenüber nicht aufrichtig waren.

Ich wusste, dass Sie wegen des unaufgeklärten Autounfalls Ihres Sohnes von der Polizei enttäuscht waren und versuchten, die Täterin selbst aufzuspüren. Aber bis zum 15. August dieses Jahres hatte ich keine Ahnung, dass Sie bei Ihrer Nachforschung, vor allem mit Ihrer Selbstjustiz, erfolgreich waren.

Nach meinen Recherchen haben Sie am 23. Juli Katharina Nowakowski, alias Blue Emotion, entführt, wahrscheinlich in Ihrem eigenen Haus eingesperrt und planten, mit dem geforderten Lösegeld den Traum Ihres Sohnes Martin zu verwirklichen. Wie komme ich zu dieser Feststellung?

Erinnern Sie sich, als ich zum ersten Mal bei Ihnen Zuhause war? Sie haben erzählt, dass Martin geträumt hatte, zwei Millionen dreihunderttausend und einundzwanzig DM im Lotto gewonnen

zu haben und diesen Betrag für arme Afrikaner zu spenden.
Dieser geträumte Lottogewinn war exakt der gleiche Betrag, den
Sie, als Entführer von Blue Emotion, gefordert haben.
Während der Intervention von Herrn Hildebrand und seinem
leichtsinnigen Angebot an den Entführer war ich schon
pensioniert, also kein Polizist mehr. Dennoch habe ich mit großem
Interesse und Aufmerksamkeit den Sachverhalt verfolgt.
Wahrscheinlich hätte Herr Hildebrandt Ihre Forderung
akzeptiert, wenn nicht so viele Betrüger behauptet hätten, dass sie
die Entführer von Blue Emotion wären.
Ich amüsierte mich, dass man glaubte, Sie seien ein gewissenloser
Kommunist oder ein sogenannter Weltverbesserer. Niemand hatte
die geringste Ahnung, dass der Drahtzieher dieser Entführung
und der Initiator der Spende an Wohlfahrtsorganisationen ein
unglücklicher Mensch war, der gerade wegen dieser entführten
Frau seine kleine Familie verloren hatte. Aber ich wusste es und
trotz meiner rechtstreuen Mentalität hielt ich es für richtig, mich
in Ihre Sache nicht einzumischen. Ich wollte wissen, ob Sie
tatsächlich mit Ihrem Vorhaben Erfolg haben würden.
Mir ist nicht ganz klar, ob bei dieser schwierigen, aber auch
gefährlichen Entführung jemand an Ihrer Seite stand. Aber wie
auch immer, ich muss sagen, alle Achtung, Sie haben die ganze
Aktion gut vorbereitet und professionell ausgeführt.
Was ich aber bis heute nicht begreifen kann, ist das Verhalten von
Katharina Nowakowski. Wenn man bedenkt, dass sie nach dem
Autounfall mit Ihrem Sohn ihr Opfer eiskalt liegen ließ und sich
unauffällig vom Tatort entfernte, kann ich mit bestem Willen
nicht verstehen, wieso sie sich entschlossen hat, freiwillig Ihre
Forderung eins zu eins zu realisieren, und zwar, als sie völlig
ungebunden war.
Haben Sie ihr Gehirn ordentlich gewaschen oder ihr gefrorenes
Gewissen richtig aufgerüttelt? Ich war überrascht; diese große
Spende war eine tausendmal größere Strafe als sie bei einer

Verurteilung befürchten musste, zumal ihre Taten kaum beweisbar waren. Sie hat sogar angekündigt, dass sie in Zukunft ihre Wohltätigkeit fortsetzen wolle.

Dennoch, bevor ich Sie für Ihren Erfolg zu sehr lobe, muss ich sagen, dass ich grundsätzlich ein überzeugter Anhänger unseres Rechtsstaats bin.

In einem Rechtsstaat wird die Staatsgewalt durch besondere Organe der gesetzgebenden Gewalt, der vollziehenden Gewalt und der Rechtsprechung ausgeübt. Die Selbstjustiz widersetzt sich dem Gewaltmonopol des Staates und ist strafbar.

Ich bin auch der Meinung, das Versagen der vollziehenden Gewalt rechtfertig nicht, dass man selbst ein Verbrechen beurteilt und die Täter nach eigenem Maßstab bestraft.

Als ehemaliger Polizist kann ich Ihre gesetzwidrige Handlung nicht billigen, aber ... aber andererseits, lieber Freund, kann ich als einfacher Bürger und Vater von drei Kindern ihre Handlung sehr gut verstehen und wage mich, leise zu sagen: Ich bewundere Sie.

Ja, ich bin beeindruckt, weil bei dieser Aktion, abgesehen vom großen Aufwand des LKA, niemand zu Schaden gekommen ist. Im Gegenteil, durch Ihren wirksamen Einfluss auf die Täterin erfahren nun viele Menschen in Afrika bessere Lebensbedingung.

Noch eine Bemerkung zu den beigefügten Bildern: Unmittelbar nach meiner Pensionierung versuchte ich, das Kapitel meiner dreißig Jahre dauernden Tätigkeit bei der Polizei abzuschließen, ja, einfach alles zu vergessen.

Wie Sie wissen, war ich in den letzten Wochen meiner Tätigkeit bei der Polizei sehr unglücklich, vor allem war ich von meinem Vorgesetzten sehr enttäuscht. Ich verzichtete sogar auf eine Abschiedsfeier mit meinen Kollegen.

Sie, ja, nur Sie können mir zustimmen, dass ich mit der Aufklärung des Falls Martin fast am Ziel war. Meine Kollegen, besonders mein Chef, glaubten nicht, dass das, was ich herausgefunden hatte, der Schlüssel zu dieser kriminellen Tat war. Sie meinten, ich sei verrückt, der Fall könne ohne Beweise und ohne Zeugen nicht aufgeklärt werden.

Aber egal, das ist Schnee von gestern, wir wollen die ganze Geschichte einfach vergessen, denn der Sachverhalt ist nicht mehr relevant. Vor einer Woche entschied ich, alle Dokumente nicht aufgeklärter Fälle, die ich während der letzten Jahre in meinem Haus gesammelt hatte, zu vernichten. Es waren viele Berichte, Bilder, Videos usw.

Dabei stieß ich auf die beigefügten Bilder, die ich am 16. September dieses Jahres aufgenommen habe. Ich möchte Ihnen diese Bilder mit folgender Bemerkung schenken:

In dieser Nacht war ich zufällig mit meinem Auto in Ihrer Gegend. Plötzlich konnte ich meinen Augen nicht trauen. Sie saßen in dem gesuchten Mercedes Benz und fuhren in Richtung Bahnhofstraße. Wie gesagt, zu dieser Zeit war ich kein Polizist mehr, aber ich wusste schon, wer die Unfallfahrerin war und wer der Entführer von Blue Emotion.

Neugierig folgte ich Ihnen bis zur Metallfabrik Bison und fünfzehn Minuten später war ich Zeuge einer unglaublichen Aktion, nämlich der Verladung des Autos auf einen Sattelschlepper.

Mir war klar, ein kluger Mensch wie Sie wusste ganz genau, was Sie da taten. Ich dachte, möglicherweise war das eine Teilbedingung Ihres Deals mit Ihrer Geisel; nämlich das wichtige Beweisstück verschwinden zu lassen, damit Blue Emotion unbelastet nach Hause gehen und kurz danach Ihre Forderung – die Spendenaktion – durchführen konnte, was sie auch ganz brav tat.

Noch eine kurze Bemerkung; Sie können sich vorstellen, mit welcher Demütigung ich als ehemaliger Untersuchungsleiter diese Szene beobachtet und nichts unternommen habe. Ich habe nichts getan, weil ich

a) mit meiner abgeschlossenen Vergangenheit nichts mehr zu tun haben wollte und

b) mir wünschte, dass Sie mit Ihrem Plan weiterkamen, schließlich strebten wir beide nach Gerechtigkeit.

Mit diesem ›Geschenk‹ möchte ich Ihnen sagen, ich weiß, was Sie getan haben und ich freue mich, dass die ganze Aktion zu Ihrer Zufriedenheit gelaufen ist.

Leben Sie wohl, viel Erfolg und Glück im neuen Abschnitt Ihres Lebens.

Ihr Schubert

PS: Seien Sie unbesorgt, ich habe die Originalaufnahmen bereits vernichtet.«

Die drei Bilder waren, trotz Dunkelheit, scharfe Aufnahmen der Verladung des weißen Mercedes Benz auf Alfons Sattelschlepper vor dem Bison-Metallwerk. Auf dem dritten Bild konnte man auch mich deutlich erkennen.

Ich war perplex. Der pflichtbewusste Polizist, der hartnäckige Ermittler, der mich mit seiner beharrlichen Nachforschung an Inspektor Javert, den Protagonisten des Romans *Les Misérables* von Victor Hugo erinnerte, war auf meiner Seite.

Wahrscheinlich hatte das herabwürdigende Verhalten seines Chefs und seiner Kollegen ihn dermaßen enttäuscht, dass er seine neugewonnene Information nicht mehr preisgeben wollte.

Der Gedanke, dass ich verdammt viel Glück hatte und das ganze Vorhaben völlig in eine andere Richtung hätte laufen können, machte mich sehr unruhig.

Ich war die ganze Flugstrecke über so angespannt, dass ich nicht richtig mitbekam, wann das Flugzeug in München landete.

Ich entschied, dieses erschütternde Geheimnis für mich zu behalten und kein Wort darüber mit Katharina zu sprechen.

27

Am Münchener Flughafen bekam ich eine Nachricht von Katharina. Sie schrieb, in welcher Etage des Parkhauses sie in ihrem Auto auf mich wartete. Sie wollte nicht am Flughafen erscheinen und als bekannte Schlagersängerin erkannt werden. Kaum betrat ich das zweite Geschoss der Parkgarage, machte sie mit der Lichthupe auf sich aufmerksam. Mit großer Freude ging ich zu ihrem Auto, sie stieg aus, empfing mich herzlich und sagte, wie sehr sie sich freute, dass ich ihre Einladung angenommen hatte.

Ich verstaute meine Reisetasche im Kofferraum, setzte mich auf den Beifahrersitz, und sie fuhr mit ihrem neuen BMW Cabriolet los.

Sie sah zauberhaft aus; äußerst schick, sehr attraktiv, und vor allem strahlte sie ungemein selbstbewusst. Dennoch, wenn man sie genau betrachtete, hatte sie doch etwas Unzufriedenes an sich; etwas, das sie gelegentlich ablenkte.

Während sie in Richtung Tegernsee fuhr, fragte ich sie, ob alles in Ordnung sei. Sie sah mich verwundert an, und ich fragte weiter: »Hast du noch Probleme mit deinem Mann oder hast du Stress mit dem Scheidungsprozess?«

Sie legte ihre Hand auf meine, sah mich lächelnd an und erwiderte:

»Was ich an dir mag, du bist sehr aufmerksam. Du siehst alles. Man kann dir nichts verbergen. Ja, ich habe ein kleines Problem, aber es hat weder mit Manfred zu tun noch mit der festgelegten Scheidung. Vielleicht werden wir zu Hause ausführlich darüber sprechen.

Was meinen Mann betrifft, bin ich ihn leider noch nicht los, aber ich habe alles im Griff. Nach acht Wochen Erholung in deinem Haus habe ich gelernt, zum Glück braucht man Freiheit und zur Freiheit braucht man Mut. Ich bin froh, dass ich Mut bewiesen und meine Freiheit erkämpft habe. Dennoch bin ich noch nicht am Ziel angekommen.«

Während der Fahrt erzählte sie noch, dass ihre Mutter abgelehnt habe, bei ihr zu wohnen. Sie hing sehr an ihrem eigenen Haus, war jedoch einverstanden, dass es komplett renoviert und zusätzlich zu Gudrun noch eine Haushaltshilfe eingestellt wurde, um sie zu betreuen.

Obwohl sie eine positive Nachricht nach der anderen berichtete, klang ihre Stimme doch traurig. Meine vorsichtige Frage, ob sie inzwischen mit ihrer großen Liebe, Cyrus, Kontakt aufgenommen hatte, war wie eine Handvoll Salz auf ihre Wunde. Sie war sichtlich bewegt.

Plötzlich reduzierte sie die Geschwindigkeit, warf mir einen erstaunten Blick zu und erwiderte:

»Ich wollte darüber zu Hause sprechen. Ja, das ist eben mein Kummer. Sehe ich so besorgt aus oder hast du mich mit deinen forschenden Augen durchschaut?«

»Deine äußere Erscheinung ist fantastisch. Du bist unglaublich schön und selbstsicher. Nur deine Augen scheinen traurig, ja sie sehen unglücklich aus. Also, was ist mit Cyrus? Hast du schon mit ihm gesprochen?«

»Ich habe mehrere Male versucht, ihn zu erreichen, hatte aber kein Glück. Leider habe ich seine neue Telefonnummer nicht. Ich schrieb ihm mehrere Mails, bekam aber keine Antwort. Merkwürdigerweise sind alle meine Mails nicht als unzustellbar zurückgekommen. Ich verstehe nicht, warum er keine Antwort gibt. Diese Art von Passivität passt überhaupt nicht zu ihm. Einerseits verstehe ich, dass er nicht ewig auf mich warten kann. Andererseits ersticke ich an dem Gedanken, dass er inzwischen mit einer anderen Frau eine feste Beziehung hat oder möglicherweise verheiratet ist.

Diese Ungewissheit ist sehr deprimierend. Ich weiß nicht, ob ich ihn vergessen muss oder ob es doch noch eine Chance gibt, unsere Liebesbeziehung wiederzubeleben.« Sie blieb mehrere Minuten schweigsam und ich sagte auch nichts.

Ich wusste nicht, wie ich sie aufmuntern sollte. Ich kannte weder Cyrus noch konnte ich einschätzen, was er von ihr hielt. Man konnte nicht ausschließen, dass er inzwischen längst verheiratet war, sogar Vater von ein paar Kindern, schließlich waren sie mehrere Jahre getrennt voneinander.

Plötzlich merkte sie, dass ihre Wehklage nicht zu unserem Zusammentreffen passte. Sie drückte meine Hand fest und sagte:

»Ach, bitte entschuldige mich. Vergessen wir mein Problem. Ich freue mich, dass du vor deiner großen Reise zu mir kommst und wir – wenn auch nur kurz – unser Zusammensein genießen können. Du bist mein bester Freund. Ich finde es sehr schade, dass wir uns in Zukunft nur sehr selten sehen können.«

Die Villa am Tegernsee hatte ich vor einem Jahr observiert. Sah sie von außen schon wie ein königlicher Palast aus, waren die inneren Bereiche einfach unbeschreiblich. Der kürzlich beauftragte Innenarchitekt musste ein ideenreicher Fachmann sein. Was ich dort sah, war ein Paradebeispiel, was man mit viel Geld und Geschmack zaubern kann. Sowohl Qualität und Stil des Mobiliars als auch die Harmonie von Licht und Farben waren großartig.

Katharina hatte unser zweitägiges Zusammensein perfekt organisiert, so dass wir, abgesehen von einigen Spaziergängen auf der Promenade, das Haus nicht zu verlassen brauchten. Wir hatten reichlich Essen, vorzügliche Getränke und viele Themen zu besprechen.

Sie hatte ihrer Haushälterin und dem Leibwächter zwei Tage freigegeben, damit wir ungestört unsere Zeit genießen konnten.

Wir konnten unbeobachtet und unbelästigt alles machen, was wir wollten; essen, trinken, Sport treiben, Schach spielen, saunieren und am späten Abend wie zwei Kerzen ineinander verschmelzen.

Ich habe immer die Erfahrung gemacht, unvergessliche und glückselige Tage gehen sehr schnell zu Ende; jede Stunde läuft wie eine Minute. Tatsächlich habe ich mein Zusammensein mit Katharina so empfunden.

Wir nahmen uns trotzdem viel Zeit, um über die Ereignisse, die uns aneinandergebunden hatten, offen und ausführlich zu sprechen und, falls es in unseren Gedanken doch irgendeine Ungereimtheit gab, diese zu besprechen und schließlich beizulegen.

Wir beschlossen, unsere freundschaftliche Beziehung aufrechtzuhalten und uns mindestens einmal im Jahr, entweder in Deutschland oder in Singapur zu treffen.

An meinem Abreisetag weckte uns schon um sechs Uhr am Morgen die Melodie von Katharinas Handy. Zuerst wollten wir beide das nervenaufreibende Getöse ignorieren und weiterschlafen. Aber langsam stand sie auf, schaute ihr Handy an und nahm den Anruf entgegen.

Plötzlich ertönte ein Freudenschrei und ich wurde hellwach. Ich hörte, dass sie fröhlich, ja fast hysterisch, schrie: »Ich werde wahnsinnig, bist du das wirklich? Das ist eine große Überraschung!«

Ich wusste immer noch nicht, wer sie frühmorgens dermaßen beglückte, dass sie plötzlich Freudentränen in den Augen hatte. Ich sah erstaunt, wie ihr nackter Körper vor freudiger Erregung zitterte. Sie flüsterte in Telefon:

»Ich habe mich immer wieder gefragt, warum du meine Mails nicht beantwortest. Ich hatte keine Ahnung, dass du eine neue E-Mail-Adresse hast.«

Ach ja, ich verstand. Kein Zweifel, das war Cyrus, ihre große Liebe. Es war gut so, dass er sich endlich gemeldet hatte. Zugegeben, ein bisschen war ich doch eifersüchtig, aber nur ein bisschen. Abgesehen vom großen Altersunterschied zwischen uns musste ich neidlos anerkennen, dass sie mich niemals so lieben würde wie Cyrus. Diesen Freudenschrei musste man einmal gehört haben, um zu begreifen, wie tief ihre Liebe war. Man brauchte nur einen Blick auf diese glückliche Frau zu werfen – sie war nicht wiederzuerkennen. Ihr Gesicht war plötzlich vor Glück lebendig, ihr Augen spiegelten so viel Freudenfeuer und funkten in höchster Erregung.

Während sie, ohne ihr Umfeld richtig wahrzunehmen, mit dem Prinzen ihrer Träume voller Begeisterung sprach, stand ich auf und ging ins Badezimmer. Ich musste nicht, ich durfte nicht, nein, ich wollte nicht ihr Gespräch mithören. Ich musste fast eine halbe Stunde im Bad bleiben, bis ich merkte, dass das Gespräch zu Ende war.

Beim Frühstück war sie immer noch von ihrem Telefongespräch berauscht und völlig durcheinander, auch wenn sie sich bemühte, mich das nicht spüren zu lassen.

Ich amüsierte mich, wie sie verträumt zwei Tassen Kaffee vor mich stellte. Ununterbrochen sprach sie von ihrem Cyrus. Er hatte zufällig seine alte E-Mai-Adresse abgerufen und dabei ihre zahlreichen Mails gesehen. Er hatte sich riesig gefreut, dass sie von ihrem Mann getrennt wohnte und bald geschieden würde.

Er teilte ihr am Telefon mit, dass er spätestens in zwei Wochen seine Arbeit in Los Angeles beenden werde und dann für immer nach Deutschland zurückkehren wollte. Er hatte von Zusammenleben und sogar vom Heiraten gesprochen.

Ich konnte mitfühlen, dass der unerwartete und ersehnte Anruf sie richtig aufgewühlt hatte, sodass sie einige Sätze wiederholte, ohne zu merken, dass ich sie bereits sogar positiv kommentiert hatte.

Auch mich machte dieses Ereignis froh. Denn nach mehr als einem Jahr unglücklicher Zeiten erlebte ich einen so schönen Moment. Ich erkannte wieder, wie eigentlich Glück aussieht. Nach meinem Empfinden war sie einen Tag zuvor wie eine unreife Knospe gewesen und jetzt sah sie wie eine aufblühende Rose aus.

Als sie die dritte Tasse Kaffee vor mir abstellte, wurde ihr ihre Verwirrung doch bewusst, und sie sagte lächelnd:

»Entschuldige! Was mach ich nur, ich bin ja völlig durcheinander!« Sie trank aus einer Tasse und fragte, ob ich so lange bei ihr bleiben könnte, um ihre große Liebe und vielleicht ihren künftigen Mann kennenzulernen.

Nein, ich hatte keinen Mut dazu; mir war es unangenehm, in die Augen eines Mannes zu blicken, dessen künftige Frau ich entführt, erpresst und sogar mit ihr eine intime Beziehung gehabt hatte.

Ich dachte, vielleicht wäre es besser gewesen, wenn er vor einer Woche angerufen hätte.

In diesem Fall wäre ich nicht hier. Aber anderseits redete ich mir ein, was soll's? Geschehen ist geschehen, wir werden sicherlich diese kurze leidenschaftliche Annäherung vergessen und uns an unseren Zielen orientieren; ich in Richtung meines neuen Lebens in Singapur und sie hin zu einem glücklichen Leben mit ihrer großen Liebe Cyrus. Wichtig war, dass wir für immer gute Freunde blieben.

Ich hatte das Gefühl, dass sie trotz ihrer Aufregung mein gedankenvolles Gesicht beobachtete. Denn plötzlich kam sie zu mir, umarmte mich und fragte:

»Bist du mir irgendwie böse?«

»Nein, überhaupt nicht. Im Gegenteil, ich freue mich wirklich, dass dein unerreichbarer Traum Wirklichkeit geworden ist.

Du verdienst endlich ein Leben nach deiner Vorstellung. Es gibt nichts auf der Welt, das schöner und wichtiger ist als wahre Liebe. Man bekommt sie im Leben einmal und wenn man Glück hat, vielleicht zweimal. Genieße deine Herzenswärme und behandle deine Liebe ehrlich, sorgsam und respektvoll.«

»Einen so weitherzigen und zuverlässigen Freund, wie du es bist, wollte ich immer haben. Ich habe dich sehr gerne und bin sicher, auch Cyrus würde dich mögen.«

Es war langsam Zeit, dass wir aufbrachen, der Flughafen war sehr weit und der Check-in-Prozess für Auslandsflüge zeitaufwendig.

Gegen Mittag brachte sie mich zum Flughafen, sie wollte mich bis zur Grenzkontrolle begleiten, aber ich lehnte es ab. Ich wusste, dass sie es nicht mochte, ständig von ihren Fans gestört zu werden, um Autogramme zu geben.

Wir saßen noch einige Minuten schweigend im Auto. Plötzlich machte sie eine Geste, als ob sie sich an etwas erinnerte. Sie öffnete ihre Handtasche, holte einen Umschlag hervor und gab ihn mir.

»Was ist das?«

»Ich habe es fast vergessen. Darin steckt ein Scheck über neunundzwanzigtausend DM. Mein Vater hat das Auto an einen Afrikaner verkauft und mir das Geld überwiesen.« Ich schüttelte meinen Kopf ablehnend, sah sie misstrauisch an und sie sagte entschlossen weiter: »Ich fühle mich nicht wohl, wenn wir darüber diskutieren. Das ist kein Geschenk, das ist dein eigenes Geld.« Dann küsste sie mich kurz auf die Lippen, umarmte mich kräftig und sagte weiter: »Pass gut auf dich auf und melde dich, wenn du in Singapur gut angekommen bist.«

Ich sah sie eine Weile bewundernd an, stieg aus dem Auto und verschwand winkend im Flughafen. Ich dachte, das war es, eine außergewöhnliche Beziehung mit einer Frau, geprägt von

Feindseligkeit, Versöhnung und letztendlich großer Freundschaft.

Ich konnte mir, trotz unserer innigen Vereinbarung, nicht vorstellen, dass wir uns irgendwann wiedersehen würden. Ich vermutete, dass sie ihre große Liebe heiraten würde, mehrere Kinder bekommen und nach und nach in Alltagsgewohnheiten abtauchen würde. Ich konnte mir auch nicht vorstellen, dass ihr Ehemann Interesse daran haben könnte, mit mir freundschaftliche Beziehungen anzuknüpfen, besonderes, wenn sie ihm von unserer Geschichte erzählen würde.

Und ich? Meine Situation war noch zweifelhafter; wahrscheinlich würde ich mehrere Jahre brauchen, um in meiner neuen Welt richtig Fuß zu fassen.

Ich war irgendwie pessimistisch gestimmt. Ich dachte, bis wir uns in unseren neuen Rollen richtig eingerichtet haben würden, hätten wir uns möglicherweise aus den Augen verloren. Ja, so habe ich mir während des Fluges nach Singapur unsere Zukunft vorgestellt. Aber es kam doch etwas anders.

Ich erinnere mich, meine Mutter sagte mir gelegentlich: Unterschätze nicht die Laune deines Schicksals. Wenn du in deinem Leben eine gute oder schlechte Episode als beendet betrachtest, kann es sein, dass das Schicksal sich mit einer Fortsetzung wieder zurückmeldet.

Ich weiß nicht, woher meine Mutter ihre Erfahrung bezog, aber ihre merkwürdige Bemerkung verstand ich einige Monate später.

28

Jch wusste schon in Deutschland, welche Tätigkeit ich in Singapur ausüben wollte. Ich hatte vor, dort in die Touristikbranche einzusteigen. Nach einer Woche Aufenthalt und mehreren Besichtigungen dreier großer und einiger kleinerer Inseln dieses wunderschönen Staates war ich noch entschlossener, diese Idee in die Tat umzusetzen und ein Reisebüro zu eröffnen.

Ich war überzeugt, dass ich durch meine neue Tätigkeit und die Zusammenarbeit mit den Einheimischen in der Lage sein würde, meine neue Heimat besser kennenzulernen und mich effektiver zu integrieren.

Ich mietete ein Büro in der Stadtmitte. Ab Januar 1997 arbeitete ich jeden Tag mindestens zwölf Stunden, um langsam die Räder meiner Firma in Bewegung zu setzen.

Ich dachte immer, Deutschland sei Europameister in Bürokratie, bis ich erkennen musste, dass in dieser Disziplin Singapur Weltmeister ist. Die Behörden sind sehr gründlich, kritisch und ungemein treu zu ihren Gesetzen.

Es war in der Tat ein sehr aufwendiger und mühsamer Prozess. Ich musste sehr viele bürokratische Anordnungen – wie Kapitalsicherung, Arbeitsrecht, Vertragsrecht und Haftungsgesetze – beachten, unterschiedliche Versicherungsverträge abschließen und die Ordnungsmäßigkeit meines Geschäftmodells den zuständigen Behörden nachweisen.

Ich hatte einen guten Rechtsanwalt, der mich bei diesem Prozess unterstützte, dennoch löste dieses aufwendige, ja, ärgerliche Verfahren bei mir manchmal Resignation aus und ließ mich mit dem Gedanken spielen, meine Unternehmung vorzeitig zu beenden.

Ich bemühte mich jedoch mit viel Geduld und Ausdauer, nicht aufzugeben, ruhig zu bleiben und das Ziel nicht aus den Augen zu verlieren.

Parallel zu diesen Aktivitäten beauftragte ich eine Werbeagentur, eine Homepage im Internet einzurichten und in mehreren US- und europäischen Zeitungen preiswerte, sehenswürdige Touren durch das Land und eine Inselrundfahrt in Singapur anzubieten. Die Agentur sollte auch qualifizierte Mitarbeiter mit guten Kenntnissen über Geschichte und Kultur von Singapur für Voll- bzw. Teilzeit anwerben. Es dauerte nur eine Woche, bis mehrere erfahrene Männer, Frauen, aber auch einige Studenten sich für diesen Job bewarben.

Die Reaktion auf die Werbung in Internet und Zeitungen war überwältigend. Jeden Tag erhielten wir mehrere ausgefüllte Buchungsanträge von Touristen sowie von internationalen Kreuzfahrt-Unternehmen.

Es war höchste Zeit, mindestens drei Reisebusse zu kaufen und den Ablauf der geplanten Ausflüge zu organisieren.

Am Anfang waren wir nicht wirklich professionell. Es gab mehrere Beschwerden. Aber nach und nach korrigierten wir unsere Fehler und waren gut, ja professionell. In den letzten sieben Jahren, in denen die Firma nun schon besteht, waren mehr als neunzig Prozent unserer Kunden mit unserer Leistung vollkommen zufrieden.

Aber meine Firma und ihre Kunden sind heute Abend nicht meine Themen, ich muss zu der merkwürdigen Bemerkung meiner Mutter zurückkommen.

Am Samstag, den 3. Februar 1997, gegen zwei Uhr morgens, ich war noch im Büro und arbeitete am Entwurf eines neuen Reiseprospekts, klingelte mein Telefon. Gedankenverloren nahm ich den Hörer ab und mit großer Freude stellte ich fest, das war Katharina.

Seit meiner Abreise aus Deutschland hatten wir zweimal miteinander telefoniert und ein paar E-Mails miteinander ausgetauscht.

Ich wusste, seit Cyrus in Deutschland zurück war, wohnte er bei Katharina am Tegernsee und sie planten, im Sommer zu heiraten. Bei unserer Kommunikation bekam ich immer den Eindruck, dass sie mit ihrem neuen Leben äußerst zufrieden war. Aber dieses Mal klang ihre Stimme unverkennbar bekümmert, ja ziemlich niedergedrückt. Sie sagte:

»Hallo, ich bin's.«

»Oh, das ist aber eine angenehme Überraschung. Woher wusstest du, dass ich um zwei Uhr morgens noch arbeite?«

»Zwei Uhr morgens? Es tut mir leid, ich habe nicht aufgepasst. Hier ist es zwanzig Uhr.«

»Keine Sorge, meine Liebe, ich sagte schon, ich bin noch im Büro. Wie geht es dir? Was macht deine große Liebe?«

Sie blieb eine lange Weile stumm. Als sie endlich antwortete, ging sie nicht auf meine Frage ein. Ich bemerkte, dass sie nicht allein war, im Hintergrund wisperte jemand mit ihr. Ich hörte, wer auch immer es war, forderte sie auf, weiterzureden. Sie fragte:

»Hast du nächste Woche Zeit, dass wir uns treffen? Mir ist gleichgültig, ob in Deutschland oder in Singapur. Hauptsache, wir kommen zusammen.« Ich war verblüfft. Was war das für eine Frage? Wieso sollten wir uns treffen? Außerdem, wer war ›wir‹?

Als sie von mir keinen Ton hörte, fügte sie hinzu: »Es ist sehr wichtig, dass wir uns bald treffen und über ein wichtiges Thema sprechen. Wenn ich zu dir komme, wird Cyrus mich begleiten. Bist du einverstanden?«

»Sag mal, was ist los? Hast du Ärger mit Manfred? War Kommissar Schubert bei dir?«

»Nein, nein. Ich habe seit Monaten meinen Mann nicht gesehen. Auch das alte Problem ist so gut wie vergessen.

Weißt du, ich kann am Telefon nicht erzählen. Wir müssen so schnell wie möglich zusammenkommen, über ein wichtiges Thema sprechen und schließlich eine vernünftige Entscheidung treffen.«

Jetzt war ich völlig ratlos. Meiner Meinung nach, wenn es keine Schwierigkeiten mit dem Autounfall bzw. der Entführung gab, war das einzige Problem, das sie haben konnte, eine juristische Auseinandersetzung mit ihrem Mann, der Musikbranche oder Showagenturen – und hierzu war ich völlig fehl am Platz. Außerdem hatte ich unter anderem mehrere wichtige Termine mit den Banken, Werbeagenturen sowie Einstellungsgespräche. Ich konnte in den nächsten drei Wochen Singapur nicht verlassen, und dies sagte ich ihr auch am Telefon. Ich hörte wieder, dass jemand im Hintergrund zischelte. Nach einer Weile sagte sie:

»Ich kann deine Situation gut verstehen. Es macht uns nichts aus, zu dir zu kommen, und zwar schon nächste Woche. Wenn du einverstanden bist, werde ich morgen unseren Flug buchen und dir anschließend unsere Reisedaten mailen. Was hältst du davon?«

»Kein Problem. Ihr könnt bei mir wohnen, egal wie viele Tage. Ich habe eine kleine Wohnung, aber ihr werdet es bequem haben.«

»Vielen Dank. Ich werde auch unser Quartier selbst organisieren. Wir werden gerne in einem Hotel wohnen und dir nicht zur Last fallen. Wir wollen nur ein paar Stunden mit dir persönlich sprechen, das ist alles.«

»Du weißt doch, ich freue mich, dich zu sehen. Aber da wir gerade miteinander sprechen, kannst du mir ruhig sagen, um was es geht.«

»Nein, nicht am Telefon. Weißt du, es gibt Themen, die man persönlich miteinander besprechen muss. Wir kommen nächste Woche und werden in aller Ausführlichkeit miteinander reden. Einverstanden?«

Ich hatte keine blasse Ahnung, was vorgefallen war. Wenn es keinen Ärger mit ihrem Mann und der Polizei gab, war die einzige Erklärung, die ich mir denken konnte, dass sie Stress mit Cyrus hatte. Möglicherweise hatte er den Verdacht, dass zwischen Katharina und mir noch etwas lief, und sie wollte dies in einem gemeinsamen Gespräch aufklären. Ich sagte:

»Selbstverständlich, du kannst mich jederzeit mit Cyrus besuchen. Ich freue mich, wenn ich für euch etwas tun kann. Schick mir deine Reisedaten. Du solltest mir wenigstens erlauben, dass ich euch vom Flughafen abhole und in euer Hotel bringe.«

Endlich klang sie etwas ruhiger und sagte mit sanfter Stimme: »Ich danke dir. Ich wusste, dass du diesen Überfall nicht übelnimmst. Ich wünsche dir eine gute Nacht. Morgen hast du unsere Reisedaten.«

Was für ein Rätsel. Sie wollte mich gemeinsam mit Cyrus in Singapur besuchen. Aber warum?

Eine Stunde später, als ich im Bett lag, stürmten alle möglichen Gedanken durch meinen Kopf, und ich war nicht in der Lage, mir einen logischen Grund für ihren ›Überfall‹, wie sie es bezeichnete, auszudenken. In dieser Nacht dachte ich wieder an die Bemerkung meiner Mutter: ›Das Schicksal kommt mit der Fortsetzung seiner Episode.‹

29

ℬei der Beschreibung ihres Traummannes hatte Katharina nicht übertrieben; er war in der Tat ein Idealbild männlicher Schönheit.

Normalerweise bewerte ich einen Mann nicht hinsichtlich seines schönen Äußeren, sondern achte mehr auf seinen Charakter, seine Intelligenz und sein gesellschaftliches Auftreten. Aber bei Cyrus war ich seit Langem äußerst neugierig, zu sehen, warum Katharina meinte, er sei der schönste Mann der Welt, und weshalb sie so davon schwärmte, ihn zu heiraten.

Am 8. Februar 1997, als er Hand in Hand mit Katharina in der Ankunftshalle des Singapurer Flughafens erschien, war ich sehr aufmerksam, und die Objektiv-Funktion meiner Augen war auf schärfste Stufe eingestellt.

Ja, es stimmte, er war wirklich gutaussehend; ziemlich groß, schlank und athletisch gebaut. Ich erfuhr später, dass er viel Sport trieb und sehr auf seine Ernährung achtete.

Er hatte ein sympathisches Gesicht, große, sinnliche schwarze Augen, glatte, dunkelbraune Haare und wirkte ungemein bescheiden und gefühlvoll.

Wir sahen uns zum ersten Mal, aber als er mich aufrichtig begrüßte und offenherzig umarmte, war ich angenehm berührt. Katharina hingegen schien mir müde, abgespannt, ja, nicht so fröhlich wie bei meinem letzten Besuch. Sie umarmte mich stürmisch, aber ich fühlte, sie war irgendwie bedrückt. Natürlich wusste ich, sechzehn Stunden Flug, auch wenn man in der ersten Klasse reist, sind kein Vergnügen, dennoch war sie nicht wie immer.

Während der Fahrt zu ihrem Hotel sprach Cyrus die ganze Zeit. Er erzählte von ihrem kurzen Aufenthalt in Dubai und von mehreren furchtbaren Turbulenzen während ihres Flugs. Er fragte mich interessiert nach meinen Aktivitäten im

Zusammenhang mit meiner Firma. Katharina hingegen war die ganze Zeit still. Ich brachte sie zum Grand Hotel Singapur und wir vereinbarten, am nächsten Tag zusammen zu essen. Ich gab ihnen die Adresse, wo sie hinkommen sollten.

Trotz umfangreicher Arbeiten in meiner Firma zerbrach ich mir, wenn ich etwas Zeit und Ruhe fand, das Hirn, was der Zweck ihrer langen Reise sein könnte. Vor allem einer so anstrengenden Reise, nur für ein paar Tage.

Meine Vermutung kreiste immer um ein einziges Thema: Bevor sie heiraten wollten, hatte Katharina die Absicht, in einem gemeinsamen Gespräch alle existierenden Missverständnisse aus der Welt zu schaffen.

Am nächsten Tag wurde das Rätsel gelöst. Meine Mutter hatte tatsächlich recht; man darf die Laune des Schicksals nicht unterschätzen. Das war eine Enthüllung, die mich gewaltig elektrisierte, gleichsam beglückte.

Ich hatte im Golden Onion – dem besten indonesischen Restaurant in Singapur – einen ruhigen Platz reserviert und hoffte, dass Katharina und Cyrus die gesunden und wohlschmeckenden Gerichte mögen würden. Dieses noble Restaurant ist für seine variantenreichen vegetarischen Speisen bekannt.

Pünktlich um 13:00 Uhr kamen sie in einem Taxi. Es war ein heißer Tag, knapp 33 Grad. Katharina hatte ein kurzes, weißes seidenes Kleid an und Cyrus sah in seiner Bermudahose und dem T-Shirt völlig anders aus als einen Tag zuvor; leger, attraktiv und jungenhaft.

Ich sah deutlich, wie die meisten Frauen in dem Restaurant sich umdrehten und ihm bewundernde Blicke zuwarfen.

Kaum wurde das Essen serviert, stand Katharina unruhig auf und ging schnell zur Toilette.

Mit verständnisloser Verwunderung warf ich einen Blick auf Cyrus, er lächelte mich tröstend an und aß weiter.

»Was ist los? Etwas stimmt nicht mit euch«, fragte ich verwirrt. »Würdest du mir bitte ganz ehrlich sagen, ob es wegen meiner kurzen Beziehung mit Katharina zwischen euch Miss-stimmungen gibt? Ich frage mich die ganze Zeit, warum ihr mich unbedingt in Singapur besuchen wollt. Warum benimmt Katharina sich so reserviert, so angespannt? Ist sie krank?«

»Etwas Geduld, mein Freund«, erwiderte er mit einem freundlichen Lächeln. »Sie kommt gleich zurück und wird dir sagen, warum wir hier sind.«

Offensichtlich wollte Cyrus sich zurückhalten und wenn es irgendein wichtiges Thema gab, sollte Katharina dies erzählen. Er wich meiner Frage bewusst aus, und stattdessen erzählte er mir von seinem Studium und der Tätigkeit in den USA. Er hatte dort Physik studiert und sich im Bereich Quantenphysik spezialisiert. Er hatte mehrere Stellenangebote in Deutschland, wusste aber nicht, ob er in einer Firma oder als Professor an einer Universität arbeiten wollte.

Endlich, nach zehn Minuten, kam Katharina zurück, setzte sich wieder auf ihren Platz und begann langsam und unkonzentriert zu essen. Ich versuchte nicht aufdringlich zu sein und blieb so lange stumm, bis sie mit dem Essen aufhörte und sagte:

»Wir müssen reden, Harold.« Sie blickte zu Cyrus, als wollte sie ihre Absicht bestätigt sehen. Aber er sah sie nicht an, er genoss sein pikantes heißes Gemüse mit großem Appetit. Sie sprach weiter: »Du bist sicherlich über unseren Besuch und mein ungewöhnliches Benehmen verwundert.

Was unsere spontane Reise betrifft, tut es mir leid, wir hatten keine andere Wahl, wir mussten dich sofort und persönlich sprechen und über ein wichtiges Thema miteinander beraten.« Sie holte aus ihrer Tasche einen Umschlag, legte ihn vor mir ab und fügte leise hinzu: »Und was mein krankhaftes Verhalten betrifft, nimm dies. Das ist der Grund dafür.«

»Was ist das?«

»Ein paar Bilder.«

Mit lebhafter Neugier nahm ich den Umschlag und sagte erbost: »Ich weiß, was für Bilder das sind. War Kommissar Schubert doch bei dir, nicht wahr?«

»Wer? Kommissar Schubert? Nein, nein. Warum sollte er mich besuchen? Ich denke, die alte Geschichte ist längst vergessen. Diese Bilder haben mit dem Autounfall oder der Entführung nichts zu tun.«

»Nicht?«

Jetzt war ich ratlos. Mit angehaltenem Atem und stark pochendem Herzen öffnete ich hastig den Umschlag. Darin waren zwei kleine Schwarz-Weiß-Bilder.

Meine Wahrnehmung war dermaßen gestört, dass ich zuerst nicht erkannte, was ich sah. Es waren Ultraschallaufnahmen von ihrer Gebärmutter. Sie half mir mit der Bemerkung: »Dies sind die ersten Bilder von deiner Tochter. Ich bin im vierten Monat schwanger.«

»Was? Was hast du gesagt?«

»Das sind die Ultraschallaufnahmen von deiner Tochter. Laut Aussage meiner Frauenärztin ist sie völlig gesund, ihr Herz schlägt ganz normal.«

Oh, mein Gott!! Es überraschte mich selbst, dass ich bei dieser außergewöhnlichen Nachricht keinen Freudenschrei ausstieß! Aber wir waren nicht allein. Mir gegenüber saß ein Mann, der die Mutter meines Kindes heiraten wollte. Seine Anwesenheit war mir peinlich. Ich fühlte mich nicht wohl, vor allem konnte ich seine bohrenden Blicke nicht aushalten. Obwohl ich fairerweise sagen muss, er sah mich nicht böse an, sondern war neugierig, herauszufinden, wie ich auf diese sensationelle Nachricht reagieren würde.

Zumindest hatte ich das Gefühl, dass er für meinen Schockzustand Verständnis hatte. Das war in der Tat eine ungewöhnliche Situation. Einerseits drohte mein Herz vor

Freude zu bersten, anderseits musste ich meine Gefühle unter Kontrolle halten, denn ich wusste nicht, was die beiden von dieser Begebenheit hielten.

Ich sah mit großem Interesse die Bilder dieses kleinen Wesens an und ließ dabei die Tränen, die meine Sicht verschleierten, einfach laufen.

Was für eine Botschaft, was für ein Gefühl, was für ein zauberhaftes Geschenk. Seit Generationen wurde in meiner Familie kein Mädchen geboren. Meine Frau und ich hatten uns bemüht, diesen Zustand zu durchbrechen, jedoch ohne Erfolg. Und jetzt, jetzt erzählte mir Katharina, dass ich Vater eines Mädchens würde. Ich freute mich, ja, ich freute mich sehr, bald wieder Vater zu sein, Vater einer Tochter, bald würde ich wieder eine kleine Familie haben.

Ich weiß nicht, wie lange wir dort schweigend und gespannt saßen und der Nachricht über dieses fantastische Ereignis nachspürten.

Irgendwann beherrschte ich meine Gefühle wieder und warf einen Blick auf meine Besucher; Katharina war still und nachdenklich, Cyrus hingegen war immer noch munter, gut gelaunt und zeigte mir sein freundliches Lächeln. Kaum kreuzten sich unsere Blicke, sagte er mit ruhiger Stimme:

»Ich gratuliere dir zu deiner Tochter. Du kannst davon ausgehen, dass Katharina mir bereits die ganze Geschichte von eurer Beziehung mit allen Details erzählt hat; vom Autounfall deines Sohnes, ihrer Entführung, den zwei Monaten Aufenthalt in deinem Haus, eurer Versöhnung und schließlich eurer kurzen intimen Beziehung. Es war für mich nicht leicht, das alles zu hören, zu verstehen und vor allem einige nicht angenehme Ereignisse einfach wegzustecken.

Aber da wir beabsichtigen, in diesem Jahr zu heiraten, wollen wir keine Geheimnisse voreinander verbergen, im Gegenteil, wir wollen die Ereignisse der letzten zehn Jahre zuerst gründlich aufarbeiten und dann konsequent vergessen. Wir wollen uns zuversichtlich auf unsere Zukunft orientieren.

Ja, das war einmal unser Plan. Aber offenbar können wir uns nicht ganz von der Vergangenheit lösen. Denn Anfang Januar dieses Jahres stellte sich heraus, dass Katharina von dir schwanger ist. Diese Neuigkeit bedeutet eine neue Herausforderung für uns.

Angesichts der Tatsache, dass Katharina eine weltbekannte Persönlichkeit ist, wird ihre Schwangerschaft in der Presse, besonderes in den Boulevardzeitungen als Sensation gehandelt werden. Und wenn sich herausgestellt, dass das Kind nicht von ihrem jetzigen Ehemann, Manfred Meister, ist, aber auch nicht von mir, ihrem zukünftigen Ehemann, gehen die schmutzigen Spekulationen los.

Dieser Skandal könnte für Katharina und mich unangenehme Folgen haben; für sie große Rufschädigung und für mich viel Ärger mit meiner konservativen Familie. Vor allem wäre es für mich sehr schwierig, den Sachverhalt meinen Eltern zu erklären.

Als Katharina das Ergebnis ihres Schwangerschaftstests bekam, versuchten wir, nicht nervös zu werden und für dieses Problem einige Lösungsansätze zu erarbeiten. Bei unseren Überlegungen kam das Thema Abtreibung überhaupt nicht infrage. Denn wir beide sind der Auffassung, ein Kind ist ein Geschenk, das man mit großer Freude und Ehre empfangen muss.

Wir haben drei Szenarios aufgestellt und wollen dich, als Vater des Kindes, in unsere Überlegungen einbeziehen.« Er hielt eine lange Weile inne, sah mich eindringlich an und setzte seinen Vortrag fort:

»Szenario a: Ich schlug Katharina vor, wir sollten dich von ihrer Schwangerschaft überhaupt nicht informieren und, wenn das Kind geboren sei, würde ich mich als Vater in die

Geburtsurkunde eintragen lassen. Diese Idee lehnte sie aber kategorisch ab.«

Ich musste Cyrus impulsiv unterbrechen und fragte Katharina verwundert:

»Warum? Warum wolltest du, dass ich über die Existenz des Kindes informiert bin? Woher weißt du überhaupt, dass das Kind von mir ist?«

Sie sah mich befremdet an und erwiderte ruhig:

»Die Berechnung des Geburtstermins ist von meiner Frauenärztin. Ich hatte im September und November nur mit dir intimen Kontakt. Um ehrlich zu sein, ich habe damals sogar gehofft, von dir schwanger zu werden.« Sie blieb eine Weile still, übersah absichtlich mein perplexes Gesicht und sagte mit stockender Stimme weiter: »Der Grund dafür war mein unerträglich schlechtes Gewissen. Die Millionenspende für das Projekt deines Sohnes Martin konnte keineswegs die Flammen meines Schuldgefühls löschen. Mir wurde nach und nach bewusst, dass ich dir dein einziges Kind genommen und dadurch dein Leben ruiniert habe.

Während der acht Wochen in deinem Haus sah ich öfter, wie sehr du über den Verlust deiner Familie unglücklich warst. Ich dachte, ich kann Martin nicht wieder lebendig machen, aber als noch junge Frau und in meinem damaligen Zustand, ja fast geschieden, könnte ich dir ein Kind schenken.

Diese Idee pflegte ich intensiver als ich dich gebeten habe, vor deiner Reise nach Singapur zu mir zu kommen. Denn die Zeit war in jeder Hinsicht geeignet; ich lebte von meinem Mann getrennt, ich hatte keine Hoffnung, Cyrus wiederzusehen und ich wünschte mir auch ein Kind. Warum nicht ein Kind von dir? Ja, ich habe mit einem festen Plan mit dir geschlafen.«

Ihre Aussage klang mir offenherzig und ergreifend. Aber ich fühlte mich nicht wohl dabei, dieses herzerwärmende Geständnis in Cyrus' Anwesenheit zu hören.

Ich sah ihn verlegen an und sagte:

»Ich schäme mich, dass du, als ihr künftiger Ehemann, von sowas erfahren musst. Was hältst du davon?«

»Was kann ich dazu sagen? Ich bin einer realistischer Mensch. Ich weiß, sie war zehn Jahre mit Manfred verheiratet. Theoretisch könnte das Kind genauso von ihm sein. Dieser Fall wäre für mich noch problematischer. Denn wenn er der Vater des Kindes wäre, würde er ablehnen, sich scheiden zu lassen. Und auch wenn er mit der Trennung einverstanden wäre, würde er nach der Geburt des Kindes mindestens einmal pro Woche vor der Haustür stehen, um seine Tochter zu sehen. Das wäre für uns inakzeptabel.

Katharina und ich sind froh, dass wir es mit dir zu tun haben. Mit dir kann man eine vernünftige Lösung finden, jedenfalls hoffen wir das. Wir sind mit dieser Absicht hierher gekommen. Wenn du einverstanden bist, möchte ich mit der Erläuterung unserer Gedanken fortfahren.

Szenario b: Wir verschieben unsere Heiratspläne um ein Jahr und warten, bis das Kind geboren ist.

In die Geburtsurkunde würdest du als leiblicher Vater eingetragen. Selbstverständlich musst du während dieser Zeit in Deutschland sein. Einige Monate nach der Geburt deiner Tochter werden wir heiraten. In diesem Fall werde ich der Stiefvater deines Kindes sein.

Ich möchte ehrlicherweise sagen, dass dieses Szenario uns beiden überhaupt nicht gefällt, weil wir überzeugt sind, dass dieser Plan, abgesehen von Problemen mit der Presse und meiner Familie, für deine Tochter nachteilig ist.

Wir haben uns wegen unseren Bedenken mit einem erfahrenen Psychologen, Dr. Jones, einem Freund aus meiner Studienzeit in den USA, beraten. Er bestätigte unsere Bedenken und empfahl, eine andere Lösung zu suchen. Ich erkläre dir warum.

Katharina und ich möchten mindestens drei Kinder haben. Das

heißt, wenn alles planmäßig läuft, wird deine Tochter mit mindestens zwei oder drei Geschwistern zusammen aufwachsen.

Dr. Jones meinte, das Zusammenleben mehrerer Kinder mit unterschiedlichen Vätern in einer Familie kann problematisch sein. Wenn die Kinder erfahren, dass ihre Schwester einen anderen Vater hat, werden sie versuchen, ihren eigenen Vater – der möglicherweise fast jeden Abend zu Hause ist – nicht mit ihrer Halbschwester zu teilen.

Andererseits haben Kinder, die ihren Vater selten zu sehen bekommen, oft Probleme mit ihrer Identitäts- und Selbstwertentwicklung.

Darüber hinaus könnte die ständige Abwesenheit des Vaters während ihrer Geburtstage, Weihnachtsfeiern, in Urlauben oder bei Erfolgen in der Schule, beim Sport, bei Examen usw. noch dramatischer sein, und dieser Zustand könnte zu einem Minderwertigkeitskomplex führen.

Selbstverständlich würde ich als Ehemann und Stiefvater mein Bestes geben, damit meine Familie sich glücklich und zufrieden fühlt. Aber dein Kind würde mich niemals als Vater akzeptieren, wenn es weiß, dass du ihr Vater bist.

Noch schlimmer, wenn sie ein Teenager wird, würde sie wahrscheinlich meine Erziehungsautorität nicht akzeptieren. Das bedeutet, ich könnte für ihre kindlichen oder jugendlichen Fehler keine Sanktionen verhängen, zum Beispiel Kürzung des Taschengelds, Fernsehverbot, keine Disco usw.

Diese Situation stellt auch für dich eine große Belastung dar. Denn du bist Tausende Kilometer weit von deiner Tochter weg. Wenn du einmal im Jahr nach Deutschland kommst, würdest du nur mit vielen Problemen konfrontiert, die du in einer kurzen Zeit nicht beseitigen kannst. Außerdem, je älter du wirst, desto schwieriger wird dieses Problem. Dr. Jones erwähnte weitere Probleme, auf die ich jetzt nicht eingehen möchte, weil wir diese Lösung sowieso für abwegig halten.

Glaub mir, ich versuche nicht, die Situation zu dramatisieren, sondern möchte rechtzeitig über mögliche Konflikte reden, die auftreten könnten.

Nach umfangreicher Analyse halten Katharina und ich das Szenario b für problematisch.

Wir sind der Meinung, wenn du als leiblicher Vater in die Geburtsurkunde eingetragen wirst, aber fast am Ende der Welt lebst, ist das nicht gut für das Kind, das ist nicht gut für dich und auf keinen Fall ist es ein erträglicher Zustand für den Rest der Familie.«

Er hielt inne, starrte mich eindringlich an und stellte dann seine Alternativlösung vor:

»Wir halten das nächste Szenario für eine praktikable, förderliche und erfolgversprechende Lösung. Wir werden uns riesig freuen, wenn du zustimmst.

Als erstes werden wir alles daran setzen, dass Katharina so schnell wie möglich von Manfred geschieden wird. Unser Anwalt hat bereits Kontakt mit ihm aufgenommen. Wie es aussieht, hat er nichts dagegen, diesen für ihn unangenehmen Zustand bald zu beenden. Er möchte schon in diesem Jahr aus Deutschland verschwinden und in der Schweiz leben.

Kurz nach der Scheidung werden wir heiraten. Wir wollen schon vor unserer Hochzeit bekanntgeben, dass Katharina von mir schwanger ist. Verstehst du? Von mir.

Das heißt, in diesem Szenario bin ich der Vater, Katharina ist die Mutter und du bist der Onkel aus Singapur. Wir drei hüten dieses Geheimnis, bis sie volljährig ist. Vorher darf niemand etwas davon erfahren.

Während ihrer Entwicklung werde ich mein Bestes geben, damit deine Tochter, genau wie meine anderen Kinder, sich absolut wohlfühlt und ein behagliches Familienleben genießt. Sie teilt mit ihren Geschwistern eine Mutter und einen Vater.

Es gibt daher keine Konkurrenz, keine Diskriminierung, im Gegenteil, alle meine Kinder werden ein harmonisches und liebevolles Elternhaus haben.

Du kannst selbstverständlich jederzeit zu uns kommen, mit uns zusammenleben und in der Nähe deiner Tochter sein. Du bist für alle unsere Kinder Onkel Harold und für Katharina und mich der beste Freund.

Ich gestehe, Katharina und ich werden von dieser Lösung auch profitieren; sie braucht sich nicht vor Skandalen und Rufschädigung zu fürchten und ich muss nicht meinen Eltern und meinem Freundeskreis von eurer abenteuerlichen Eskapade erzählen.

Ich möchte dich herzlich bitten, über unseren Vorschlag nachzudenken und uns deine Entscheidung spätestens morgen mitzuteilen.

Glaub mir, es ist nicht unsere Absicht, den Sachverhalt zu manipulieren und dich unter Druck zu setzen. Aber ich muss betonen, dass unsere Schicksale von deiner Entscheidung abhängen: Katharinas, meines, aber auch das deiner Tochter.«

Cyrus lehnte sich zurück und nach und nach entstand ein beklemmendes Schweigen zwischen uns.

Eigentlich hatte ich mich immer für einen Schnelldenker und Raschentscheider gehalten. Aber innerhalb einer halben Stunde hatten sie mich mit so vielen Informationen über-schüttet, dass ich nicht nur eine emotionale Blockade hatte, sondern auch Verständnisprobleme.

Aber langsam begriff ich, was geschehen war, was eintreten könnte, welche Lösungsansätze im Raum standen und vor allem, was sie von mir erwarteten.

Ich sah die beiden eine lange Weile nachdenklich an und fragte: »Ist euch bewusst, was ihr mit mir macht? Ich bin kein sehr alter Mann, aber ihr habt mich mit euren verzwickten Erklärungen vollkommen durcheinandergebracht.« Ich machte ein Handzeichen zum Ober, und als er vor mir stand, bestellte ich eine Flasche französischen Champagner. Dann sah ich beide lächelnd an und sagte weiter: »Ich möchte mich zuerst für eure Aufrichtigkeit bedanken. Dass ihr diese wichtige Information vor mir nicht geheimhalten wollt, finde ich großartig, ja, sehr anständig.

Ihr braucht nicht bis morgen auf meine Entscheidung zu warten, ich denke, ich weiß, für welches Szenario ich mich entscheiden möchte.

Heute ist für mich ein glücklicher Tag. Für einen Mann, der innerhalb kurzer Zeit seinen Sohn und seine Frau verloren hat, ist das eine herzerwärmende und glückversprechende Nachricht. Ich werde wieder Vater, das ist großartig.

Zurück zu euren Überlegungen und meiner Entscheidung: Ich habe eure Sorgen, Probleme und die herausgearbeiteten Lösungsansätze verstanden und stimme euch zu, es ist für meine Tochter besser, wenn sie die ganze Zeit bei ihrem Vater, ihrer Mutter und ihren Geschwistern lebt.

Ich bin über 60 Jahre alt, gebunden an meine neue Arbeit, und ich bin nicht in der Lage, ständig zwischen Deutschland und Singapur zu pendeln, um mich an der Erziehung meiner Tochter zu beteiligen.

In Szenario b ist meine Rolle als leibliche Vater, wie Dr. Jones meinte, mehr nachteilig als nützlich. Mein Kind sollte nicht mit einem Vaterkomplex aufwachsen und möglicherweise unter dem Mobbing ihrer Geschwister, Schulfreunde und der Nachbarschaft leiden. Ich möchte meiner Tochter diesen unerträglichen Zustand nicht zumuten.

Außerdem ist es für Katharina und dich eine unangenehme Situation, die Sachlage der Öffentlichkeit und eurer Verwandtschaft zu erklären. Das muss nicht sein, dafür gibt es Szenario c. Ihr seid beide jung, geduldig, aufrichtig und meiner Meinung nach verantwortungsbewusst.

Ihr werdet hervorragende Eltern für meine Tochter sein.
Ja, ich bin mit eurem Vorschlag einverstanden. Es ist wahrscheinlich die einzige logische und vernünftige Lösung.«
Ich sah Cyrus eine Weile an und sagte weiter: »Lieber Cyrus, du kannst dich in der Geburtsurkunde meiner Tochter als leiblicher Vater registrieren lassen. Ich bin damit einverstanden.
Du hast nebenbei gesagt, wenn sie volljährig wird, sollte sie erfahren, wer ihr leiblicher Vater ist. Das ist auch meine einzige Bedingung. Vielleicht lebe ich bis dahin nicht mehr, aber es spielt keine Rolle. Es ist ihr gutes Recht, zu wissen, wer ihr leiblicher Vater ist bzw. war und was der Grund für diese Regelung war.
Ich möchte nicht, dass sie eines Tages, wenn sie volljährig ist, zufällig von unserer Vereinbarung erfährt und den Eindruck gewinnt, dass ich sie nicht haben wollte. Sie soll wissen, dass wir diese Entscheidung nur für ihre bessere Lebensqualität getroffen haben.
Ich werde von eurem liebenswürdigen Angebot Gebrauch machen und mindestens einmal im Jahr, entweder zu Weihnachten oder an ihrem Geburtstag zu euch kommen und einige Tage eure Gesellschaft genießen.«
Plötzlich stand Katharina auf, kam zu mir, umarmte mich und sagte:
»Ich danke dir für dein Verständnis und die Unterstützung unseres Plans. Ich hatte Angst, dass du unseren Vorschlag ablehnst. Gott sei Dank bist du auf unserer Seite.«
»Ich muss dir danken, dass du mir eine Tochter schenkst. Ich bin überwältigt, ich bin sehr glücklich.«
Der Ober kam mit einer silbernen Schüssel mit Eiswürfeln und einer Flasche Champagner. Ganz elegant öffnete er die Flasche, gab zuerst Katharina ein Glas, dann Cyrus und mir. Er steckte die Flasche zwischen die Eiswürfel und entfernte sich.

»Hast du einen Namen für unsere Prinzessin?«, fragte ich Katharina.

»Nein, wir waren bisher nur mit ihrer Identität nach der Geburt beschäftig. Du darfst als leiblicher Vater ihren Namen bestimmen.«

»Ich bin in solchen Sachen fantasielos. Mir fällt spontan nur ein Name ein. Das ist der Name meiner verstorbenen Frau: Sabrina. Was hältst du davon?«

Katharina sah Cyrus fragend an und er nahm sein Glas Champagner, hob es feierlich hoch und sagte:

»Ich finde, es ist ein hübscher Name. Lasst uns auf unsere kleine Lady Sabrina trinken.«

Katharina nippte an ihrem Drink, sie durfte wegen ihrer Schwangerschaft keinen Alkohol trinken.

Am Abend luden sie mich in ihr Hotel ein, wir setzten unsere Feier fort und erlebten ein stimmungsvolles Beisammensein.

Am nächsten Tag brachte ich sie zum Flughafen und nach einer herzlichen Umarmung flogen sie nach Deutschland zurück.

Zuvor vereinbarten wir, unsere Kommunikation zu verbessern, damit ich ständig über den Zustand meiner Tochter informiert war.

Diese sensationelle Neuigkeit hatte mich psychisch bestärkt und meine Seele richtig aufgemuntert. Ich war wieder intakt, motiviert und ständig in bester Laune.

Im Mai 1997 war Katharina rechtmäßig geschieden und zwei Monate später heiratete sie Cyrus im kleinen Kreis von Familie und Freunden.

Am achten August 1997 brachte sie eine 51 cm große, gesunde Tochter zur Welt. Vereinbarungsgemäß wurde Cyrus in die Geburtsurkunde als leiblicher Vater eingetragen. Sabrina bekam auch einen zweiten Namen. Katharina wollte ihre Mutter ehren. Das Mädchen heißt: Sabrina Ida Fruhar.

30

Anfang Oktober 1997 flog ich nach Deutschland und besuchte Mutter und Tochter am Tegernsee.

Es war wie eine Pilgerfahrt zu mir selbst. Die ganze Strecke zwischen Singapur und München, aber auch öfter während meines Aufenthalts bei Katharina und Cyrus, war ich erregt, emotionalisiert und konnte kaum meine freudigen Tränen zurückhalten. Ob das mit meinem Alter zu tun hatte oder ob es an dem zurückgewonnenen glückseligen Gefühl – wieder Vater zu sein – lag, weiß ich nicht.

Katharina erlaubte mir oft, meine kleine Tochter, dieses wunderschöne zarte Wesen, das mich mit ihren glänzenden Augen neugierig anschaute, in den Arm zu nehmen.

Ich hatte mir nie vorgestellt, eines Tages wieder die Chance zu bekommen, die sanften Herzschläge meines Kindes zu verspüren. Wie sagt man so schön: Die Geburt eines Kindes ist wie die Entstehung einer neuen Welt.

Diese Welt musste ich wohl mit Cyrus teilen, denn er war urkundlich der Vater meiner Tochter. Dennoch war ich weder eifersüchtig noch böse darüber. Wir hatten eine vernünftige Vereinbarung getroffen, und diese wollte ich gewiss beherzigen. Ich war dankbar, dass mein Kind unter seiner liebevollen Vaterschaft ein behagliches Leben genießen konnte. Schon am ersten Tag meines Aufenthalts in ihrem Haus bemerkte ich, er war ein guter Vater für Sabrina und ein idealer Ehemann für Katharina.

Am ersten Abend, während Mutter und Tochter schliefen, setzte ich mich mit Cyrus in seinem Arbeitszimmer zusammen, wir erzählten uns unsere Lebensgeschichten und tranken Wein, viel Wein, bis wir besinnungslos wurden.

Ich erinnere mich, er hat mich mehrere Male geküsst und sich für mein Verständnis und Entgegenkommen bedankt.

Am nächsten Tag sagte er mir, das sei erst das zweite Mal in seinem Leben gewesen, dass er so viel getrunken habe.

Das erste Mal war wegen der herzzerbrechenden Nachricht, dass Katharina Manfred Meister geheiratet hatte.

Ich blieb eine Woche dort und erlebte unvergessliche Zeiten. Am achten Tag am Tegernsee musste ich wieder in meine reale Welt zurück. Cyrus brachte mich zum Flughafen. Bevor ich in die Abflughalle verschwand, umarmte er mich und sagte:

»Sei unbesorgt, ich werde alles daran setzen, dass unsere kleine Prinzessin immer gesund und munter bleibt. Ich freue mich auf deinen nächsten Besuch.«

1998 bekräftige Katharina ihre Absicht, dass sie ein Jahr lang keine Show oder Konzerte im Fernsehen oder in anderen Einrichtungen veranstalten wollte. Sie wollte sich ganz um ihre Tochter kümmern. Nach vier Monaten musste sie ihre Aussage revidieren, da sie wieder schwanger war. Ihre Fans würden mindestens zwei Jahre auf ihren Auftritt warten müssen. Das teilte sie mir vor Weihnachten mit. Offenbar hielt sie an ihrer Familienplanung fest.

Ihr zweites Kind war einer Junge. Er heißt Maximilian, ein sehr schöner Bub, genauso bezaubernd wie seine Halbschwester.

Mein zweiter und dritter Besuch in Deutschland fanden immer an Sabrinas Geburtstag statt. Sie war inzwischen ein unglaublich wunderschönes Kind. Mein Herz schmolz, wenn sie mich ›Onkel Harold‹ rief.

Weihnachten 2001 konnte ich, im Gegensatz zu meinem Plan, nicht nach Deutschland reisen, denn mein Schicksal meldete sich wieder zurück; dieses Mal hatte es für mich jedoch eine böse Überraschung.

Meine neue Assistentin, Sonia, ist fünfzehn Jahre jünger als ich. Ihr Vater ist Chinese und ihre Mutter stammt aus Indien, aber sie ist wie ich in Singapur geboren. Sie ist eine hübsche, intelligente Frau.

Ich stellte sie im April 2001 ein, um einen großen Teil meiner Aufgaben an sie zu delegieren. Ich wollte mehr Zeit für mich haben und öfter meine Tochter in Deutschland besuchen.

Schon nach einigen Monaten unserer Zusammenarbeit gab es zwischen uns einen Funken von Herzlichkeit und Verlangen. Sie war geschieden, wohnte allein in einer kleinen Wohnung und war einverstanden, mit mir zusammenzuziehen.

Sonia ist aber eine sehr vorsichtige Frau, direkt und in vielerlei Hinsicht konsequent. Sie verlangte, bevor wir unsere Beziehung vertieften und jeden Abend in einem gemeinsamen Bett schliefen, müssten wir uns gründlich untersuchen lassen. Sie erwähnte vorsichtig das Wort AIDS und damit verbundene sexuell übertragbare Infektionen.

Ich fand die Idee großartig, und wir ließen uns in einer Klinik gründlich untersuchen. Das Ergebnis war schockierend. Wir waren beide nicht HIV positiv, aber ich hatte Prostatakrebs im fortgeschrittenen Stadium.

Mit dieser Nachricht war ich wieder am Abgrund gelandet. Es blieb mir nichts anderes übrig, als schnell gegen diese Killerkrankheit zu kämpfen.

Die Behandlung dauerte fast vierzehn Monate. Ein Ärzteteam versuchte, zuerst mit Strahlen- und Hormontherapie und schließlich mit Chemotherapie die in meinen Rücken ausgedehnten Krebszellen zu entfernen.

Während dieser grausamen Zeiten war Sonia die Betriebsleiterin. Ich muss sagen, sie hat alles bestens gemanagt. Ohne sie hätte ich den Betrieb schließen müssen. Sie kümmerte sich auch um mich voller Zuneigung.

Ab Mai 2003 bekam ich allmählich meine Gesundheit wieder zurück. Ich war noch schwach und arbeitsunfähig, aber immerhin zuversichtlich, dass ich den Krebs besiegt hatte, obwohl das Ärzteteam etwas zurückhaltend war. Es bestand darauf, dass ich mich alle sechs Monate untersuchen ließ.

Es war der Meinung, man könne nie wissen, ob eine kleine, unsichtbare Krebszelle sich versteckt hatte und sich irgendwann in das benachbarte Gewebe ausdehnte.

Katharina und Cyrus wussten schon von meiner Krankheit und hatten Verständnis, dass ich nicht nach Deutschland reisen konnte. Um mich bei Laune zu halten, berichteten sie von Sabrinas Entwicklungsprozess, ihrer liebevollen Beziehung zu ihrem kleinen Bruder und schickten mehrere Bilder von ihrer Geburtstagsfeier im Kindergarten und vom Urlaub.

Diese erfreulichen Nachrichten waren für mich eine weitere Motivation, um gegen diese Krankheit zu kämpfen und mich am Leben zu halten. Ich bin sicher, ohne meine große Liebe zu Sabrina, die Unterstützung von Katharina und meiner Lebensgefährtin Sonia wäre ich längst tot.

Letzten August fühlte ich mich vollkommen gesund, und anlässlich Sabrinas Geburtstag flog ich nach Deutschland.

Ich überraschte sie mit einem Geschenk, das sie und ihre Freundinnen mit leuchtenden Augen bewunderten.

Während der Zeiten, die ich mich zwangsweise zu Hause aufhielt, versuchte ich, mich mit irgendetwas zu beschäftigen. Ich beschloss, für Sabrina ein Barbie-Haus zu bauen. Diese Arbeit tat mir gut. Allein der Gedanke, dass eines Tages meine Tochter damit spielen und Freude daran finden würde, trieb mich an, das Haus so schön wie möglich zu konstruieren.

Ich besorgte das beste Holz und jede Menge Elektronik und Beleuchtungsmaterial.

Das Barbie-Haus war eine kleine Nachbildung von meinem Haus in Springe. Es hatte jede Menge Schicki-Micki und war sehr modern eingerichtet. Zum Beispiel konnte die Beleuchtung der einzelnen Zimmer mit einer Fernbedienung ein- oder ausgeschaltet werden oder die Jalousien hoch- oder runtergezogen.

Katharina und Cyrus empfingen mich wie immer herzlich. Sie nahmen es mir nicht übel, dass ich die meiste Zeit in der Nähe von Sabrina war. Ein Blick auf dieses wunderschöne Mädchen ließ mein Herz stocken. Was für eine Schönheit, was für ein höfliches und intelligentes Kind. Es konnte neben Deutsch auch einigermaßen Englisch sprechen. Während der Zeit, die ich mit ihn spazierenging oder mit ihr Barbie spielte, sang es für mich viele bekannte Lieder von ihrer Mutter. In dieser Zeit war ich der glücklichste Mensch auf der Welt.

Ich blieb zwei Wochen dort. Jeden Tag brachte ich Sabrina zu ihrer Privatschule und gegen fünfzehn Uhr holte ich sie ab. Unterwegs besuchten wir eine Eisdiele, und sie erzählte mir von ihren Erlebnissen in der Schule, im Urlaub und mit der Familie. Einmal fragte ich sie vorsichtig, was sie von ihrem Vater hielt. Sie sah mich verwundert an und sagte ganz stolz: »Cyrus ist der beste Papa auf der Welt.« Dann drückte sie meine Hand fest und fügte hinzu: »… und du bist meine Lieblingsonkel.«

Cyrus und Katharina waren mir gegenüber nachsichtig und weitherzig. Sie ließen mich bedenkenlos mit Sabrina allein sein, mit ihr spielen und ihr abends, wenn sie schlafen ging, eine Geschichte vorlesen. Ich weiß nicht, wann ich zuletzt eine solche große Freude empfunden hatte wie in diesen Wochen.

Ich war für jede Sekunde dankbar, die ich nah bei meiner Tochter war. Jedesmal, wenn sie mich mit ihren schönen Augen anschaute oder mich ›Onkel Harold‹ rief oder mich aufforderte, mit ihr Karten oder Puppe zu spielen, musste ich mein aufgeregtes Herz beruhigen.

Sie können mir glauben, ich wollte nicht mehr nach Singapur zurückkehren. Ich wünschte mir, bis ans Ende meines Lebens in ihrer Nähe zu bleiben.

Ich gestehe, manchmal überfiel mich der Gedanke, mein Geschäft in Singapur aufzugeben, nach Deutschland zurückzukehren und irgendwo, nicht weit von meiner Tochter, zu leben.

Ich schäme mich zu sagen, dass ich einmal sogar überlegt habe, mein Vaterschaftsrecht geltend zu machen und für mein Sorgerecht zu kämpfen. Aber anderseits sah ich ein, dass dieser Schritt unvernünftig wäre. Damit würde ich die Entwicklung meiner Tochter gefährden.

Leider verging die Zeit zu schnell und ich musste wieder zu meinen Geschäften nach Singapur zurück. Wegen zahlreicher Verträge mit europäischen und amerikanischen Reiseunternehmen musste ich dafür sorgen, dass alle geplanten Touren rechtzeitig stattfanden.

Ich habe inzwischen acht Reisebusse und fünfundzwanzig Mitarbeiter. Es macht mich natürlich stolz, dass mein Geschäftsmodell erfolgreich ist. Eigentlich könnte ich noch weitere Filialen in Malaysia, Vietnam und Thailand einrichten, noch fünfzig weitere Mitarbeiter einstellen, aber das würde bedeuten, dass ich mehr arbeiten und auf Besuche bei Sabrina verzichten müsste.

Es gibt noch ein weiteres Problem, das eine solche Expansion verhindert; und zwar die stetig schwelende Ungewissheit, ob der verdammte Krebs sich wieder zurückmeldet, und die Sorge, dass Sonia und ich die große Aufgabe allein nicht bewältigen könnten.

Denn ich bekomme immer noch regelmäßig Medikamente und wie gesagt, ich muss mich alle sechs Monate untersuchen lassen. Die asiatischen Ärzte sind im Vergleich zu den europäischen ziemlich zurückhaltend. Man hat immer das Gefühl, dass sie entweder nicht wissen, was los ist, oder nicht sagen wollen, was sie wissen. Man hört immer: ›Geben Sie die Hoffnung nicht auf‹.

Wissen Sie, ich habe keine Angst vor dem Tod, aber ich fürchte mich, in diesem Land qualvoll und vor allem anonym zu sterben.

Beim Tod meiner Frau habe ich die Erfahrung gemacht, dass nach dem Tod bis zur Beerdigung sehr viel gut organisiert werden muss, besonders, wenn man sich eine würdevolle Beisetzung wünscht.

Da es nicht ausgeschlossen ist, dass diese tödliche Krankheit wieder zurückkommt und mein Leben beendet, organisierte ich meine Beerdigung in einem Testament. Ich setzte mich mit der Vertretung der Internationalen Notar- und Anwaltskammer in Singapur in Verbindung.

Diese vielseitige Gesellschaft heißt INLO ›International Notary und Law Office‹. Sie kooperieren mit verschiedenen Firmen und haben in fast allen europäischen Ländern Vertretungen. Sie sind nicht billig, aber bestens organisiert und zuverlässig.

Ich gab ihnen eine Vollmacht, falls ich sterbe, meine Leiche nach Deutschland transportieren zu lassen und in unserem Familiengrab in Würzburg beizusetzen. Meine Firma und den Haushalt sollen sie Sonia überlassen.

Zwanzig Prozent von meinem Vermögen sollen Ärzte ohne Grenzen und das Rote Kreuz erhalten und der Rest geht an meine Tochter Sabrina.

Eine Kopie dieses Testaments schickte ich an Katharina. Ich schrieb ihr, ich bin noch gesund, aber sollte ich sterben, möchte sie bitte dieses Verfahren überwachen lassen.

Ich hoffe jedoch, ich bleibe noch viele Jahre gesund und kann jedes Jahr die Geburtstagsfeier meiner Tochter Sabrina erleben.

Ja, lieber Freund, ich denke, das war das Wesentliche, das ich von meinem Leben erzählen wollte. Ich weiß nicht, welche weiteren guten oder schlechten Ereignisse auf mich warten. Aber im Prinzip ist es mir egal, was noch kommt.

Denn ich habe bereits die Höhen und Tiefen des Lebens hinreichend erlebt. Was noch kommt, kann entweder eine Wiederholung der Ereignisse aus der Vergangenheit sein oder etwas ganz Neues; nämlich der Tod. Ich mache mir darüber aber keine Gedanken, denn ich kann sowieso nichts dagegen tun. Man sagt in Singapur:

„Der Baum kann sich den Vogel nicht aussuchen, der auf ihm landet".«

Epilog

Harold Wartenberg schwieg. Ich erhaschte einen kurzen Blick auf sein Gesicht und bemerkte, er war restlos erschöpft.

Ich hatte keine Ahnung, wie viele Stunden wir zusammen in der Hotelbar gesessen hatten. Gefesselt von seiner mitreißenden Geschichte, hatte ich überhaupt nicht bemerkt, dass der ganze Saal inzwischen völlig leer war.

Tatsächlich hatte ich nie in meinem Leben einer Geschichte so aufmerksam, ja fasziniert zugehört und gleichsam mitgefiebert.

Peinlich berührt stellte ich weiterhin fest, dass der Barkeeper bereits seinen Arbeitsplatz gereinigt hatte und gelangweilt darauf wartete, dass wir endlich von dort verschwanden.

Eilig griff ich mein Diktiergerät und sagte zu Harold: »Lassen Sie uns in den Garten gehen, wir sind hier nicht mehr erwünscht.«

Wir verließen die Hotelbar, betraten den Garten und setzten uns an den Pool.

Die Nacht war angenehm warm und der starke Duft von exotischen Blumen wirkte berauschend.

Nach langem Schweigen sah Harold mich mit einer Mischung aus Interesse und Befangenheit an und fragte:

»Was halten Sie von meiner Erzählung? Kann man darüber einen Roman schreiben?«

»Oh, ja. Das ist eine spannende und abwechslungs-reiche Lebensgeschichte. Ich bewundere Sie sehr; Sie haben fast alles, was man in einem erfüllten Leben erfahren kann, ausgiebig erlebt. Trotz so vieler Höhen und Tiefen sind sie aber doch charakterfest geblieben. Ich wünsche Ihnen, dass Sie noch viele Jahre gesund bleiben und viele schöne Zeiten, besonderes mit Ihrer Tochter Sabrina, genießen können.

Ja, lieber Freund, es ist mir eine große Ehre, Ihre Lebensgeschichte in Form eines Romans zu schreiben. Ich werde darauf achten, alle Ihre Bedingungen genauestens zu erfüllen. Sie können sich auf mein Versprechen verlassen.«

Der Ausdruck von Müdigkeit verschwand unter seinem wohlwollenden Lächeln. Er sagte:

»Danke, danke, dass Sie mir aufmerksam zugehört haben. Ich fühle mich erleichtert, dass Sabrina eines Tages meine Lebensgeschichte lesen wird und erfährt, wer ihr leiblicher Vater ist bzw. war, und warum er immer die Rolle von Onkel Harold spielen musste. Wenn Sie Ihren Roman so schreiben, wie ich es Ihnen erzählt habe, wird sie verstehen, dass ich meiner Rolle nur unter der Prämisse zugestimmt habe, dass es ihr während ihrer Kindheit und Jugend gut geht.« Er holte aus seiner Tasche mehrere Visitenkarten heraus, suchte unter der spärlichen Gartenbeleuchtung zwei Karten heraus, gab sie mir und fügte hinzu:

»Ich gebe Ihnen meine Adresse und Telefonnummer in

Singapur sowie die Visitenkarte von Katharina in Deutschland.

Sollte ich 2015 noch leben, schicken Sie mir bitte ein Exemplar des Buchs nach Singapur. Ich werde es Sabrina selbst an ihrem 18. Geburtstag schenken.

Aber ... aber sollten Sie erfahren, dass Harold Wartenberg nicht mehr existiert, wäre ich Ihnen dankbar, wenn Sie frühestens im August 2015 das Buch direkt an meine Tochter übergeben wurden. Ich gehe davon aus, dass sie mindestens bis zum Abschluss ihres Abiturs bei ihrer Mutter wohnen wird.«

Ich überreichte ihm auch meine Visitenkarte und sagte:

»Lassen Sie uns hoffen, dass Sie noch viele Jahre gesund und glücklich leben. Ich halte es für angemessen, wenn Sie selbst Sabrina das Buch aushändigen, und wenn sie dazu noch Fragen hat, diese mit eigenen Worten beantworten.«

Harold Wartenberg rief mit seinem Handy seine Lebensgefährtin an und bat sie, ins Hotel zu kommen und ihn abzuholen. Er war sichtlich nicht mehr fahrtüchtig.

Fünfzehn Minuten später fuhr Sonia in einem Minibus auf den Hotelparkplatz. Harold Wartenberg stellte mich als guten Freund vor.

Sonia war eine schöne Frau, schmal, mit winzigen Händen und Füßen, schlank und geschmeidig. Sie hatte schwarze Augen, schwarze glatte Haare und ein süßes Lächeln. Was mich am meisten berührte, war die Zartheit ihrer Erscheinung. Sie begrüßte mich freundlich und sagte auf Englisch:

»Ich kann mich nicht erinnern, dass mein Mann jemals so lange wach geblieben ist. Haben sie eine wilde Party gefeiert?«

»Nein, keine wilde Party. Ihr Mann ist nicht nur ein guter Reiseleiter, er ist auch ein exzellenter Erzähler. Ich habe meine Zeit mit ihm genossen und werde diesen Abend nie vergessen.«

Ich umarmte Harold Wartenberg und wünschte ihm ein gesundes Leben.

Seine Lebensgefährtin verabschiedete sich mit einem Händedruck. Sie saßen in dem Bus und fuhren in die westliche Seite von Singapur.

Drei Wochen später, als wir wieder in Deutschland waren, begann ich langsam, die außergewöhnliche Geschichte von Harold Wartenberg zu schreiben. Ich war froh, dass ich seine Erzählung aufgenommen hatte. Dies ermöglichte mir, die Authentizität seiner Geschichte zu erhalten.

Seine Bedingung, alle Namen und Orte der Handlung umzubenennen und einige erkennbare Attribute zu modifizieren, war nicht einfach zu erfüllen und erforderte große Anstrengung. Trotzdem war ich froh, als es mir nach fast einem Jahr aufwendiger Arbeit gelungen war, die Echtheit seiner Geschichte zu bewahren und gleichzeitig die Anonymität aller Protagonisten sicherzustellen.

Eigentlich brauchte ich mich nicht zu beeilen, im Gegenteil, ich hatte noch viel, sehr viel Zeit. Ich musste ja mehrere Jahre warten, bis seine Tochter Sabrina volljährig war, und konnte dann erst das Buch publizieren.

Dieser Zustand war mir schon nach fünf Jahren des Wartens unerträglich. Denn ein zurückgestelltes und druckreifes Manuskript ist für einen Autor wie ein frühgeborenes Kind in einem Brutkasten. Mit dem einen Unterschied, dass ein Baby höchstes zwei oder drei Monate warten muss, bis es nach Hause gehen darf.

Im Jahr 2011 wartete mein Baby schon fünf Jahre und musste sich noch vier weitere Jahre bis zu seiner Veröffentlichung gedulden. Allmählich passte mir dieser Zustand überhaupt nicht mehr.

An einem Sonntag im April 2011 entschied ich, Harold Wartenberg in Singapur anzurufen und mich zu vergewissern, ob er immer noch darauf bestand, dass das Buch erst 2015 veröffentlicht werden dürfte. Ich hoffte, dass er inzwischen seine Meinung geändert hatte.

Ich hatte gleich Sonia am Telefon. Ich stellte mich vor und fragte, ob ich mit ihrem Lebensgefährten sprechen dürfe. Zuerst schwieg sie eine lange Weile, ich konnte nur ihren unregelmäßigen Atem hören.

Aber dann sagte sie mit stockender Stimme, dass Harold Wartenberg vor drei Jahren gestorben war.
Er war seinem Krebsleiden erlegen.
Diese traurige Nachricht hat mich sehr erschüttert. Ich weiß nicht, wie lange ich schweigend und traurig in meinem Arbeitszimmer stand, bis sie fragte, ob ich noch da sei. Ja, ich war da, aber niedergedrückt. Sie sagte mit eindringlicher Stimme weiter:
»Harold hat mich in den letzten Tagen seines Lebens im Krankenhaus beauftragt, mit Ihnen Kontakt aufzunehmen und noch einmal seinen Wunsch zu bekräftigen, dass das Buch erst im August 2015 veröffentlicht werden dürfe. Er wollte Sie noch einmal dringend bitten, persönlich ein Exemplar des Buchs seiner Tochter Sabrina auszuhändigen.«
Sonia erklärte weiter, dass sie mehrere Male versucht hatte, mich in Deutschland anzurufen, aber sie wäre nicht durchgekommen.
Sie hatte recht, ich war oft im Ausland und nicht erreichbar. Ich versicherte ihr, dass die Veröffentlichung des Buchs und die Übergabe an seine Tochter vereinbarungsgemäß im August 2015 stattfinden werde. Sie war erleichtert, dass sie ihre Pflicht erfüllt hatte. Dann erzählte sie stolz, dass sie seit 2007 die Geschäftsführung des Reisebüros übernommen und inzwischen zwei weitere Filialen in den Nachbarstaaten eröffnet hatte. Diese Aufgabe kostete sie viel Zeit, aber sie hatte viel Spaß daran. Ich wünschte ihr viel Erfolg und beendete das Gespräch.

Ich war mehrere Tage wegen des Todes von Harold Wartenberg äußerst traurig. Wenn ich an diese lange Nacht der Erzählung zurückdenke, bekomme ich das Gefühl, er wusste, dass er nicht mehr lange leben würde. Unsere Bekanntschaft und unsere Abmachung waren für ihn wie ein ersehntes Geschenk.

Mit der Enthüllung seiner Lebensgeschichte hatte er nur ein Ziel: Seine Tochter sollte wissen, dass er kein schlechter Vater war, dass er sie liebte und der Vereinbarung mit Katharina und Cyrus nur zugestimmt hatte, damit sie ein behagliches Familienleben und eine glückliche Kindheit genießen konnte.

Und was das Veröffentlichungsdatum des Buchs betraf, hatte sich natürlich nichts geändert; ich musste weiterhin geduldig aushalten und mein Baby noch vier Jahre im Brutkasten liegen lassen. Denn ich hatte Harold Wartenberg mein Wort gegeben und war entschlossen, meinem Versprechen treu zu bleiben. Shakespeare sagt: ›Ein gegebenes Versprechen ist eine unbezahlte Schuld.‹

Am Nachmittag des 7. Mai 2015 arbeitete ich konzentriert an einem neuen Buch, als plötzlich meine Frau stürmisch mein Arbeitszimmer betrat und fast atemlos erklärte, dass Blue Emotion am Telefon war, sie wollte mich so schnell wie möglich besuchen und bat um einen Termin.

Ich sah sie erstaunt an, sie war völlig aufgelöst, als ob die Königin von Großbritannien mit uns Kontakt aufgenommen hätte.

»Um was geht es? Was will sie?«, fragte ich sie ziemlich genervt, denn sie hatte mich mit ihrer aufgeregten Störung aus meinem Konzept gebracht. Sie antwortete:

»Ich weiß es nicht. Sie kling ziemlich aufgewühlt.«

»Du hast meinen Terminkalender. Mach bitte mit ihr ein Treffen für nächste Woche aus.«

Einige Stunden später wurde mir bewusst, warum sie mit mir sprechen wollte.

Anfang April 2015 hatte ich einen Brief an ihre Tochter, Sabrina Fruhar, geschrieben, um mich zu erkundigen, ob sie noch bei ihren Eltern wohnte oder schon eine eigene Wohnung hatte. Ich begründete meine Frage damit, dass ich im August dieses Jahres ein Buch veröffentlichen würde und ihr im Auftrag von Herrn Wartenberg persönlich ein Exemplar davon überreichen wollte. Ich bat sie um einen Termin, möglichst Anfang August dieses Jahres.

Eigentlich hatte ich schon ein paar Tage zuvor zweimal versucht, diesen Termin telefonisch auszu-machen, aber die Hausdame servierte mich jedes Mal mit der Antwort ab: ›Frau Sabrina Fruhar ist nicht erreichbar‹. Sie war nicht willens, weitere Fragen zu beantworten. Daher schrieb ich diesen Brief. Vermutlich hatten der Anruf von Blue Emotion und ihr gewünschter Besuchstermin mit meiner erfolglosen

Kommunikation mit ihrer Tochter zu tun.

Der Termin mit Blue Emotion wurde für einen Montag, sechs Tage nach ihrem Anruf, vereinbart.

Bis zu dem Zeitpunkt war meine Frau total angespannt und machte sich Gedanken, wie sie diesen berühmten Star, der in den letzten Jahren noch populärer geworden war, in unserem Haus empfangen sollte.

Vereinbarungsgemäß und pünktlich um sechzehn Uhr standen sie und ihr Mann, Dr. Cyrus Fruhar, vor der Haustür.

Ich wusste, wie Katharina aussah; ich hatte sie mehrere Male im Fernsehen gesehen. Sie war eine ausgesprochen schöne Frau. Ihren Mann sah ich aber zum ersten Mal. Damals in Singapur hatte Harold Wartenberg sein Aussehen und seinen Charakter anschaulich und mit großer Begeisterung ausgemalt. Ja, er war in der Tat ein geistreicher und gut-aussehender Mann. Was meine Frau und mich an ihm beeindruckte, waren seine bescheidende Art und sein herzlicher Umgang. Er war die ganze Zeit locker, freundlich und verbindlich.

Meine Vermutung war zutreffend: Sie kamen wegen meines Briefs an ihre Tochter.

»Wir wollen von Ihnen erfahren, was für ein Buch im August veröffentlicht wird und wann Herr Wartenberg Sie beauftragt hat, ein Exemplar davon meiner Tochter auszuhändigen?«, fragte Katharina mit einer Nuance von Verstimmung. Sie fügte hinzu: »Sabrina befindet sich in San Francisco. Sie hat ihr Abitur ein

Jahr verschoben und nimmt an einem sehr gefragten Kunstseminar teil. Sie bleibt bis Ende September dort.«

»Oh, das wusste ich nicht«, sagte ich verlegen. »Ich habe zweimal versucht, sie telefonisch zu erreichen, bekam aber keine konkrete Antwort.«

»Ja, das weiß ich. Meine Haushälterin hat mich schon informiert. Mein Mann und ich haben keine Ahnung, um was es geht. Als Ihr Brief kam, rief ich Sabrina in San Francisco an und fragte, ob ich ihn öffnen dürfe und für sie am Telefon lesen. Sie war einverstanden. Weder sie noch ich hatten die geringste Ahnung, was für ein Buch sie im Auftrag von Herr Wartenberg erhalten sollte. Zumal Herr Wartenberg seit mehreren Jahren tot ist.

Meine Tochter riet mir, den Brief wegzuschmeißen. Sie meinte, vielleicht handelt es sich um eine geschmacklose Werbeaktion. Aber mein Mann war der Meinung, es müsse noch etwas mehr dahinterstecken. Denn einige Tage vor Harolds Tod sprach er telefonisch mit uns. Aber er war so schwach und leise, dass man ihn kaum verstehen konnte. Bei diesem Telefonat hat er tatsächlich unter anderem von einem Buch gesprochen, das im August 2015 erscheinen werde. Aber wir hatten keine Ahnung, was für ein Buch er meinte. Wir waren sehr besorgt um seine Gesundheit und achteten nicht sonderlich auf seine unverständlichen Andeutungen, denn er war ziemlich desorientiert und sagte so viele unterschiedliche

Dinge, die man kaum einordnen konnte.

Mein Mann ist der Auffassung, Sie seien kein unbekannter Autor, Sie hatten es nicht nötig, Werbeaktionen zu veranstalten, und Sie seien kein Typ, der ein unbekanntes junges Mädchen irreführt. Wir vermuteten, entweder handelte es sich um eine Verwechslung, ein Missverständnis oder Ihr Bestreben hat doch mit dem Buch zu tun, das Harold in seinem letzten Telefonat erwähnte, was wir nicht verstanden haben.«

Ich blieb für eine lange Weile nachdenklich und vermied jeden Augenkontakt mit meinen Gästen. Ihrer kurzen Ausführung entnahm ich, dass Harold Wartenberg noch am letzten Tag seines Lebens über die Veröffentlichung seiner Lebensgeschichte mit ihnen gesprochen hatte, sich aber bedauerlicherweise wegen seines entkräfteten Zustands nicht richtig verständlich machen konnte.

Das war dumm. Jetzt musste ich seine Absicht begründen und ihn vielleicht sogar verteidigen. Ich holte tief Luft und sagte ganz ruhig:

»Es geht um ein Buch über die Lebensgeschichte von Harold Wartenberg.« Katharina schaute ihren Mann erstaunt an, und ich erzählte weiter: »2005 machten meine Frau und ich in Asien Urlaub. Wir haben Harold Wartenberg in Singapur kennengelernt. Er war an diesem Tag unser Reiseleiter.

Nach einer Stadtrundfahrt war meine Frau krank, wir kehrten ins Hotel zurück, Harold organisierte ärztliche

Behandlung und sie musste sich im Bett ungestört ausruhen.

Ich ging mit Harold in eine Bar und als er erfuhr, dass ich ein Schriftsteller bin, schlug er mir vor, seine Lebensgeschichte zu erzählen; ich sollte sie, wenn ich sie für interessant hielte, in Form eines Romans veröffentlichen.

Ehrlich gesagt, ich dachte zuerst, was er mir erzählen wollte, wäre eine gewöhnliche Kneipen- oder Bargeschichte. Ich meine, viele Männer, besonders wenn sie allein in einer Bar oder Kneipe sind, erzählen gerne über ihre traurige Lebensgeschichte. Sie trinken ein Glas Whisky nach dem anderen, essen unkontrolliert viele Erdnüsse und lästern pausenlos über ihre Frauen, Nachbarn, Chefs usw.

Wie gesagt, ich war an diesem Abend allein und hatte nichts dagegen, mit jemandem zu plaudern und die Zeit zu vertreiben. Aber die Geschichte von Harold Wartenberg war kein gewöhnliches Unterhaltungsgespräch in einer Bar, im Gegenteil, das war die Erzählung von unfassbaren und spannenden Lebensereignissen, die mich mehrere Stunden gefesselt und gleichsam fasziniert hat. Ja, das war in der Tat eine der spannendsten, aber auch dramatischsten Geschichten, die ich jemals gehört habe. Harold Wartenberg bat mich, seine Lebensgeschichte in Form eines Romans zu schreiben, und ich nahm seinen Auftrag mit großer Freude an. Er knüpfte sein Angebot allerdings an einige Bedingungen, und zwar, dass ich mit der Veröffentlichung des Manuskripts warten müsse, bis im August 2015 seine Tochter Sabrina volljährig würde. Darüber hinaus sollte ich eine Kopie davon entweder direkt an ihn nach Singapur schicken oder, wenn er nicht mehr lebte, diese persönlich seiner Tochter aushändigen. Ich gab ihm mein Ehrenwort, seinen Wunsch zu erfüllen.

Damit die ganze Geschichte authentisch bleibt, begann ich unmittelbar nach meiner Rückreise, wie er es sich gewünscht hatte, seine Erzählung in Roman-Form zu schreiben. Es hat fast ein Jahr gedauert, bis ich damit fertig war. Das Manuskript wurde danach lektoriert und für die Publikation fertiggestellt.

Ich muss gestehen, es war für mich ein unerträglicher Zustand, mehrere Jahre auf die Publikation zu warten. Aber anderseits war ich verpflichtet, seinen Wunsch zu respektieren und dem festgelegten Veröffent-lichungstermin treu zu bleiben.

Nun, wir befinden uns fast in der Mitte von 2015 und das Buch könnte endlich veröffentlicht werden. Die einzige unerfüllte Bedingung ist die Übergabe eines Exemplars an Sabrina. Das ist der Grund meines telefonischen und schriftlichen Kontakts mit Ihrer Tochter. Ich wollte wissen, wann und wo ich ihr das Buch überreichen kann, wenn es veröffentlicht ist.«

Während meiner Ausführung schauten Katharina und ihr Mann mich die ganze Zeit befremdet an. Und als ich mit meiner kurzen Erklärung fertig war, herrschte minutenlang ein bleiernes Schweigen im Raum.

Meine Frau wunderte sich über ihre bestürzte Reaktion. Um die Atmosphäre etwas zu lockern, fragte sie die Gäste:

»Darf ich Ihnen neuen Kaffee einschenken? Ihr Kaffee ist inzwischen kalt geworden.«

Katharina schüttelte ihren Kopf verneinend, zwang sich zu einem kurzen Lächeln und antwortete:

»Nein, vielen Dank. Wir trinken gerne lauwarmen Kaffee.« Dann sah sie mich eine Weile streng an und fragte:

»Um was geht die ganze Geschichte genau? Nur um sein Leben oder tauchen in dieser Erzählung die Namen meines Mannes, Sabrinas und von mir auf?«

»Selbstverständlich, Sie sind die Hauptprotagonisten in diesem Roman. Aber auch Ihre Eltern, Ihr Mann, Sabrina, die Polizei und viele andere Personen spielen in seinem Leben eine große Rolle. Ich denke, Sie kennen die ganze Geschichte. Oder?«

»Oh, ja, ich kenne fast die ganze Lebensgeschichte von Harold.« Sie hielt inne und fragte mit klagender Stimme weiter: »Ist Ihnen klar, dass Sie uns mit Ihrem Roman ruinieren können?«

»Ruinieren? Nein, nein, um Gottes Willen, das werde ich nicht tun.« Ich überlegte eine Weile und mir wurde klar, was sie damit meinte.

Ich ergänzte meine Aussage: »Es gab von Harold Wartenberg noch weitere Bedingungen. Ich sollte alle Namen, die Orte der Handlung und alle erkennbaren Attribute unkenntlich machen, sodass keiner der

Hauptprotagonisten in diesem Roman erkannt werden kann. Diese Bedingung war nicht einfach zu erfüllen, aber ich habe mein Bestes gegeben, um seinem Wunsch gerecht zu werden.

Ja, Sie können davon ausgehen, niemand kann Sie, Ihre Familie aber auch andere Personen in diesem Roman erkennen.« Ich sah eine gewisse Erleichterung in ihrem Gesicht und fügte hinzu: »Wissen Sie, Harold Wartenberg war besessen davon, dass Sabrina über die wahre Geschichte ihres leiblichen Vaters informiert wird und vor allem sollte sie niemals auf die Idee kommen, dass er kein Interesse an seiner Vaterschaft gehabt hätte. Er bemühte sich, ihr klarzumachen, dass er Ihrer Vereinbarung nur unter der Prämisse zustimmte, dass sie ohne Vaterkomplex, Mobbing oder gesellschaftliche Missachtung ein behagliches Leben führen konnte.«

Der Ausdruck von zeitweiliger Befriedigung verschwand wieder aus beiden Gesichtern, und dieses Mal meldete sich Cyrus zu Wort:

»Ich fürchte, trotz Ihrer großen Bemühungen ist Ihr Roman halbwertig.«

»Halbwertig? Was meinen Sie mit halbwertig? Meinen Sie wegen der Umbenennung der Namen aller Protagonisten und Handlungsorte?«

»Nein, nein, wir sind Ihnen sogar dankbar, dass Sie sich bemüht haben, uns zu anonymisieren.

Laut Ihrer Aussage kann uns keiner in diesem Roman erkennen. Das ist sehr beruhigend. Ich meine etwas anderes. Ich bin sicher, da Sie die ganze Wahrheit nicht kennen, kann Ihr Roman nicht vollwertig sein, auch wenn Sie seine Erzählung einen Roman nennen – und ein Roman kann beliebige Fiktion sein.«

»Ich weiß immer noch nicht, was Sie mit Vollwertigkeit meinen. Ich habe die ganze Erzählung von Herrn Wartenberg aufgenommen und diese Aufnahmen entsprechend sorgfältig bearbeitet. Ich habe keine Zweifel an seiner Authentizität.«

»Das glaube ich Ihnen gerne. Dennoch bin ich überzeugt, dass Sie die ganze Wahrheit nicht kennen, weil auch der Erzähler die ganze Wahrheit nicht kannte. Sie haben lediglich das geschrieben, was Harold Ihnen erzählte.« Er bemerkte, dass er mich mit seiner Aussage total verwirrte. Er sah mir tief in die Augen und fügte mit fester Stimme hinzu: »Harold Wartenberg war nicht der leibliche Vater von Sabrina.«

»Wie bitte?«

»Sie haben richtig gehört. Harold ist nicht der leibliche Vater von Sabrina. Ich bin es ... Ja, ich bin der leibliche Vater unserer Tochter.«

Dieses unglaubliche Statement versetzte mich in Fassungslosigkeit. Ich fragte mich, was er zu erreichen versuchte? Ich sah seine Frau verblüfft an, sie bestätigte seine Aussage und erklärte:

»Stimmt. Was mein Mann sagt, ist die Wahrheit. Es tut mir leid, dass Sie keine Möglichkeit hatten, früher die ganze Wahrheit zu erfahren. Tatsächlich ist mein

Mann der leibliche Vater von Sabrina.

Oh, ich sehe, Sie sind von unserer Neuigkeit schockiert. Ihrem Gesichtsausdruck entnehme ich, dass Sie unsere Erklärung nicht glauben. Habe ich recht?« Schweigend bestätigte ich mit leichtem Kopfnicken. Sie sagte mit ruhiger Stimme weiter: »Ich glaube, ich muss unsere Behauptung etwas ausführlicher begründen.

Wenn Sie seine Lebensgeschichte kennen bzw. geschrieben haben, müssen Sie wohl über den Autounfall seines Sohnes, meine Entführung, die Spendenaktion und schließlich unsere Versöhnung gut informiert sein.« Ich bestätigte wieder mit Kopfnicken und sie fuhr fort: »Während der Wochen meines Aufenthalts in seinem Haus wurde mir das Ausmaß meiner beschämenden Tat, nämlich des Autounfalls mit seinem Sohn, richtig bewusst. Tatsächlich hatte er innerhalb kurzer Zeit seine kleine Familie verloren. Ich war schuld daran. Ja, ich war verantwortlich für die Zerstörung seines Lebens. Deshalb habe ich freimütig versucht, mit zwei Millionen DM Spende für Afrika eine Idee seines verstorbenen Sohnes zu realisieren, um ihm eine große Freude zu machen und uns damit aufrichtig zu versöhnen.

Nach Beendigung der Entführung, als ich nach Bayern zurückkam, telefonierten wir öfter miteinander. Ich hatte den Eindruck, einerseits war er glücklich, dass die Spendenaktion seines Sohnes erfolgreich gelaufen war, anderseits litt er immer noch unter Einsamkeit und Depression.« Sie blieb wieder still und nachdenklich. Ich hatte den Eindruck, sie fühlte sich nicht wohl, einer fremden Person weitere Erklärungen abzugeben. Aber ihr Mann sah sie an, nickte mit dem Kopf und ermutigte sie, ihre Begründung fortzusetzen. Sie sagte weiter: »Ich habe entschieden, bevor Harold Deutschland verließ, ihn wieder in die Spur des Lebens zurückzuführen. Er sollte sich wieder richtig glücklich fühlen und bewusster leben. Ich entschied, ich schenke ihm ein Kind. Er sollte sich wieder wie ein stolzer Vater fühlen.

Damals war ich auch allein und hatte keine Möglichkeit, mit Cyrus Kontakt aufzunehmen, denn ich wusste nicht, wo er war. Meine Mails an ihn blieben alle unbeantwortet. In dieser Zeit war ich noch mit Manfred verheiratet, aber wir lebten getrennt. Wir wollten uns scheiden lassen.

Ja, auch ich war damals, wie Harold, einsam und todunglücklich. Ich setzte mir in den Kopf, ich lasse mir von Harold ein Kind machen, übernehme das Sorgerecht, und er kann jederzeit zu mir kommen und sein Kind bewundern.

Ich nehme an, dass Sie wissen, bevor er nach Singapur flog, besuchte er mich aufgrund meiner wiederholten Anrufe in meinem Haus am Tegernsee. Um meine Idee zu verwirklichen, nutzte ich die ganzen achtundvierzig Stunden seines Daseins. Wir hatten mehrere Male intime Kontakte.

Dann flog er nach Singapur und ich hoffte, dass ich ihn

bald mit einer guten Nachricht überraschen könnte.

Aber am gleichen Tag, als er nach Singapur flog, war ich selbst unverhofft überrascht. Cyrus meldete sich telefonisch zurück. Er hatte endlich meine Mails gesehen und erfuhr, dass ich in den nächsten Monaten geschieden würde und wir, wie wir immer geträumt hatten, zusammenleben könnten.

Zwei Wochen nach der Abreise von Harold landete Cyrus in München und zog in mein Haus ein. Um ein ehrliches Leben miteinander zu führen, entschieden wir, offen über alle Ereignisse der letzten Jahre miteinander zu reden. Ich erzählte ihm von meinem düsteren Leben mit Manfred, dem schrecklichen Autounfall und meiner Beziehung mit Harold, vor allem von den beiden Tagen in meinem Haus.

Selbstverständlich informierte Cyrus mich auch über seine Beziehungen mit anderen Frauen in den USA. Wir waren bestrebt, keine Geheimnisse voreinander zu verbergen. Sobald ich geschieden war, wollten wir heiraten und mindestens drei Kinder haben. Aber dann passierte etwas, was ich fast vergessen hatte; Mitte Januar 1997 bestätigte meine Frauenärztin, dass ich schwanger war. Die Frage, die uns zuerst interessierte, war: Von wem war ich schwanger, Harold oder Cyrus?

Eine irrtümliche Berechnung meiner Frauenärztin ergab, dass das Kind von Harold sein müsste.

Cyrus und ich entschieden unter Berücksichtigung meiner ursprünglichen Intention, dass Harold wieder einen glücklichen Anschluss an das Leben finden sollte, ihm zu seiner Vaterschaft zu gratulieren.

Um ihm diese fröhliche Nachricht überbringen, aber auch ein vernünftiges Reglement für das weitere Vorgehen festzulegen, reisten wir nach Singapur.

Ich vermute, er hat Ihnen auch von unserem Besuch in Singapur und der vereinbarten Strategie erzählt.«

Ich bestätigte, und sie sagte weiter: »Nach unserer Rückkehr waren wir äußerst zufrieden, dass Harold so vernünftig war und zugestimmt hatte, wegen vieler sozialer und gesellschaftlicher Vorteile für das Kind, Cyrus als leiblichen Vater in die Geburtsurkunde einzutragen. Wir haben weiterhin vereinbart, wenn Sabrina volljährig wäre, ihr dieses Geheimnis zu verraten.

Ich kann ihnen versichern, mit der Geburt von Sabrina war Harold wieder ein glücklicher und sehr zufriedener Mensch. Er war wieder in seinem Element, motiviert und seelenfroh.

Mit Ausnahme der Zeiten, als er krank war, besuchte er uns mindestens einmal im Jahr. Sie haben bestimmt in Singapur bemerkt, dass er einen freude-strahlenden Eindruck machte. Er liebte Sabrina, sie schwärmte von Onkel Harold und ich kam allmählich mit meinem Gewissen zurecht.

Eigentlich war es für Cyrus ziemlich egal, wer der leibliche Vater von Sabrina war. Er fühlte sich von Anfang an wie ihr Vater. Dennoch gab es ein Thema, das uns im Laufe der Zeit ständig beschäftigte.

Es fiel nämlich sowohl allen unseren Verwandten und Freunden als auch Cyrus und mir auf, dass Sabrina Cyrus von Jahr zu Jahr ähnlicher wurde. Ihre schwarzen Augen, die Form der Lippen, die Haarfarbe und die Gesichtsform waren absolut gleichartig und gleichförmig wie bei Cyrus. Sie hatte überhaupt keine Ähnlichkeit mit Harold. Und wenn Sie heute meine achtzehnjährige Tochter sehen, werden Sie keinen Zweifel haben, dass das Kind genau wie Cyrus auszieht, selbstverständlich weiblicher.

Um dieses Rätsel ein für allemal aufzuklären, ließen wir eine staatlich anerkannte Klinik einen amtlichen Vaterschaftstest vornehmen.« Katharina unterbrach ihre Erklärung und sah mich eine Weile geheimnisvoll an. Dann sagte sie weiter: »Wir waren von dem Ergebnis überwältigt: Cyrus wurde mit 99,99 Prozent als leiblicher Vater bestätigt. Offenbar war mein intimer Kontakt mit Harold folgenlos geblieben. Außerdem hat eine nachträgliche Berechnung ergeben, dass das von der Frauenärztin berechnete Geburtsdatum absolut falsch war. Kein Wunder, nach ihrer Berechnung musste das Kind zwei Wochen früher geboren werden.

Um uns dieser unfassbaren Erkenntnis zu vergewissern, machten wir den gleichen Test bei einer anderen Klinik noch einmal.

Das Resultat war identisch; mit absoluter Sicherheit ist Cyrus der Erzeuger von Sabrina. Sie können sich vorstellen, wie wir uns bei dieser Neuigkeit gefühlt haben. Glücklicherweise brauchten wir unserer Verwandtschaft und unseren Freunden keine Erklärung abzugeben. Denn für sie gab es keine besondere Neuigkeit. Aber eine Frage machte uns wahnsinnig: Was sagen wir Harold?«

»Gestatten Sie mir eine Frage«, ich unterbrach sie. »Müssten nicht eigentlich Sie als Sabrinas Mutter schon nach ein paar Jahren intuitiv erkannt haben, dass das Kind nicht von Harold, sondern von Ihrem Mann stammte?«

Sie schaute mich eine Weile verlegen an und erwiderte zögerlich:

»Diese verzweifelte Frage habe ich mir damals tatsächlich öfter gestellt. Jedoch ohne sie innerlich zu beachten. Ich hatte Hemmung; ich hatte Angst vor der Wahrheit.

Sie dürfen nicht vergessen, meine intime Beziehung mit Harold war keine sexuelle Befriedigung, sondern die Beruhigung meines Gewissens. Ich wollte ihm damals das geben, was ich ihm grausam weggenommen hatte, und ich war zu keiner Zeit in der Lage, einen Misserfolg des Plans zu akzeptieren. Nach der Geburt von Sabrina setzte ich mir in den Kopf: sie ist seine Tochter, und es ist gut so.

Dennoch, trotz meiner innerlichen Abwehr, spätestens nach ihrem dritten Geburtstag hatte ich kaum noch Zweifel, dass das Kind von Cyrus sein musste und nicht von Harold. Anderseits, wie ich sagte, ich wollte solche Gedanken nicht zulassen, ja sie aus dem

Bewusstsein verbannen. Ich weiß nicht, ob Sie meine verzweifelte Situation verstehen können; ich wollte nicht wieder ein Kind von Harold wegnehmen und ihn mit dieser zerstörenden Wahrheit konfrontieren.

Wissen Sie, die Macht des Gewissens ist oft stärker als Egoismus.

Cyrus bemerkte wohl meine seelische Anspannung und stand solidarisch zu mir. Nach dem Vaterschaftstest entschieden wir gemeinsam, dieses Geheimnis doch für uns zu behalten und kein Wort darüber mit ihm zu sprechen. Denn diese schockierende Wahrheit, gerade in Zeiten, wo er psychisch und physisch kaputt war, könnte ihn total zerschlagen. Er sollte nach wie vor glauben, dass er der Vater von Sabrina sei. Wir wollten einige Jahre abwarten und dann, wenn er wieder gesund und aufnahmefähig wäre, ihn vorsichtig darüber informieren. Außerdem waren Cyrus und ich überzeugt, nach und nach würde er selbst erkennen, dass Sabrina keine Ähnlichkeit mit ihm habe.

Aber wie sie wissen, hatte er keine Gelegenheit, diese enttäuschende Tatsache zu erfahren, er starb vor knapp acht Jahren.

Einerseits finde ich es sehr schade, dass er so früh sterben musste, anderseits finde ich es tröstlich, dass er von dieser bitteren Angelegenheit nichts erfahren musste. Denn er redete bis zum letzten Atemzug von seiner Tochter Sabrina. Er hat in seinem Testament eine beachtliche Summe für Sabrina vorgesehen.

Diese sollte ihr ab August dieses Jahres zur Verfügung stehen.

Aber sie ist ja gar nicht seine leibliche Tochter. Wir wollen daher, ohne es groß publik zu machen, das ganze Geld zu Ehren seines verstorbenen Sohns Martin mehreren Wohlfahrtsorganisationen, wie Ärzten ohne Grenzen und Rotes Kreuz spenden.« Katharina sah meine Frau lächelnd an und sagte: »Jetzt können Sie uns bitte neuen Kaffee einschenken.«

Wir blieben mehrere Minuten schweigsam, bis meine Frau unsere Gäste mit frischem Kaffee versorgt hatte. Cyrus fragte nach meiner Mail-Adresse. Er wollte von seinem Handy zwei Dokumente an meine Mail-Adresse schicken.

»Was für ein Dokument?«, fragte ich verwundert.

»Ich möchte Ihnen die Kopien der Vaterschaftstests mailen, damit Sie uns zu hundert Prozent glauben können. Denn ich vermute, trotz der einleuchtenden Erklärung meiner Frau werden Sie das Buch mit der halben Wahrheit veröffentlichen und gemäß der Absprache mit Harold ein Exemplar davon unserer Tochter geben.«

Ich gab ihm meine Mailadresse, und er schickte sofort die beiden Dokumente. Während sie ihren Kaffee tranken und sich mit meiner Frau unterhielten, las ich die beiden amtlichen Bescheinigungen. Unglaublich, sie hatten recht, laut zweier unterschiedlicher Vaterschaftstests war Cyrus mit absoluter Sicherheit der leibliche Vater von Sabrina. Ich war heilfroh, dass Harold von dieser enttäuschenden Angelegenheit nichts erfahren hatte. Denn sein Herz schlug bis zum letzten Atemzug für seine Tochter Sabrina. Es war Zeit, dass ich Katharina und Cyrus entgegenkam und ihre berechtigten Sorgen beseitigte. Ich sagte:

»Ich möchte mich für Ihre aufrichtige Erklärung und damit Berichtigung meines Manuskripts bedanken. Was Sie als Ergänzung zu Harolds Version erzählten, vervollständigt, aber veredelt auch meinen Roman. Ich bin froh, dass das Buch noch nicht gedruckt worden ist, und ich kann es rechtzeitig entsprechend komplettieren.«

»Das heißt, Sie werden unsere ergänzende Erklärung in Ihrer Story niederschreiben und dann das Buch veröffentlichen?«, fragte Katharina.

»Ja, das habe ich vor. Das Buch muss auf jeden Fall veröffentlicht werden, ich habe Harold mein Wort gegeben. Ich bin sicher, wenn er noch am Leben wäre, hätte er überhaupt nichts dagegen, dass meine Leser, vor allem Sabrina, von der ganzen Wahrheit erfahren. Er war ein seriöser und anständiger Kerl. Er wollte die ganze Wahrheit dokumentieren, auch wenn er nur seine eigene Wahrheit kannte. Tatsächlich beinhaltet mein Roman mehrere Wahrheiten. Nicht alles, was wahr ist, durfte ich schreiben, aber was ich schreibe, muss doch wahr sein.

Hassan M.M. Tabib

1940 in Teheran geboren, studierte im Iran Literaturwissenschaft. Er arbeitete als Journalist für mehrere Tageszeitungen. Seine Veröffentlichungen erregten den Unmut des Schahs Regimes. 1964 verließ er seine Heimat und blieb ein Jahr in Frankfurt/M. Danach lebte und studierte er mehrere Jahre in den USA. Dort studiert er Informatik. Zurückgekehrt nach Deutschland, arbeitete er hier als Berater und Führungskraft in verschiedenen Unternehmen.

Seit 1995 ist er zu seinen Wurzeln, zu seiner Liebe, dem Schreiben, zurückgekehrt. Er hat mehrere Bücher in Deutsch, English und Persisch geschrieben.

Besuchen Sie die Website von Herr Tabib:

www.hassanmmtabib.de

Weitere Werke von Hassan M.M. Tabib:

Original Titel:	ISBN:
Von orientalischen Träumen zur Tragödie im Westen	978-3741250941
Auftrag in Teheran	978-3741250248
Der Plan eines Terroranschlags	978-3741250705
Zermahlt zwischen CIA und Pasdaran	978-3741250637
Irreale Wahrnehmung und Weitere Erzählungen	978-3741251344
Flucht aus dem Gottesstaat	978-3743196193

English Translation:	ISBN:
From Oriental Dreams to Tragedy in the West	978-3741253980
Mission in Tehran	978-3741254024
The Plan of a Terroristic Attack	978-3741254178
Under Pressure from the Pasdaran and CIA	978-3741255557
Unreal Perception	978-3741255571
Running away from a Theocracy	978-3743174375